SOPHIE OLIVER

Grandhotel Schwarzenberg – Der Beginn einer neuen Zeit

Weitere Titel der Autorin:

Das Erbe von Gullrock Hall
Der Sommer der Oliven
Mein kleines Café in Primrose Hill
Grandhotel Schwarzenberg - Der Weg des Schicksals
Grandhotel Schwarzenberg - Rückkehr nach Bad Reichenhall

Über die Autorin

Geboren und aufgewachsen in Bayern, verließ Sophie Oliver nach dem Abitur ihre Heimat, um zu studieren und die Welt zu erkunden. Mittlerweile ist sie zu ihren Wurzeln zurückgekehrt und lebt mit Familie und Hund auf dem Land. Sophie liebt die bunte Vielfalt, Schräges genauso wie Schönes sowie »all things British«. Ihre Lebensneugierde drückt sie in ihren Romanen und Kurzgeschichten aus, wobei sie sich darüber freut, in verschiedenen Genres schreiben zu dürfen.

Sophie Oliver

Grandhotel Schwarzenberg

Der Beginn einer neuen Zeit

lübbe

Dieser Titel ist auch als E-Book erschienen

MIX
Papier aus verantwortungsvollen Quellen
FSC® C014496
FSC
www.fsc.org

Vollständige Taschenbuchausgabe
der bei Bastei Lübbe erschienenen E-Book-Ausgabe

Textredaktion: Dr. Ulrike Brandt-Schwarze
Umschlaggestaltung: Birgit Gitschier, Augsburg unter Verwendung von Motiven von © Trevillion Images: Lee Avision; © shutterstock: Nick_Nick | Yevhenii Chulovskyi | Hochzeiter | Alex Polo | Lukasz Szwaj | SK_Advance studio
Satz: 3w+p GmbH, Rimpar (www.3wplusp.de)
Gesetzt aus der Palatino
Druck und Verarbeitung: GGP Media GmbH, Pößneck
Printed in Germany
ISBN 978-3-404-18098-1

5 4 3 2

Sie finden uns im Internet unter www.luebbe.de
Bitte beachten Sie auch: www.lesejury.de

Die handelnden Figuren

Anna Schwarzenberg, geb. Gmeiner, geschiedene Achleitner
Michael Schwarzenberg, Hotelier
Franziska Schwarzenberg, Tochter von Anna und Michael

Leonhard Achleitner, Salinenvorstand
Karl Achleitner, Sohn von Anna und Leonhard
Frieda Achleitner, Karls Tochter

Stanley Meyers, Geschäftsführer des Grandhotels
Adele Meyers, geb. Gärtner, seine Frau

Hedwig von Feil, Frau des ehemaligen Salinenmeisters
Katharina Bahlow, Hedwigs Tochter
Wolf Bahlow, Katharinas Sohn
Friedrich Bahlow, Katharinas Mann

Thomas Fischer, Kurdirektor
Augustine (Tine) Fischer, seine Frau
Georg Fischer, Sohn von Augustine und Thomas
Emma Fischer, Georgs Tochter

Hertha Loibl, geb. Zuck
Walter Loibl, ihr Mann
Grethe Loibl, ihre Tochter

Helene (Leni) Huber, Bauerntochter
Adi Huber, ihr Vater
Carolina Huber, ihre Mutter

William (Will) Harrison, US-Soldat
Sture Lund, Eintänzer im Grandhotel

Bad Reichenhall,
Königlich Bayerisches Staatsbad
1928 – 1930

1

Bad Reichenhall, Dezember 1928

Montag, den 31. Dezember 1928
Große Sylvesterfeier im Berghotel auf dem Predigtstuhl
Es spielt die in München bekannte, rassige, 5 Mann starke Jazzband
Jolly College Boys

Unter dieser Ankündigung im *Grenzboten* und im *Badeblatt* stand fett gedruckt das Wort »Stimmung«, mit einem Ausrufezeichen, und dahinter die Zeiten für die Sonder-Berg- und Talfahrten der Seilbahn in der Silvesternacht und am darauffolgenden Morgen. Ein Tisch im Bergrestaurant konnte unter der Telefonnummer 80 reserviert werden, die Platzkarten für die Gondel unter der 152.

Neben der Anzeige machten zahlreiche Plakate in der Stadt Reklame für die Veranstaltung. Was im Nachhinein nicht nötig gewesen wäre, denn alle vorhandenen Plätze waren innerhalb weniger Tage reserviert.

Seitdem die Predigtstuhlbahn am ersten Juli ihren Betrieb aufgenommen hatte, ruhten die Hoffnungen der Hoteliers und Gastronomen auf der Großkabinenseilbahn. Würde sie für den dringend benötigten Aufschwung sorgen? Das anspruchsvolle und vor allem zahlungskräftige Publikum wiederbringen, das sich vor dem großen Krieg Saison für Saison ein Stelldichein im vormals Königlich Bayerischen Staatsbad gegeben hatte? Kurdirektor Thomas Fischer und Michael Schwarzenberg, die den Bau der Bahn in die Wege geleitet hatten, hofften auf eine neue Art von Gästen, auf Sportler, Wanderer und Naturfreunde. Und der Lobgesang, den die Weltpresse auf die ebenso sichere wie rasche Beförderung den Predigtstuhl hinauf angestimmt hatte, schenkte den Bad Reichenhallern Hoffnung. Am meisten vermutlich Karl Achleitner, dem Betreiber des Berghotels, der ordentlich investiert hatte und für den es um nicht mehr und nicht weniger als die berufliche Existenz ging.

Anna Schwarzenberg trat aus dem Badezimmer und vor ihren Mann Michael. Sie trug ein bordeauxrotes Abendkleid, dessen Saum vorn bis zum Knie reichte und sich nach hinten verlängerte. Es war hochgeschlossen, mit einer zierlichen Schleife an der linken Schulter. Dazu passend hatte sie eine lange Perlenkette gewählt. Sie drehte sich einmal um die eigene Achse, um ihm die Rückenansicht nicht vorzuenthalten, denn dort fiel der Ausschnitt bis unter die Schulterblätter ab. Annas zu einem Bob geschnittenes Haar, das im Sommer die Farbe von Honig hatte, war in den Wintermonaten hellbraun geworden. Es harmonierte mit dem Stoff des Kleides, ihrer blassen Haut und den dunkel geschminkten Augen.

»Du machst mir eine große Freude«, sagte Michael mit Rührung in der Stimme.

Sie hielt inne und legte eine Hand an seine Wange. »Es war an der Zeit, ich weiß.«

Weit über ein Jahr war seit dem Tod von Mathias vergangen, seitdem hatte sie Trauer getragen. »Erst jetzt fühlt es sich richtig an, das Schwarz abzulegen. Den Schritt hinüber nach 1929 will ich zuversichtlich und in Farbe machen. Als hätte ich es überwunden. Selbst wenn ich niemals vergessen und noch weniger vergeben werde.«

Er küsste sie zart und flüsterte in ihr Ohr. »Das werden wir beide nicht. Für die anderen wird es scheinen, als blickten wir in die Zukunft, das setzt ein gutes Zeichen, Anna. Aber ein Teil unserer Herzen ist mit unserem Kind gestorben, und ich bin weit davon entfernt, die Sache auf sich beruhen zu lassen. Manchmal wünsche ich mir, ich wäre fähig, das zu praktizieren, was der Pfarrer jeden Sonntag in der Kirche predigt. Allerdings weiß ich, dass mir Vergeltung mehr Seelenfrieden beschert als Vergebung, so unchristlich das auch klingt.«

Sie umarmten einander und standen eine Weile schweigend im Salon ihrer Wohnung in der obersten Etage des Grandhotel Schwarzenberg. Michaels warme Handflächen fühlten sich angenehm beruhigend an auf der nackten Haut ihres Rückens.

Ein paar Stockwerke darunter wurde emsig gearbeitet, die Vorbereitungen für die große Gala zum Jahreswechsel liefen auf Hochtouren. In wenigen Stunden musste alles bereit sein.

»Ich habe ein komisches Gefühl, weil wir heute bei unserer eigenen Veranstaltung nicht dabei sein werden«, murmelte Anna, noch immer in Michaels Armen.

»Dazu besteht kein Grund. Stanley und Adele vertreten uns, das hatten wir doch abgesprochen. Er ist der Geschäftsführer, die Gäste mögen ihn. Der Abend wird reibungslos verlaufen.«

Über die Feiertage war das Grandhotel bis zum letzten Zimmer ausgebucht. Nach der Hyperinflation fünf Jahre zuvor hatten die Schwarzenbergs es durch Fleiß und fortschrittliche Ideen geschafft, das Haus zu einer neuerlichen Blüte zu führen. Langfristig sichern sollte diesen Erfolg unter anderem die Zusammenarbeit mit Bergbahn und Bergrestaurant. Den Jahreswechsel würden Anna und Michael erstmalig nicht in ihrem Hotel, sondern auf dem Predigtstuhl verbringen.

Obwohl sie deswegen nervös war, freute sich Anna auf die Feier. Mit vierzig Jahren konnte sie sich nicht daran erinnern, jemals selbst irgendwo zu Gast bei einer Silvesterveranstaltung gewesen zu sein. Es war das erste Mal.

»Franzi, bist du so weit? Wir wollen los«, rief Michael in Richtung des Zimmers seiner Tochter.

»Ja, sofort!«, kam es zurück. Die sechzehnjährige Franziska schnappte sich den Mantel von der Garderobe und kam etwas atemlos neben ihren Eltern zum Stehen. Blond, groß und mit den attraktiven Zügen ihres Vaters gesegnet, dem sie grundsätzlich in allen Belangen ähnlich war, wirkte sie an diesem Abend sehr erwachsen. Anna hatte ihr Kind noch nie in einem Abendkleid gesehen und musste schlucken. Unwillkürlich dachte sie an Mathias. Er wäre jetzt vierzehn. Nie würde sie ihn voller Mutterstolz in einem Anzug bewundern dürfen.

»Du siehst bezaubernd aus«, lobte sie die Tochter.

»Denk dran, kein Sekt, keine allzu wilden Tänze trotz Jazzkapelle und nur allerbestes Benehmen«, fügte Michael hinzu. »Die Leute werden darauf schauen, wie du dich verhältst, immerhin ist es deine erste Abendveranstaltung.«

»Ja, Papa. Aber ich habe doch schon einige bei uns im Hotel miterlebt. Recht viel anders wird es heute auch nicht werden. Ein Haufen aufgebrezelter Leut, die am Anfang alle steif tun und zu fortgeschrittener Stunde die Hosen runterlassen. Bildlich gesprochen«, fügte sie hastig hinzu. »Obwohl, bei manchen weiß man es nie …«

»Franzi, dein Mundwerk ist wenig damenhaft. An diesem Abend sitzt unsere Familie oben im Berghotel auf dem Präsentierteller. Es kommen zahlreiche Prominente, also wird auch die Presse da sein. Mit Hosen runterlassen geht da sowieso nicht viel.« Er zwinkerte ihr verschwörerisch zu.

Im Winter war nach wie vor der Pferdeschlitten die praktischste Fortbewegungsmöglichkeit in Bad Reichenhall. Vor allem wegen des reichlichen Neuschnees der letzten Tage blieb das neue Mercedes-Benz-Automobil besser in der Garage. Da Michael aufgrund des Verlusts seiner Hand nicht selbst steuern konnte, hatte Anna gelernt, den Wagen zu fahren, um nicht immer auf den Chauffeur angewiesen zu sein. Der fungierte wiederum gleichzeitig als Kutscher für das Grandhotel Schwarzenberg und fuhr seine warm in Decken und Schaffelle eingepackte Herrschaft durch den Ort und über die steinerne Luitpoldbrücke zur Talstation der Predigtstuhlbahn.

Das schlichte, ganz im sachlichen Stil errichtete Gebäude tauchte durch Fackeln beleuchtet aus der Dunkelheit auf. Es wirkte wie ein moderner Tempel, und Anna fand, das war es auch irgendwie. Jedes Mal, wenn sie den Ort betrat, an dem die Gondel abfuhr, stiegen traurige Erinnerungen an das schreckliche Sommergewitter in ihr auf, in dem Mathias den Tod gefunden hatte. Damals hatte hier noch das Baubüro gestanden, nicht viel mehr als eine provisorisch zusammengezimmerte Hütte, in der sie bang ausgeharrt hatte, inniglich hoffend, dass Michael, Karl und Stanley ihren Sohn unversehrt im Wald dahinter finden würden.

Sie schüttelte den Kopf, um die unerwünschten Gedanken zu vertreiben. Dieser Abend gehörte der Familie. Die Trauer würde in einem kleinen Winkel ihres Herzens geduldig verweilen und sich später einen Weg zurück zu ihr bahnen, ohne dass Anna es verhindern konnte.

Zahlreiche Gäste warteten in Abendgarderobe und Zylindern, Pelzstolen und Capes darauf, von den rot-weiß lackierten, schwebenden Pavillons den Berg hinaufbefördert zu werden. Als die Schwarzenbergs an der Reihe waren und einstiegen, atmete Anna tief durch. Franziska griff nach ihrer Hand und drückte sie sanft, während die Gondel langsam über den nächtlichen Wald glitt. Je höher sie dem sternenklaren Himmel entgegenfuhren, desto stiller wurden die Leute, und schließlich verstummten alle gänzlich und genossen den grandiosen Ausblick, den das vom Schnee reflektierte Mondlicht ihnen bot. Verschneite Baumwipfel, dunkle Felswände und weit darunter die goldenen Lichter der Stadt.

Oben zeichneten sich die Linien des Hotels wie eine archaische Festung auf der Spitze eines schroffen Bergvorsprungs ab. Wiederum wurden sie von einer Reihe Fackeln empfangen, und ein roter Teppich wies ihnen den kurzen Weg von der Seilbahn hinüber zum Restaurant.

Der Veranstalter begrüßte jeden Gast persönlich mit Handschlag.

»Guten Abend, Mama«, sagte Karl Achleitner lächelnd. »Franzi, Michael. Schön, dass ihr gekommen seid, das bedeutet mir sehr viel.« Er beugte sich vor und küsste seine Mutter und die Halbschwester leicht auf die Wange.

»Alles sieht absolut zauberhaft aus. Ich bin stolz auf dich.« Anna merkte, wie gerührt ihre Stimme klang. Da stand er vor ihr, der lange Zeit verloren geglaubte Sohn. Mit einundzwanzig Jahren betrieb er nun Hotel und Restaurant auf dem Berg, hatte ehrgeizige Pläne und sah in seinem Abendanzug schick aus wie ein Mann von Welt. Sein Weg bis hierher war beschwerlich gewesen. Wäre es nach seinem Vater Leonhard gegangen, stünden sie allesamt nicht hier.

»Kommt dein Papa auch?«, fragte sie leise.

»Da bin ich mir ehrlich gesagt nicht sicher. Natürlich habe ich ihn eingeladen, aber er hat weder zu- noch abgesagt. Du kennst ihn, es wird ihm schwerfallen, über seinen Schatten zu springen.«

Anna haderte mit ihren Gefühlen, schämte sich für ihren Wunsch, Leonhard Achleitner möge der Veranstaltung bitte schön fernbleiben – für sie persönlich wäre das die weitaus angenehmere Situation. Karl hingegen lag bestimmt viel daran, seinem von Ehrgeiz zerfressenen Vater zu zeigen, dass auch der Sohn dabei war, etwas zu schaffen. Allein.

Im Herbst des letzten Jahres hatte Leonhard seine Drohung wahr gemacht und Karl aus der gemeinsamen Wohnung geworfen, da dieser sich beharrlich geweigert hatte, ein Ingenieurstudium an der Universität in München zu beginnen. Daraufhin hatte der Junge sich ein Zimmer in der Stadt genommen und seinen Unterhalt im Seilbahnbau verdient. Natürlich hatte Anna angeboten, ihn finanziell zu unterstützen, doch das hatte er rundheraus abgelehnt. Den Stolz hatte er von ihr geerbt, so viel stand fest.

Ein Kellner reichte ihnen Sekt von einem Silbertablett. Entgegen Michaels vorab groß angekündigtem Verbot erlaubte er auch Franziska, sich ein Glas zu nehmen. Danach stellten sie sich an die festliche geschmückte Bar im Restaurantbereich, von der aus sie beobachten konnten, wen Karl gerade begrüßte. An der Decke hingen Schneeflocken aus glitzernder Silberfolie, dazwischen goldene Ballons und Luftschlangen. Und auf allen Tischen stand Töpfchen mit grünem Klee, in denen eine Schornsteinfegerfigur steckte, drum herum gruppierten sich Glücksschweinchen aus Marzipan.

Anna dachte an den Tag zurück, an dem Karl zu ihr gekommen war, kurz nach Mathias' Beerdigung, in einer Zeit, zu der sie nichts als Schmerz gekannt hatte.

Es war das erste Mal gewesen, dass sie offen miteinander gesprochen hatten. Über die langen Jahre der Trennung und darüber, was zwischen ihnen zerbrochen war. Sie verstand seine Bitterkeit, spürte sie, als wäre es ihre eigene. Er musste sie allein überwinden. Vielleicht würde die Zeit ihm dabei helfen und ihre Geduld. Anna befürchtete, ihr Verhältnis zu Karl würde niemals einfach werden. Das hatte Leonhard mit spitzer Zunge vergiftet, und sie scheute sich davor, ihrem Sohn gegenüber diesen Verrat an seiner Liebe direkt anzuprangern, weil sie ihm nicht auch noch den Vater entfremden wollte. Die Annäherung vollzog sich langsam, in kleinen Schritten, mehr durfte sie nicht erwarten. Einer davon war es, ihm heute Abend zu zeigen, dass er für sie und die Familie derart wichtig war, dass sie ihrer eigenen Veranstaltung fernblieben, um an seiner Seite zu sein.

Die herzliche Begrüßung bestätigte Anna in diesem Entschluss.

»Schaut mal«, flüsterte Franziska ihren Eltern zu. »Ist das

nicht Inge Lantschner, die gerade dem Karli die Hand schüttelt?«

Michael horchte auf. »Die Skirennläuferin aus Innsbruck? Tatsächlich. Sie hat überlegen die österreichischen Meisterschaften gewonnen, und ich wette, dass auch im kommenden Jahr niemand eine Chance gegen sie hat. Sie ist Weltklasse. Wer ist ihr Begleiter?«

»Seinen Namen kenne ich nicht, aber Adele und ich haben den Herrn in den letzten Tagen mehrfach in der Stadt gesehen. Sie hat gehört, er besitzt eine Firma, in der Ski hergestellt werden. Er ist ein Bekannter von Herrn Schwarz, du weißt schon, Sportartikel Schwarz.«

»Hm. Das macht Sinn.« Michael nickte Anna zu. »Es ist eine gute Idee von Karl, Wintersportler einzuladen und ebenso Unternehmer, die deren Ausrüstung produzieren. Bad Reichenhall mit seinen Bergen hat genauso viel zu bieten wie die Schweizer Dörfer, die derzeit in Mode sind. Wir sind auf dem besten Weg, uns ebenfalls als Wintersportort zu etablieren, und wer könnte dabei besser helfen als Karl, der selbst jahrelang in der Schweiz gelebt hat?«

»Mit wem sitzen wir am Tisch?«, fragte Franziska.

»Mit den Fischers. Ich glaube, sie bringen Georg mit.«

Franzi verzog bei dieser Information das Gesicht, und Anna war sich nicht sicher, ob es missbilligend oder gelangweilt war. Als kleines Mädchen hatte ihre Tochter gern mit dem Sohn von Tine Fischer gespielt, aber seitdem sie keine Kinder mehr waren, hatte sich die Begeisterung füreinander abgekühlt.

»Was ist? Ich dachte, ihr beide versteht euch. Wir haben extra vereinbart, dass er seine Eltern begleitet, damit du einen Tischherrn hast, den du kennst und der in deinem Alter ist.«

»Ach, aus Mitleid mit mir habt ihr den Georg verpflichtet, hier zu sein? Das wär aber nicht nötig gewesen. Der bildet nämlich sich eine Menge darauf ein, dass sein Vater Kurdirektor ist. Er meint, das macht ihn zu etwas Besonderem. Da täuscht er sich. Für mich ist er derselbe ungehobelte Bengel wie früher, der mich dauernd an den Zöpfen gezogen hat.«

»Na, na«, unterbrach Michael. »Aus dem Alter seid ihr wohl heraus. Erstens hast du mittlerweile kürzere Haare, und zweitens würde sich Georg nicht dafür interessieren, dich zu schikanieren. Wie alt ist er denn inzwischen?«

»Neunzehn.«

»Erwachsen, hm. Wann hast du ihn zuletzt gesehen, dass er einen derart miserablen Eindruck bei dir hinterlassen konnte?«

Franzi musste nachdenken. »Ich glaube, es war bei Tines Geburtstag.«

»Der ist im Februar. Zu der Zeit war Georg letztes Jahr im Internat, also gar nicht da. Daher dürfte das bald zwei Jahre her sein.« *Und du warst damals im schlimmsten Backfischalter*, fügte Anna im Geiste dazu. Das mochte die Behauptungen ihrer Tochter erklären.

»Er hat mich bei der Gelegenheit jedenfalls nicht beachtet und wie ein kleines Mädchen behandelt. Als ob ich nicht mehr gut genug für ihn wäre. Aber das ist jetzt egal. Einen Abend werde ich wohl in seiner Gegenwart überstehen. Es sind schließlich noch ein paar andere junge Herren da, die mich zum Tanzen auffordern können. Mir wird schon nicht langweilig werden.«

Ihre Eltern warfen sich einen vielsagenden Blick zu, den Franziska nicht bemerkte, denn sie nahm einen beherzten Schluck von ihrem Sekt. Zusammen begaben sie sich an den Tisch, und kurz darauf kam die Familie Fischer an.

Augustine trug ein petrolfarbenes Abendkleid nach der neuesten Mode und dazu eine Federstola in Safran. Sie war exakt ein Jahr jünger als Anna, und die beiden waren seit Langem eng befreundet. Auch wenn sie früher mehr Zeit gehabt hatten, diese Freundschaft zu pflegen. Als ihre Kinder klein waren, hatten sich die Frauen fast jeden Tag gesehen. Mittlerweile wurde der Nachwuchs flügge, und Anna war im Hotel eingespannt, sodass sie wenig Gelegenheit für private Treffen hatte. Umso intensiver genoss sie Abende wie diesen, bei denen all ihre Lieben um sie versammelt waren und die Stimmung heiter und unbeschwert war.

Der dunkelhaarige Georg sah seiner Mutter ähnlich, hatte jedoch nicht ihren blassen Teint, sondern die gesunde Gesichtsfarbe von Thomas Fischer geerbt, der schon bei den ersten Sonnenstrahlen braun wurde. Anna fiel auf, dass er seit ihrer letzten Begegnung nochmals weiter in die Höhe geschossen war, denn vor zwei Jahren hatte er seinen Vater noch nicht überragt.

Amüsiert beobachtete sie, wie Franzi und er sich recht distanziert begrüßten, einander aber unverhohlen musterten, sobald alle Platz genommen hatten.

»Ist es nicht fabelhaft, was Karl aus dem Restaurant gemacht hat? Wer hätte im Rohbau dieses Kastens gedacht, dass auf dem Berg eine schicke Perle entstehen könnte?« Augustine wies um sich. »Richtig elegant schaut es aus. Und die Idee, hier oben ins neue Jahr hineinzufeiern, ist grandios!«

»Ob das der Herr Salzmeier ebenso sieht, stelle ich hiermit infrage«, raunte Thomas und nickte unauffällig in Richtung Eingangsbereich, in dem Karl soeben seinem Vater förmlich die Hand schüttelte. Leonhard Achleitner trug zwar einen Abendanzug, allein sein finsterer Gesichtsausdruck passte nicht zu der heiteren Veranstaltung. Erstes Grau durchzog sein Haar, und zwischen den Augenbrauen hatte sich eine steile Falte eingegraben, die sich nicht mehr glätten mochte. Schmal war er geworden, fand Anna. Seine Wangen wirkten etwas hohl, oder lag das an der schummrigen Beleuchtung, die Schatten warf, wo normalerweise keine waren?

2

Leonhard Achleitner folgte Karl an ihren Tisch und begrüßte die Anwesenden. Natürlich würden sie alle zusammensitzen, als Familie und enge Freunde des Gastgebers. Ein Umstand, den Anna vorab nicht bedacht hatte, doch sie ließ sich nichts anmerken. Nicht einmal, als Leonhards prüfender Blick für einen langen Moment auf ihr ruhte. Alte Missbilligung glaubte sie darin zu erkennen, ein Ausdruck, mit dem er sie ansah, wann immer sie einander begegneten.

Das Essen wurde aufgetragen, und sie brachten sämtliche Gänge ohne Zwischenfälle hinter sich. Anna entspannte sich ein wenig. Vielleicht war es mittlerweile möglich, zivilisiert miteinander umzugehen. Sie würde das begrüßen.

Als die *Jolly College Boys* mit ihrer schwungvollen Musik einsetzten, forderte Georg Fischer Franziska sofort zum Tanzen auf, die sich zu Annas Amüsement nicht lange bitten ließ, sondern gleich erfreut aufsprang. Die Tanzfläche im hinteren Teil des Restaurants füllte sich im Nu.

»Ich gratuliere dir«, bemerkte Leonhard unvermittelt zu Anna. »Dein Plan geht anscheinend auf. So konntest du dich also von deinen Sünden Karl gegenüber freikaufen.«

Schlagartig verstummten die Gespräche am Tisch, und alle starrten den Salinenvorstand entgeistert an.

Karl fing sich als Erster wieder. »Wovon sprichst du, Papa?«

»Davon, dass deine Mutter mir in den Rücken gefallen ist, als es um eine vernünftige Ausbildung für dich ging. Eine, die dir eine sichere Zukunft ermöglicht hätte. Glaubst du, ich weiß nicht, von wem du das Geld für dieses Hotel und das

Restaurant hast? Wer dafür gesorgt hat, dass du und nicht eine der großen Hoteliersfamilien von Bad Reichenhall den Zuschlag bekommen hast? Ein junger Bursche ohne finanzielle Eigenmittel, völlig unerfahren in dem Gewerbe? Korrumpieren hast du dich lassen, mein Sohn, und nun bist du ihr verpflichtet. Der Frau, die dich als Kind bei Fremden zurückgelassen hat, als wärst du lästiger Ballast, nur weil sie nicht schnell genug zurück zu ihrem Geliebten kommen konnte!«

Anna schnappte nach Luft, wollte protestieren. Glücklicherweise legte Michael sanft eine Hand auf die ihre und antwortete in ruhigem Ton. »Auf diese lächerlichen Vorwürfe gehe ich gar nicht erst ein. Wir wissen alle, wie es wirklich war. Aber natürlich haben wir mit Karl über die Möglichkeit eines Darlehens gesprochen, nachdem Sie ihn rausgeworfen haben, Herr Achleitner, und er auf sich selbst gestellt war und über die Runden kommen musste. Wir wussten, dass er die Investition, ein Berghotel zu gründen, niemals allein würde stemmen können, und ohne Eigenkapital bekam er auch keinen Bankkredit. Aber uns war klar, dass eine Einmischung von Anna und mir nur für böses Blut sorgen würde. Daher haben wir uns komplett aus der Sache herausgehalten.«

Leonhard schnaubte. »Sie glauben nicht ernsthaft, dass ich Ihnen das abnehme? Gerade Sie, Herr Schwarzenberg, sind bekannt dafür, unberechtigterweise einen Groll gegen mich zu hegen.«

Mit Schmerz im Herzen sah Anna auf Michaels andere Hand, auf die Prothese, die er seit dem Ende des letzten Krieges trug – in den er auf Leonhards Veranlassung hin hatte ziehen müssen. Aus reiner Böswilligkeit hatte ihr erster Mann erwirkt, dass Michael eingezogen worden war, seinen Tod billigend in Kauf nehmend. Jeder Groll gegen ihn war mehr als berechtigt.

»Das können Sie schon glauben«, sprang Thomas Fischer ein. Mit einem kleinen Lächeln im noch immer jungenhaft anmutenden Gesicht wirkte er geradezu provokant selbstsicher, und Annas Atem wurde ein wenig ruhiger. Sie musste sich nicht allein gegen Leonhard behaupten.

»Wissen Sie, ich halte große Stücke auf Ihren Sohn. Er ist ein kluger junger Mann mit visionären Ideen. Deshalb war ich es, der dafür gesorgt hat, dass er den Zuschlag für das Berghotel bekam, nicht Anna oder Michael. Und den Kredit hat er von mir persönlich erhalten und niemandem sonst. Alles wurde notariell abgesichert und ist rechtlich vollkommen in Ordnung. Im Gegensatz zu Ihnen glaube ich nämlich an Karls Erfolg. Und seine Mutter tut das ebenso.« Er nickte Anna zu, dann sah er Leonhard wieder an, sein Lächeln nun wie weggewischt. Sie wusste, es fehlte nicht viel, und sowohl Michael als auch Thomas würden die Geduld mit Leonhards impertinentem Benehmen verlieren. Was bildete er sich ein, an einem derart wichtigen Abend für seinen Sohn Streit vom Zaun zu brechen?

»Wenn du etwas mit mir klären möchtest, können wir das in einem anderen Rahmen besprechen, Leo. Nicht hier. Nicht jetzt. Die Silvesternacht gehört Karl.« Ihre Stimme klang eisig.

Michael erhob sich. »Lass uns tanzen, Anna.«

»Gern.«

Sie folgte ihrem Mann auf die Tanzfläche, Leonhards feindselige Blicke spürte sie förmlich im Rücken brennen.

»Wie kann er es wagen?«, flüsterte sie in Michaels Ohr. Gerade wurde ein langsames Stück gespielt, und er zog sie eng an sich. Der Zusammenklang von Kontrabass, Klarinette und Jazzbesen erinnerte an warmes Karamell und beruhigte Anna.

»Hast du bemerkt, dass seine Hände zitterten?«, fragte Michael. »Du weißt, wie sehr ich deinen früheren Gatten verabscheue, aber heute kommt es mir vor, als wäre er nicht er selbst. Vielleicht ist er krank und hat Schmerzen … nur so eine Vermutung. Das könnte ihn noch unausstehlicher machen als sonst.«

»Auch ich hatte vorhin den Eindruck, als wäre er auffallend schmal geworden.« Anna entspannte sich, ließ sich über die Tanzfläche führen und genoss die Momente der Nähe.

»Na ja, vermutlich nagt einfach nur die Boshaftigkeit langsam an seinem Aussehen«, flüsterte ihr Mann.

Sie musste kichern, schämte sich gleich darauf dafür und versuchte, sich zu beherrschen, was in einem Prusten resultierte.

Michael schob sie ein wenig von sich. »Schlimm genug, dass wir über Leonhard sprechen, während wir eigentlich romantisch tanzen sollten. Niest du mir jetzt auch noch ins Ohr?«

Anna lachte. »Nein, entschuldige bitte. Ich werde mich bemühen, ab sofort eine angemessen getragene Stimmung auszustrahlen. Ist die Musik nicht traumhaft? Wie ein Prickeln, das durch den Körper fließt.«

Er zog sie wieder näher und legte eine Hand auf ihren nackten Rücken. Seine Lippen streiften federleicht ihre Schläfe. »Dieses Kleid kannst du ruhig öfter tragen. Die fehlenden Stellen im Stoff gefallen mir.«

Sie schloss die Augen, gab sich den Rhythmus des Musikstücks hin und sog die Atmosphäre im Raum auf. Der Übergang vom alten zu einem neuen Jahr war immer etwas ganz Besonderes, anders als normale Dinnerpartys, Bälle oder Tanzveranstaltungen. Als sie die Augen wieder öffnete, sah Anna, dass auch Georg Franziska ziemlich eng in seinen Armen hielt. Die zwei hatten anscheinend alles um sich herum vergessen.

So viel zum ungehobelten Bengel, dachte sie. *Erstaunlich, wie sich Ansichten innerhalb von drei Minuten drastisch ändern können.*

Michael hatte die beiden ebenfalls im Blick und verzog die Mundwinkel.

»Lass sie«, flüsterte ihm Anna ins Ohr.

»Siehst du, wie er sie anschmachtet? Dafür ist unsere Franzi viel zu jung.«

»Hm. Denk daran, wie alt wir damals waren, als wir uns kennengelernt haben.«

Das brachte ihn zum Verstummen. Sie genossen die langsamen Takte, aber als die Musiker ein schnelles Stück anspielten, gingen sie gern auch darauf ein. Es war heiß im Raum, die Gesichter der Tänzer glühten, und allenthalben war Lachen zu hören. Ein voller Erfolg für Karl. Die Leute nahmen das neue Bergrestaurant an. Es würde sicher nicht das letzte rauschende Fest bleiben, das hier gefeiert wurde. Anna wusste, wie wichtig es war, einen guten Start zu haben. War ein Lokal einmal in Mode, war das die halbe Miete, und es galt die Gunst des Augenblicks zu nutzen. Dass Karl dies beherrschte, stand außer Frage. Besonders, was die verwöhnten Urlauber in Bad Reichenhall betraf, für deren Unterhaltung es eines speziellen Händchens bedurfte. Das hatte sie in vielen Jahren im Grandhotel Schwarzenberg gelernt, und ihr Sohn schien eine natürliche Begabung dafür zu haben.

Als die *Jolly College Boys* eine Pause machten, leerte sich die Tanzfläche, und auch Anna und Michael setzten sich zurück zu ihren Freunden. Karl wanderte von Tisch zu Tisch und kümmerte sich um seine Gäste. Leonhard hatte sich zu einem bekannten Politiker gesellt, der in einer Ecke des Raumes Hof hielt.

Franziska und Georg bekamen sie den gesamten Abend über wenig zu sehen, die beiden saßen mit anderem Jungvolk an der Bar, wenn sie nicht gerade tanzten, und unterhielten sich prächtig. Der Barmann mixte exotische Cocktails, die sogar bei den eingefleischten bayerischen Biertrinkern für Begeisterung sorgten. Zu fortgeschrittener Stunde wurden Canapés mit Fleisch, Käse und Fisch gereicht, Karl hatte an alles gedacht.

Kurz vor Mitternacht begaben sich die Gäste ins Freie und

zählten zusammen die Sekunden, bis das Mitternachtsläuten unten im Ort einsetzte und zu ihnen heraufschallte. Ein buntes Feuerwerk begrüßte das neue Jahr, und Anna fragte sich, was 1929 wohl bringen würde. Bevor sie in Nachdenklichkeit abgleiten konnte, in eine Melancholie, die sie zum Jahreswechsel meist erwischte, ohne dass sie sich dagegen zu wehren vermochte, nahm Michael sie in den Arm.

»Ein frohes neues Jahr, mein Schatz.« Er strahlte sie an, küsste sie inmitten der Lärmmischung aus Geläut, explodierenden Feuerwerkskörpern und johlenden Menschen, bis ihr die Luft wegblieb. Die Fischers stießen mit ihnen an, und auch Franziska ließ sich wieder blicken, um ihre Eltern zu herzen.

Bald zogen sich die Gäste ins Warme zurück, um weiter zu feiern, allein Anna blieb noch einen Augenblick draußen, eingehüllt in ihren Mantel. Der viele Zigarettenrauch drinnen brannte in ihren Augen, und sie hatte das Gefühl, dass der Sekt ihr langsam zu Kopf stieg, daher wollte sie kurz durchatmen.

Zwischen der Bergstation und dem Hotel war ein Weg im tiefen Schnee geschaufelt, nicht mehr als ein Pfad, mit Schneemauern links und rechts, die sich hüfthoch auftürmten. Nach etwa zehn Metern gabelte er sich und verschwand in der Dunkelheit. Anna machte einige Schritte, bis sie den Fackelschein hinter sich gelassen hatte, und sah hoch in den glitzernden endlosen Sternenhimmel.

»Weißt du noch, wie wir früher zusammen hier heraufgestiegen sind? Ohne Seilbahn und Bergrestaurant und die ganzen Menschen?«

Sie fuhr herum. »Leo! Du hast mich erschreckt.«

Die Hände in den Hosentaschen, kam er auf sie zu, trug nur seinen Anzug, den Mantel hatte er offenbar an der Garderobe gelassen.

»Weißt du es noch?«, wiederholte er.

»Sicher. Es kommt mir zwar vor, als wäre es in einem anderen Leben gewesen, aber natürlich erinnere ich mich daran.«

Er stellte sich vor sie, versperrte ihr den Rückweg zum Restaurant.

»Als wir im Stadtrat darüber abgestimmt haben, auf welchen Berg die Bad Reichenhaller ihre Bahn hinaufbauen sollen, war ich nur deshalb für den Predigtstuhl, weil er mich an unbeschwerte Zeiten erinnert. Zuerst mit meinen Eltern, danach mit dir. Und nun ist alles verdorben, weil Karl einen auf Bergwirt machen muss und Essen serviert, anstatt was Anständiges zu studieren.«

»Mir ist kalt, Leo, dir bestimmt auch. Lass uns wieder hineingehen.«

»Das hat vorhin aber nicht so ausgesehen, als Michael dich abgeküsst hat wie ein hitziger Pennäler hinter dem Schulhof. Dabei ist es dir sicherlich heiß geworden, nicht wahr, Anna?«

»Bist du betrunken?«

»Kann schon sein.«

»Geh mir bitte aus dem Weg.«

»Ich bin noch nicht fertig.«

Wut stieg in Anna auf wie Sodbrennen, gallig und unerwünscht. Sie war es überdrüssig, Leonhards Launen ertragen zu müssen. Seit Jahren gefiel er sich in der Rolle des leidenden, gehörnten und verlassenen Ehemannes, dabei war er es gewesen, der durch Opportunismus und Ränkespiele ihre Ehe ruiniert hatte. Eine Ehe, die niemals hätte eingegangen werden müssen, wenn er nicht Intrigen gesponnen hätte.

»Am besten, du gehst nach Hause. Nicht, dass du dich wieder blamierst«, zischte sie ihm zu. »Weißt du noch, was beim letzten Mal geschehen ist, als du einen über den Durst getrunken hast? Die Hertha hat dich, Liebesschwüre schreiend, auf offener Straße zu Boden gerissen, weil du nicht mehr sicher auf den Beinen stehen konntest, und alle haben es gesehen.« Sie wusste selbst, dass dies die Tatsachen ein wenig strapazierte, zumal der Vorfall ewig zurücklag. Aber er provozierte sie, also wollte sie es ihm mit gleicher Münze heimzahlen.

Zu Annas Verblüffung lenkte er ein. »Erinnere mich nur nicht daran. Das entsetzliche Weib. Ich bin froh, wenn ich sie niemals wiedersehen muss. Du hast recht, ich sollte heimgehen. Lass mich dir nur noch rasch ein gutes neues Jahr wünschen, um der alten Zeiten willen.«

Er streckte ihr die Hand hin. Zögernd sah sie ihn an, unsicher, ob er es ernst meinte, dann ergriff sie sie. Sofort riss er Anna an sich, schob die andere Hand in ihren Nacken und presste seine Lippen hart auf die ihren. Er schmeckte nach Alkohol. Erinnerungen an den schrecklichsten Tag in ihrem Leben stürzten unkontrollierbar auf sie ein. Furcht und Abscheu packten sie, fester noch als Leonhard. Was, wenn er ihr wehtun würde? Er wusste doch, was man ihr angetan hatte, warum verhielt er sich derart grob? Ohne dass sie etwas dagegen unternehmen konnte, erstarrte sie, fühlte sich hilflos, bekam keine Luft mehr.

Plötzlich wurde er mit einem Ruck nach hinten weggezerrt. Blanke Wut stand in Michaels Gesicht, als er Leonhard einen Faustschlag versetzte, der diesen taumeln ließ.

»Die rechte Hand habe ich dank dir verloren, du Mistkerl, aber mittlerweile kann ich auch mit der linken zuschlagen!« Er spie die Worte geradezu aus. »Ich wusste, dass du mir irgendwann die Gelegenheit gibst, dir das zu beweisen. Wenn du meine Frau noch einmal anfasst, wird ein linker Haken nicht ausreichen, dann stehst du nicht mehr auf.«

»Soll das eine Drohung sein, Herr Schwarzenberg?« Leonhard wischte sich über die blutende Lippe.

»Das haben Sie absolut richtig erkannt, Herr Achleitner.«

Mit einem aufgebrachten Schnauben und ohne Anna nochmals anzusehen, stakste Leonhard auf unsicheren Beinen davon.

Zitternd stand sie in der Kälte, sah ihren Atem in stoßweisen Wölkchen vor ihrem Gesicht und war immer noch unfähig, sich zu bewegen.

Erst als Michael sie vorsichtig an den Schultern berührte, erwachte sie aus ihrer Starre. Sie warf sich in seine Arme, und er hielt sie fest.

»Ich war rechtzeitig da, Anna, ich hätte niemals zugelassen, dass er dir etwas antut.«

»Wie kommt er dazu, sich mir aufzudrängen? Als ob er von Sinnen wäre!«

»Betrunken ist er, mehr nicht, und ein alter Depp. Er sieht uns feiern, sieht, wie glücklich wir sind. Das erträgt er nicht. Ich hab es gewusst, er liebt dich noch immer, Anna.« Seine Stimme klang dunkel.

»Nein!«, rief sie. »Das ist keine Liebe, sondern verletzter Stolz, der langsam zu Besessenheit ausartet. Sobald er getrunken hat, ist er nicht er selbst.«

Anna wusste, dass er sich aus diesem Grund für gewöhnlich maßvoll hielt, wenn es um Alkohol ging. Ein gelegentliches Glas Bier, mehr gönnte er sich nicht, weil er es hasste, die Kontrolle zu verlieren. Sicher würde er sich morgen früh für das schämen, was er getan hatte. Doch war das keine Entschuldigung für sein Verhalten.

Mit dem Handrücken wischte sie sich über die Lippen, konnte ihn aber immer noch schmecken. Sie fühlte sich gedemütigt.

Michaels Mantel stand offen. Durch seinen Anzug hindurch spürte sie sein Herz wild pochen, seine Brust hob und senkte sich rasch. Er war ebenso aufgebracht wie sie.

»Ich hätte ihm am liebsten den Kopf abgerissen, als ich gesehen habe, wie er dich … Eigentlich wollte ich dir Gesellschaft leisten, und dann komme ich aus dem Restaurant und gerade noch rechtzeitig. Das wird Konsequenzen für Herrn Achleitner haben.«

Sie ließ ihn los. »Das bringt doch nichts. Vergessen wir

den Zwischenfall, und haken wir ihn als die dumme Tat eines Betrunkenen ab.«

»Das kann ich nicht«, knurrte er. »Und du kannst es ebenso wenig. Langsam ist das Maß dessen voll, was er sich ungestraft erlauben darf.«

»Leonhard ist mir egal. Ich werde weder mein Wohlbefinden noch das deine von ihm abhängig machen. Er ist schlicht und ergreifend nicht wichtig genug für uns, verstehst du? Wir lassen die Sache auf sich beruhen.«

»Wenn das dein Wunsch ist.«

Anna nickte grimmig und nahm Michael bei der Hand. Sie fror erbärmlich und wollte schnell wieder ins Warme.

Natürlich wäre ihr nichts lieber gewesen, als Leonhard zur Rede zu stellen, ihn anzuschreien. Doch würde das den Kuss nicht ungeschehen machen. Er hatte ihr seinen Willen aufgezwungen, sie seine körperliche Überlegenheit spüren lassen und ihr gezeigt, wie wenig er sie respektierte. Aber sie war keine siebzehnjährige Küchenmagd mehr und er kein Friedrich Bahlow. Er konnte ihr nicht wehtun. Leonhard Achleitner war für Anna ein armseliger, unbedeutender Mann.

3

Bad Reichenhall, Januar 1929

Obwohl er Anna versprochen hatte, den unerhörten Zwischenfall zu vergessen, dachte Michael ständig daran. Es hatte ihm einen Stich ins Herz versetzt, zu sehen, wie Achleitner seine Lippen auf Annas gepresst hatte. Vollkommen aufgelöst war sie gewesen, gezittert hatte sie – verständlicherweise, ihm war es nicht anders ergangen. Und nun sollte er tun, als wäre nichts geschehen? Einerseits konnte er nachvollziehen, dass sie nicht willens war, sich damit auseinanderzusetzen, und er respektierte ihren Wunsch. Andererseits bereitete es ihm Schwierigkeiten, seine Wut auf den Salinenvorstand im Zaum zu halten. Gut, dass Arbeit auf ihn wartete, die würde ihn ablenken.

»Morgen ist Heilig Drei König. Der Feiertag fällt dieses Jahr auf einen Sonntag. Wir haben einige Abreisen, danach ist es eine Woche lang ruhiger, aber ab dem Vierzehnten sind wir wieder ausgebucht.« Stanley Meyers hielt einen Notizblock, auf den er schaute, während er gleichzeitig mit einem Löffel in seiner Kaffeetasse umrührte. Er saß bei Michael im Büro, und die beiden besprachen die Hotelpläne für die nächste Zeit.

»Das heißt, falls du die kommenden Tage nicht hier wärst, würden wir trotzdem über die Runden kommen?«

»Ganz schwierig, natürlich. Wenn ihr euch ranhaltet, könntet ihr es vielleicht ohne mich schaffen. Gerade so.« Der Geschäftsführer des Grandhotels grinste seinen Chef und besten Freund an. In den vergangenen Jahren hatte der gebürtige Amerikaner die deutsche Sprache ausgezeichnet erlernt, seinen Akzent würde er aber nie verlieren. Dafür war er mit seinen bald sechzig Lenzen wahrscheinlich schon zu alt. »Warum? Was schwebt dir vor?«

Michael seufzte. »Ein Spezialauftrag. Ich möchte, dass du nach Berlin fährst. Nach Babelsberg, genauer gesagt, in das Filmatelier …«

»… in dem Wolf Bahlow versucht, Fuß zu fassen?«

»Ja.«

»Was soll ich dort tun?«

»Nur deine Fühler ausstrecken, mehr nicht. Ich habe gehört, er hat vor, als Produzent in die Filmwelt einzusteigen. Und es interessiert mich, ob er damit schon Erfolg hatte. Ob es ein Projekt gibt, an dem er arbeitet, ob er Geldgeber findet und was er genau plant. Einfach alles, was du herausfinden kannst, ohne dass er von deiner Anwesenheit erfährt.«

»*Revenge is a dish best served cold*«, zitierte Stanley die Redensart auf Englisch. »Bist du nun so weit, um Vergeltung zu üben?«

»Ich denke ja.«

»Du weißt, dass du dich nicht besser fühlen wirst, wenn du dich an Wolf Bahlow dafür rächst, dass er deinen Sohn aus Boshaftigkeit auf den Berg geschickt hat, obwohl ein Gewitter drohte? Er war ein dummer Junge, dem wahrscheinlich nicht einmal bewusst war, dass er Mathias dadurch in tödliche Gefahr brachte.«

Das sah Michael anders. »Wenn du nicht fahren willst …«

»Doch, doch, kein Problem. Ich schnuppere gern ein wenig Großstadtluft. Es ist zwar schön hier in den Bergen, aber Abwechslung schadet nicht.«

Sie beschlossen, weder Anna noch Stanleys Frau Adele den wahren Grund für die Reise zu nennen. Stattdessen behaupteten sie, es wäre notwendig, die bekannten Grandhotels in der Hauptstadt einer Inspektion zu unterziehen, um zu sehen, ob das Schwarzenberg auf aktuellem Stand war. Tatsächlich trug sich Michael mit Renovierungsgedanken, und Stanley würde sich in Berlin sowohl das Esplanade am Potsdamer Platz als auch das Adlon auf dem Boulevard Unter den Linden ansehen und hoffentlich ein paar neue Ideen mitbringen.

Stanley reiste am Dienstag ab und meldete sich bereits am Mittwoch telefonisch mit ersten Informationen. Das Adlon hatte es ihm angetan, er fand es grandios.

»Es geht zu wie in einem Taubenschlag«, erzählte er. »Ständig halten Automobile vor dem Portal, und Gäste reisen an und ab. Ich glaube, die haben eine ganze Armee von Kofferträgern, Rezeptionisten und Concierges. Das sind Dimensionen, Michael, die können wir uns in Bad Reichenhall nicht vorstellen.«

Wolf Bahlow hingegen lebte wenig glamourös in einem heruntergekommenen Zimmer in Berlin-Mitte. Seine Hauswirtin beschwerte sich bei Stanley darüber, dass er ständig mit der Miete im Verzug wäre und spätnachts oft noch Lärm machte. Gegen ein kleines Entgelt zeigte sie sich äußerst auskunftsfreudig. Im Studio in Babelsberg gab sich Wolf wohlhabend und weltmännisch, sammelte aber durch seine Art wenig Sympathien. Tagtäglich tauchte er dort auf, meist nicht vor mittags.

»Was macht er konkret?«, fragte Michael.

»Sich ziemlich wichtig. Keiner kann ihn leiden.« Stanleys Stimme klang abgehackt, die Verbindung war schlecht. »Ich vermute, er braucht dringend finanzielle Mittel, wenn er etwas auf die Beine stellen will. Eine Sekretärin von der UFA, die recht entgegenkommend war, weil ich mich als amerikanischer Investor vorgestellt habe, meinte, Wolf Bahlow plane seit einem Jahr einen abendfüllenden Spielfilm. Er hat allerdings keine Geldgeber, keinen Regisseur und keine Schauspieler. Die Dame vermutet – wie übrigens die meisten Leute, mit denen ich gesprochen habe –, dass er ein, wie heißt es doch gleich, ein Landei ist und vom Geld seiner Familie lebt, das ihm langsam ausgeht.«

Michael saß am Schreibtisch, hatte die Füße hochgelegt und nagte an seiner Unterlippe. Er überlegte. »Danke, Stanley«, meinte er dann. »Mach dir noch zwei schöne Tage im Adlon, wenn du magst.«

»Das ist nicht notwendig. Falls ich nichts mehr für dich tun kann, komme ich morgen mit dem ersten Zug heim. Ich vermisse Adele. Ach, übrigens – ich habe im Studio dabei zugesehen, wie ein Werbefilm gedreht wurde. Was hältst du davon, wenn wir so etwas über Bad Reichenhall aufnehmen? Groß aufgezogen, mit musikalischer Untermalung, als weltweite Lichtspielhausreklame? Darüber sollten wir dringend sprechen, sobald ich wieder zu Hause bin. Ich denke, das könnte uns viele neue Gäste bescheren. Reklame wird immer wichtiger.«

Nachdem sie aufgelegt hatten, dachte Michael daran, wie Stanley sich seinerzeit darum bemüht hatte, Adele Gärtner, die Hausdame des Hotels, für sich zu erobern. Seitdem sie verheiratet waren, kam es ihm vor, als würde sein Freund jene Zufriedenheit ausstrahlen, nach der er vorher unablässig gesucht hatte. Während ihrer gemeinsamen Zeit als Goldsucher in Kanada war Stanley Meyers ein unruhiger Geist gewesen, rastlos und stets auf der Jagd nach etwas, das er nicht zu benennen vermochte. In seiner Gattin hatte er es schließlich gefunden. Michael gönnte ihm das relativ späte Glück mit der deutlich jüngeren Frau von Herzen. Und gelegentliche Ausflüge wie dieser nach Berlin taten dem ehemaligen Abenteurer gut.

Im obersten Stock des Hotels, im großzügigen Apartment, das Familie Schwarzenberg privat bewohnte, fand Michael seine Tochter in ihrem Zimmer. Sie steckte halb im Kleiderschrank und kramte darin herum, dabei murmelte sie vor sich hin.

»Franzi? Was suchst du denn?«

»Meine Schneeschuhe«, kam die dumpf klingende Antwort aus dem Schrankinneren.

»Die sind auf dem Dachboden.«

»Tatsächlich?« Sie richtete sich auf und strich sich die schulterlang geschnittenen blonden Haare glatt. »Da kann ich ja lange herumwühlen.«

»Wenn du ein wenig System in dein Chaos bringen würdest, müsstest du überhaupt nicht wühlen. Sondern könntest auf einen Blick beurteilen, was du hast. Wofür brauchst du die Schneeschuhe eigentlich?«

»Karl macht mit einigen Gästen eine Wanderung oben in der Sonne auf dem Predigtstuhl. Das Wetter ist traumhaft. Ich möchte gern mitgehen. Er hat gemeint, das wäre in Ordnung.«

»Wer ist sonst noch dabei?«

Franziska wurde rot. »Die anderen kenne ich nicht. Außer Georg Fischer.«

Michael beschloss, diese Information unkommentiert zu lassen. »Du hältst dich bitte an deinen Bruder, Franzi. Versprich mir das. Der Karl kennt sich aus auf dem Berg, und ich will nicht, dass du dich in Gefahr bringst. Mag sein, dass die Sonne lacht und alles aussieht wie eine Märchenlandschaft. Aber unterschätze es nicht. So ein Schneebrett ist schnell ausgelöst, wenn man Dummheiten macht und …« Er verstummte, wollte nicht klingen wie ein übervorsichtiger Vater, immerhin war sie kein kleines Kind mehr.

»Mach dir keine Sorgen, Papa. Du kannst dich auf mich verlassen.«

»Das weiß ich.« Er setzte sich auf Franziskas Bett und sah ihr dabei zu, wie sie herumliegende Kleidungsstücke aufsammelte und zurück in den Schrank räumte.

»Warum bist du heraufgekommen?«, fragte sie.

»Weil ich etwas mir dir besprechen möchte. Ich habe Stanley nach Babelsberg geschickt, um herauszufinden, was Wolf Bahlow treibt.«

Sie hielt mitten in der Bewegung inne, ließ die Bluse sinken, die sie auf einen Bügel hatte hängen wollen. »Er ist noch immer dort, nicht wahr?«, flüsterte sie. »Wie ich es dir gesagt hatte. Was hast du vor?«

»Ich habe einen Freund in Amerika kontaktiert. Der wird Wolf ein Angebot machen, das er nicht ausschlagen kann. Und dann haben wir ihn.«

»Warum, Papa? Das bringt uns Mathias nicht wieder. Wir müssen nach vorn schauen, dürfen uns nicht von Bitterkeit auffressen lassen. Ich vermisse ihn ebenfalls, aber meinst du wirklich, dass ‚Auge um Auge' der richtige Weg ist, um endlich deinen Frieden zu finden?« Sie setzte sich neben ihn und lehnte sich an seine Schulter.

Es war der *einzige* Weg, den er um jeden Preis zu Ende gehen würde. Egal wie lange es dauerte, was es kostete und welcher Entbehrungen es bedurfte.

»Wir waren uns doch einig, dass er nicht einfach davonkommen darf. Sag bitte deiner Mutter nichts davon, ich möchte nicht, dass sie sich aufregt.«

»Es vergeht kein Tag, an dem ich nicht an Mathias denke. Er würde heute bestimmt mit auf die Wanderung gehen wollen und sich darüber freuen, bei den Großen dabei zu sein. Manchmal rechne ich damit, dass er jeden Augenblick hereinkommt. Geht es dir auch gelegentlich so? Als hättest du vergessen, dass er tot ist?«

Er schluckte. »Ja. Umso stärker spüre ich den Schmerz, wenn es mir dann wieder einfällt.«

»Wenigstens Mama scheint sich einigermaßen gefangen zu haben. Gottlob.«

Das stimmte. Nach Mathias' Beisetzung hatte sie sich so weit in sich selbst zurückgezogen, dass Michael und Franziska befürchtet hatten, sie zu verlieren. Bei langen Waldspaziergängen hatten sich Vater und Tochter ihren Kummer von der Seele geredet, und die Ruhe, die sie danach ausstrahlten, hatte wie eine Erdung auf Anna gewirkt. Auch Stanley und Adele waren für sie da gewesen, hatten ihr Halt und Trost geboten. Ganz langsam war sie zu ihnen zurückgekehrt. Einen nicht unwesentlichen Anteil daran hatte Karl. In einer Zeit der Dunkelheit und des Schmerzes hatte er die Hand nach seiner Mutter ausgestreckt. Das würde Michael ihm nie vergessen. Selbst wenn längst nicht alle Konflikte zwischen den beiden überwunden waren, der Grundstein für ein familiäres Miteinander hatte er gelegt. Außer Leonhard Achleitner beschloss dazwischenzufunken. Er verstand es immer wieder, für Unfrieden zu sorgen. Erneut stiegen Michael die Bilder des unsäglichen Kusses in den Kopf, und er musste sich zusammenreißen, um an etwas anderes zu denken.

»Wann geht es los?«, fragte er.

»In einer Stunde. Wir treffen uns an der Talstation, fahren mit der Gondel hinauf und gehen oben einen Rundweg. Nachher bringt Karl mich nach Hause. Ich hoffe, er ist nett zu Georg. Irgendwie scheint er ihn nicht zu mögen.«

Michael erhob sich. »Er passt eben auf dich auf. Finde ich in Ordnung. Lass dir aus der Küche warmen Tee und eine Stärkung in einen Rucksack packen.«

»Brauche ich nicht, Papa. Karl hat für alles gesorgt. Er bringt Verpflegung mit.«

»Na dann bleibt mir nichts anderes übrig, als euch viel Spaß zu wünschen.« Es sah aus dem Fenster. Die Sonne strahlte von einem wolkenlosen Himmel und ließ den Schnee funkeln. »Was für ein perfekter Wintertag.«

Als Franziska später zurück war und mit gesundem Appetit das Abendessen verspeiste, waren ihre Wangen gerötet von der frischen Luft, und auf der Nase hatte sie ein paar Sommersprossen bekommen.

»Hattest du einen schönen Tag?«, fragte Anna.

»Himmlisch war es!« Sie verdrehte schwärmerisch die Augen, und Michael hatte den Verdacht, dass sie dabei nicht an das Naturpanorama, sondern an Georg Fischer dachte. »Stellt euch vor, der Karl hat auf halbem Weg eine Brotzeitstation im Schnee aufbauen lassen. Dort hat ein Mitarbeiter des Bergrestaurants auf uns gewartet. Mit Gulaschsuppe, Getränken und Kuchen. Die Gäste waren begeistert.«

»Das kann ich mir vorstellen.«

»Seine nächsten Wanderungen sind bereits ausgebucht. So glücklich wie heute habe ich ihn noch nie erlebt.«

»Wie meinst du das?«

Franziska schien nachzudenken. Sie trug einen dunkelblauen Strickpullover mit eingestickten Edelweißblüten um den runden Halsausschnitt. Dazu weite Hosen aus Tweedstoff. Das Haar hatte sie mit zwei Kämmen aus dem Gesicht gesteckt. »Er ist einfach ein anderer Mensch, wenn er draußen unterwegs ist. Manchmal habe ich bei ihm das Gefühl, dass er sich in Gebäuden irgendwie eingeengt fühlt. Aber oben auf dem Predigtstuhl, mit dem unendlichen Rundumblick, weit und breit nichts als Berge und Himmel, da scheint er zufrieden zu sein. Niemals hätte er in München studieren können, er wäre dort eingegangen wie eine Primel.« Sie verstummte kurz, um sich noch einen Kartoffelknödel aus der Schüssel zu angeln. »Ich finde, sein Vater verlangt unmögliche Sachen von ihm. Wisst ihr, was Karl heute erzählt hat?« Erwartungsvoll sah sie zwischen ihren Eltern hin und her.

»Nein, was denn?«, fragte Michael brav nach. Er freute sich, dass Franziska, die nach Mathias' Tod zu einem stillen, ernsten Mädchen geworden war, langsam wieder zu ihrem alten Temperament zurückfand. Allerdings wäre es ihm lieber, keine Neuigkeiten aus dem Hause Achleitner erfahren zu müssen, die verhießen selten etwas Gutes.

»Sein Vater wünscht sich, dass er in die Lokalpolitik einsteigt. Wo er doch selber früher Bürgermeister gewesen ist, ihr wisst schon. Und weil sein Sohn sich gegen ihn gestellt hat, als es ums Studieren ging und stattdessen das Berghotel aufgemacht hat, wäre er es ihm schuldig, wenigstens jetzt auf ihn zu hören. Damit aus ihm was Besseres wird als nur ein Wirt und Wandersmann. So hat er es genannt.«

»Politik? Blödsinn. Dafür ist er viel zu jung. Außerdem interessiert ihn das nicht«, warf Anna ein.

»Eben. Sieht Karl genauso. Aber er will seinen Vater nicht noch mehr enttäuschen, also sagt er nicht rundheraus nein, sondern gibt sich fügsam.«

»Behauptet er das?«

»Nein, Mama, das weiß ich. Ich kenne ihn ja. Für ein Lob vom Achleitner würde Karl fast alles tun.«

War es zu viel verlangt, sich eine fortdauernd friedliche Phase zu wünschen? Mit dem Daumen klappte Michael den Zinndeckel von seinem Steinkrug hoch und trank einen Schluck Bier. Warum hatte er das Gefühl, als wären die nächsten Schwierigkeiten bereits im Anzug? Er war ein harmoniebedürftiger Mensch, das Schicksal hatte ihn allerdings gelehrt, sich durchzusetzen. Besonders wenn es um seine Familie ging, würde er keine Kompromisse eingehen. Die Achleitners und Bahlows dieser Welt konnten ihnen nichts anhaben.

4

Bad Reichenhall, Oktober 1929

Der Zusammenbruch der New Yorker Börse Ende Oktober riss alte Wunden bei Katharina Bahlow auf. Erinnerungen an ihre große Liebe Ferdinand Hofmeister, Wolfs Vater, kamen in ihr hoch, als sie von einigen Freunden erfuhr, die ihr gesamtes Vermögen verloren hatten. Nie hätte sie jedoch damit gerechnet, dass ihre Familie, die Familie von Feil, persönlich von Ruin betroffen sein könnte.

An einem milden Dienstag im November kam ihr Sohn Wolf überraschend aus Berlin zurück nach Burg Schönegg. Er war nicht allein. Zwei Herren in dunklen Anzügen begleiteten ihn. Alle drei machten ernste Gesichter. Vermutlich hatten sie irgendwas mit seinen Filmambitionen zu tun, ein Thema, für das Katharina sich nicht sonderlich erwärmen konnte. Schauspieler, Regisseure, Produzenten waren für sie mehr oder weniger moderne Gaukler. Personen, mit denen die von Feils keinen Umgang pflegten. Es war ihr schleierhaft, weshalb ihr Sohn unbedingt ins Filmgeschäft einsteigen wollte. Hätten sie eine innigere Beziehung zueinander gehabt, würde sie sich für ihn schämen, aber auch so empfand sie seine Ambitionen als reichlich unangenehm.

Im großen Salon nahmen die Herren bei Katharina und ihrer Mutter Hedwig am Tisch Platz. Sehr selbstbewusst, wie ihr auffiel. Präpotent hätte ihr verstorbener Vater das genannt. Der ältere der beiden Unbekannten, ein Mann Ende fünfzig mit hoher Stirn und zu viel Pomade in den spärlichen Haaren, zog einen Stapel Dokumente aus seiner Aktentasche und legte sie vor sich ab. Penibel rückte er den Blätterstapel zurecht, bis die Zettel exakt übereinanderlagen. *Präpotent und Erbsenzähler*, dachte sie, *wie spießig.*

»Mutter, Großmutter, leider habe ich unerfreuliche Neuigkeiten, die uns alle betreffen. Daher ließ sich diese Zusammenkunft nicht vermeiden«, eröffnete Wolf das Gespräch. Schlagartig verspürte Katharina eine Beklemmung in der Brust, als würde sich eine Faust darin ballen, die ihr Herz zerquetschte. Sie atmete flach. Ihr Sohn hatte noch nie für gute Nachrichten gesorgt oder irgendetwas Positives zustande gebracht. Mit Grausen erinnerte sie sich an den Tod des Schwarzenberg-Jungen, der Wolf arg ins Gerede gebracht hatte. Er war eine wandelnde Enttäuschung. Was hatte er nun wieder angestellt?

»Es handelt sich um unsere Finanzen.« Seine Haut wirkte fahl und fiebrig, wie von einem feinen Schweißfilm überzogen, der aus sämtlichen Poren drang. Wolfs Finger zitterten. Er legte die Hände in den Schoß und schluckte. »Wie ihr wisst, hat mich Anfang des Jahres ein amerikanischer Geschäftsmann aufgesucht, der mein Filmprojekt finanzieren wollte. Allerdings nicht zu hundert Prozent, ich musste einen gewissen Eigenanteil erbringen, wenn es etwas werden sollte.«

Katharina schloss die Augen. Der dumme Junge hatte sein Geld verspekuliert. Seine nächsten Worte bestätigten ihre Ahnung. »Mein Erbe reichte dafür nicht aus, also wollte ich es gewinnbringend an der Börse anlegen.«

»Und nun ist es futsch«, bemerkte Hedwig von Feil, die gestrenge Matriarchin, wenig damenhaft vom Ende der Tafel.

»Bedauerlicherweise, Großmama.«

»Was bist du nur für ein Schwachkopf, Wolf.«

»Wie hätte ich wissen sollen, dass alles den Bach runtergeht?«

Katharinas Mutter schnaubte. Ihr silberweißes Haar war zu einer Hochfrisur aufgetürmt, wie damals, als sie noch jung und schön gewesen war. Nun ging sie stramm auf die achtzig zu, ihre Gesundheit war angeschlagen, aber wenn sie der Familie ihre Unzulänglichkeiten aufzeigen konnte, lief sie nach wie vor zur Hochform auf.

»Ich bin mir sicher, Wolf bedauert seinen Fehler«, warf Katharina zaghaft ein.

»Und wie ich das tue, Mutter! Es ist nämlich so, dass ich nicht nur mein Vermögen verspekuliert habe, sondern auch das eure.«

»Du hast was?«

Wolf hielt dem Blick der Großmutter trotzig stand. »Als Hauschef und einzig männliches Familienmitglied obliegt die Entscheidung über unsere Finanzen mir.«

»Du hast unser Geld investiert, ohne dies mir oder deiner Mutter gegenüber zu erwähnen?«

»Dazu sah ich keinerlei Veranlassung. Ihr beide habt schließlich keine Ahnung von Börsengeschäften.«

»Du offensichtlich auch nicht.« Hedwig von Feils Stimme klang schneidend. »Auf welche Summe beläuft sich der Verlust?«

An dieser Stelle schien Wolf erleichtert, die zwei Herren vorstellen zu dürfen. Ihre Namen vergaß Katharina augenblicklich wieder, nur dass sie für das Bankhaus in München tätig waren, bei dem die von Feils seit Jahrzehnten ihr Geld verwalten ließen, merkte sie sich.

Der Mann mit der hohen Stirn schenkte ihrer Mutter einen mitleidigen Blick. »Bedaure, Ihnen mitteilen zu müssen, gnädige Frau, dass Ihre Familie über keinerlei Bargeld mehr verfügt. Darüber hinaus wird die Hypothek, die Herr Bahlow auf die Immobilie aufgenommen hat, zum nächsten Ersten zur Zahlung fällig. Will heißen, falls Sie nicht noch anderweitig über Mittel verfügen, geht Burg Schönegg in zwei Wochen in den Besitz der Bank über.«

»Du hast das Dach über unserem Kopf verloren? Unser

Zuhause?« Mit beiden Händen schlug Hedwig von Feil auf die Tischplatte, ihre Augen traten vor Wut beinahe aus den Höhlen. »Was bildest du dir eigentlich ein, du nichtsnutziger Idiot! Wie konntest du es wagen, Geld anzutasten, das du nicht einmal verdient hast, sondern dein Großvater und dein Urgroßvater vor dir?«

»Werte Dame«, der Bankmann schob ihr den Zettelstapel hin, »vielleicht klären Sie die persönlichen Dinge besser unter sich. In diesen Unterlagen finden Sie alles, was Sie wissen müssen. Es liegt eine Verfügung bei, gemäß der Sie die Immobilie unverzüglich zu räumen haben, sollten Sie Ihre Schuld nicht begleichen können.« Er erhob sich. »Ich wünsche einen guten Tag.«

Ohne dass der zweite Mann auch nur ein Wort gesprochen hatte, verließen die beiden Burg Schönegg. Wolf brachte sie hinaus, während Katharina und ihre Mutter wie gelähmt sitzen blieben.

»Ich bedauere das sehr«, sagte Wolf, als er zurückkam. »Aber die ganze Welt fällt gerade in eine bodenlose finanzielle Krise, da ist es nicht außergewöhnlich, dass wir ebenfalls davon betroffen sind. Ich selbst leide am meisten darunter. Immerhin kann ich es mir nicht leisten, weiterhin in Berlin zu bleiben und mein Projekt zu verfolgen, sondern muss wieder hier in diesem Kaff leben.«

Hedwig von Feil stand auf, trat vor ihren Enkel hin und gab ihm eine Ohrfeige, dass es durch den Raum schallte. Dann drehte sie sich wortlos um und marschierte nach oben in ihre Gemächer.

»Was hast du getan?«, flüsterte Katharina, unfähig, einen normalen Ton anzuschlagen. Die Beklemmung in ihr war wilder Panik gewichen. Sie brauchte dringend ein Beruhigungsmittel.

Zerknirscht zuckte Wolf mit den Schultern. Zumindest redete sie sich ein, dass es zerknirscht wirkte, wenngleich er nicht so aussah. Eher gleichgültig. Als wäre der totale Ruin, den er herbeigeführt hatte, bedeutungslos.

»Weißt du eigentlich, was das nach sich zieht? Wir müssen uns unten im Ort eine Wohnung nehmen. Und brauchen ein Einkommen, um uns die überhaupt leisten zu können. Einer von uns muss arbeiten – auf gut Deutsch! Deine Großmutter kann dazu keinen Beitrag leisten, außer vielleicht, ihren Schmuck zu verkaufen. Und mich wird niemand einstellen, ich bin Ende vierzig und habe nichts gelernt. Das heißt, ab sofort bist du für unsere Versorgung zuständig.«

Wolf wollte auffahren, aber sie brachte ihn mit einem Wink zum Schweigen. »Wage es nicht, dich aus der Verantwortung zu stehlen! Du wirst dir Arbeit suchen, egal welche. Wie du bereits sagtest, bist du der Hauschef. Wenn du unser Geld ausgeben kannst, wirst du dafür sorgen, dass neues hereinkommt.« Damit erhob auch sie sich und verließ den Raum. Sie konnte sein Gesicht nicht länger ertragen, die schmollend herabgezogenen Mundwinkel, wie bei einem gescholtenen Kind. Im Gegensatz zu ihrer Mutter, der die Hand locker saß, hatte sie Wolf noch nie geschlagen, aber heute war Katharina nahe daran, es zu tun.

Die von Feils würden Burg Schönegg verlieren. Es gab keine entwürdigendere Schmach für die Familie als das. Allein der Umstand, dass sie von ihrem Berg heruntersteigen und wie normale Arbeiter in einer Mietwohnung hausen müssten, war beschämend. Wie sollte ihre Mutter das verkraften? Sie hatte in ihrem Leben nie in kleinen Zimmer gewohnt, mit fremden Leuten darüber und darunter, ohne Bedienstete. Sie waren erledigt. Finanziell, gesellschaftlich und überhaupt. Nur weil Wolf in der großen Stadt ein Filmproduzent hatte werden wollen. Alles riskiert und alles verloren – wie sein Vater damals. Wenigstens stand bei ihm nicht zu befürchten, dass er sich aufgrund seines Versagens erschießen würde. Dazu war ihr Sohn erstens zu feige, und zweitens nahm er sich selbst viel zu wichtig, als dass er die Welt seiner Präsenz berauben wollte.

Trotz allem hing Katharina an ihm, auf ihre Weise. Und war sich absolut bewusst, dass sie in ihrer dauerhaft angeschlagenen psychischen Verfassung auf ihn angewiesen war. Er musste sie versorgen. Schleppenden Schrittes ging sie ins Badezimmer und holte ein Röhrchen Tabletten aus dem Medizinschrank an der Wand. Lediglich zwei waren übrig. Würden sie reichen, um ihre flatternden Nerven zu beruhigen? Sobald sie sich wieder einigermaßen gefangen hatte, wollte sie in die Apotheke gehen und Nachschub besorgen, solange noch nicht hinter ihrem Rücken über sie getuschelt wurde.

Die Nachricht verbreitete sich wie ein Lauffeuer: Die Edlen von Feils hatten ihren selbsterklärten Olymp verspielt und mussten in die profanen Tiefen der gemeinen Bevölkerung herabsteigen. Da sie Wolf nicht die Entscheidung über das neue Domizil überlassen wollte, begab sich Katharina selbst auf die Suche. Sie war gezwungen, die ersten beiden Besichtigungsobjekte abzulehnen, weil sie schlichtweg zu teuer waren, und beim dritten bestand der Vermieter auf zwei Monatsmieten im Voraus. Man wusste ja nie, meinte er, die Herrschaften sähen zwar oft vertrauenswürdig aus, allerdings könne er sich davon nichts kaufen.

Es war schmachvoll. Hedwig von Feil bekam von dem Umzug wenig mit. Sie verharrte in ihren Gemächern, bis der Wagen kam, und ließ sich in die neuen Räumlichkeiten fahren. Bis zum Schluss hatte sie Katharina gegenüber die Hoffnung geäußert, dass doch noch wie durch ein Wunder genügend Geld auftauchen würde, um die Bankschuld abzulösen. Dass einer der Verwandten einspringen möge oder wenigstens rasch ein reicher Onkel sterben und sie beerben würde.

Jedoch fanden sie sich alle drei schließlich und unausweichlich in einer Dreizimmerwohnung eines Mehrparteienhauses in der Ottilienstraße wieder. So weit oben, dass Katharina aus dem Fenster zwar einen schönen Bergblick hatte, aber gleichzeitig einen Teil des Grandhotel Schwarzenberg sah. Wenn sie sich hinausbeugte. Und auch nur, weil die Blätter der Bäume im nahe liegenden Kurpark derzeit kein Laub trugen. Dennoch führte es ihr täglich vor Augen, dass einfache, bauernschlaue Menschen Erfolg hatten, während sie, die Kultivierte, unverdienterweise in der Gosse saß. Beinahe jedenfalls. Und dass sogar Stanley, der amerikanische Goldschürfer, sein Glück nicht nur gefunden hatte, sondern dazu in der Lage war, es zu behalten. Was hatte das Leben Katharina eigentlich noch zu bieten? Außer Veronal und Alkohol und dem Bemühen, zu vergessen?

Zwei Straßen entfernt lag der Bahnhof. Das ständige Ein- und Abfahren der Züge, die Geräusche der Autos auf der viel befahrenen Bahnhofstraße waren zu viel für die Nerven ihrer Mutter. Es dauerte nicht lange, und sie verlangte ebenfalls nach Beruhigungstabletten. Mit der Mutter zu teilen war eine Art Absolution. Immerhin betäubte sich Katharina nun nicht mehr allein.

Die Wohnung war vollgestopft mit Möbeln und Gemälden aus der guten alten Zeit. Katharina und ihre Mutter verließen sie kaum, sondern hausten viel mehr in der Vergangenheit als in der Gegenwart. Wolf, der kein eigenes Zimmer hatte, sondern auf der Couch im Salon schlief und seine Sachen in einem Schrank auf dem Flur verstauen musste, zeigte sich wenig. Angeblich, weil er Arbeit suchte.

»Macht man das auch nachts?«, fragte seine Großmutter spitz. Sie vertrieb ihn vom Sofa, da es nach zehn Uhr am Vormittag war und sich nicht schickte, um diese Zeit noch im Pyjama herumzulungern. »Außerdem, was sollen eventuelle Besucher denken, wenn die Kissen zerwühlt und der Hausherr nicht präsentabel ist?«, mokierte sie sich.

»Es kommt darauf an. Wenn man in einer Bar vorstellig wird, dann in der Tat.«

»In einer Bar? Bist du von Sinnen?«

»Wäre es dir lieber, ich frage den alten Achleitner, ob er mir einen Schreibposten in der Salinenverwaltung gibt? Und gönne ihm die Genugtuung, mich abzulehnen? Oder noch schlimmer, mich einzustellen, damit er mich schikanieren und demütigen kann?«

»Das würde er nicht wagen. Er verdankt unserer Familie seine gesamte Karriere. Es wäre an der Zeit, dass der Kerl sich als dankbar erweist und dir einen ruhigen, gut bezahlten Posten zuschustert«, befand Hedwig von Feil.

Katharina räusperte sich. Sie deckte gerade den Frühstückstisch für ihren Sohn und stellte ihm eine Tasse Kaffee hin, dazu ein Stück Hefezopf vom Vortag, mit Butter und Marmelade. Sie durfte nicht vergessen, ihm aufzutragen, neue Butter zu besorgen. Wolf machte es nichts aus, in die Läden zu gehen, und Katharina verließ die Wohnung nur ungern. Draußen fühlte sich alles feindselig an, die Menschen, die Geräusche, sogar das Wetter. »Ich weiß nicht, in welcher Fantasiewelt du lebst, Mutter«, sagte sie. »Der Achleitner wird nicht den kleinen Finger für uns rühren. Hast du vergessen, dass er sich davongestohlen hat wie ein feiger Hund, als der arme Papa tot am Tisch umgefallen ist? Wie er uns hat spüren lassen, dass wir ihm zuwider sind? Mag sein, dass Vater eine gewisse Macht über ihn hatte, auf uns trifft das nicht zu. Was hätte er für eine Veranlassung, unserem Wolf Arbeit zu geben?«

»Herrgott, mach was Respektables! Fang bei der örtlichen Sparkasse an, oder bewirb dich wenigstens in einer der Kurkliniken!«, herrschte Hedwig von Feil ihren Enkel an.

Der wirkte ehrlich ratlos. »Als was? Als Bademeister? Ich kann ja nicht mal schwimmen. Und eine Bank wird mich kaum einstellen, als allseits bekannten Verschleuderer des Familienvermögens.« Auf den Umstand, dass die gerade in Mode kommenden Solebassins in den Sanatorien eher übersichtlich dimensioniert waren, ging er nicht ein. Es bestand keinerlei Gefahr, darin zu ertrinken, nicht einmal für einen Nichtschwimmer. Aber seiner Großmutter schien es ohnehin nur darum zu gehen, ihm Möglichkeiten aufzuzeigen, die Wolf nicht erkannte, weil er dumm war.

»Du gehst zu Kurdirektor Fischer und fragst ihn. Das neue Kurmittelhaus ist derart weitläufig, da wird doch in irgendeinem Büro ein Schreibtisch zu besetzen sein.«

»Nein«, ging Katharina dazwischen. Vor ihrer ersten Liebe Thomas Fischer, den sie damals aus Standesgründen auf Wunsch ihrer Eltern verschmähen musste, würden sie auf keinen Fall als Bittsteller auftauchen. Dann sollte ihr Sohn eben in einer Bar arbeiten. Das entsprach ohnehin seinem Naturell. Wer weiß, vielleicht war dort sogar mehr zu verdienen als bei einer Tagesarbeit. Immerhin gingen die Gästezahlen aufgrund der Wirtschaftskrise rapide zurück, und Unternehmen entließen Mitarbeiter. Getrunken wurde immer, egal wie schlecht es den Menschen ging. Sollte Wolf sich als Barmann versuchen, Katharina fand die Idee plausibel.

»Werden sie dich nehmen?«, fragte sie.

Er legte das angebissene Stück Hefezopf zurück auf den Teller. »Wo? In der Beluga Bar? Ich denke schon. Ich soll heute Probe arbeiten, danach entscheidet sich der Bobby.«

»Beluga Bar?« Von der hatte Katharina noch nie gehört. Seriös klang der Name nicht.

»Ja, die ist zurzeit gefragt bei den jungen Leuten. Bobby Beluga kommt aus München und hat sie letztes Jahr eröffnet. In einem Kellerlokal in der Nähe der Park Lichtspiele.«

Katharina gab ein Schnauben von sich.

»Na ja, eigentlich heißt er nicht Bobby Beluga, sondern Robert Koschwitz, und er stammt auch nicht aus München, sondern aus einem Kaff bei Landshut, aber Image ist alles, sagt er. Er sieht blendend aus und ist ein toller Tänzer. Viele Gäste kommen nur, um ihn zu sehen. Wenn er mich einstellt, ist das eine prima Gelegenheit.«

Hedwig verließ kopfschüttelnd den Raum. *Verständlicherweise*, dachte Katharina. Wie tief konnten die von Feils noch sinken?

»Dann streng dich an«, sagte sie. Die Worte fühlten sich bitter an in ihrem Mund. Sie ging ins Badezimmer und schluckte eine Tablette. Am besten, sie legte sich ein wenig hin. Danach musste sie überlegen, was es zum Mittagessen geben sollte. Ihre Mutter weigerte sich beharrlich zu kochen, und Katharinas Möglichkeiten waren begrenzt. Wahrscheinlich würde sie eine Eierspeise machen.

Glücklicherweise – durfte sie das überhaupt so bezeichnen? – konnte Wolf direkt nach dem Probearbeiten in der Beluga Bar anfangen. Am nächsten Ersten brachte er so viel Geld heim, dass Katharina die Miete zahlen konnte und sogar noch einmal wöchentlich Fleisch auf den Tisch kam. Ihre Mutter ließ das Weihnachtsfest in bescheidenem Rahmen apathisch über sich ergehen und teilte ihrer Familie mit, dass sie genug von allem hätte.

Sie starb Anfang Januar 1930, wachte eines Morgens nicht mehr auf. Ihr Tod überraschte weder Tochter noch Enkel, und niemand weinte um sie. Es war eine Erleichterung. Wolf würde in das Zimmer der Großmutter ziehen und nicht länger auf dem Sofa herumliegen. Und wenn er außer Haus war, wie die meiste Zeit über, war Katharina endlich allein. Sie musste mit niemandem sprechen, keiner würde ihr auf die Finger sehen, wie viele Tabletten sie schluckte. Und wenn sie vergaß, etwas zu essen zu machen, würde niemand nörgeln, weil sie sich nicht kümmerte.

»Wahrscheinlich konnte Mutter unsere Lebensumstände nicht länger ertragen«, sagte Katharina zu Wolf, als sie vom

Begräbnis nach Hause fuhren. Kaum einer der Verwandten war aufgetaucht, und die Anwesenden drucksten mit irgendwelchen Ausreden herum, weshalb sie nicht mit zum Leichenschmaus kommen konnten. Als wäre es eine Peinlichkeit, mit den beiden Bahlows in einem Bad Reichenhaller Wirtshaus öffentlich gesehen zu werden. Aber gut, dann sparten sie sich wenigstens diese Ausgabe. Die Beerdigung kostete ohnehin teuer Geld.

»Soll das heißen, ich habe sie unter die Erde gebracht? Versuch nur nicht, mir das in die Schuhe zu schieben. Großmutter war einfach alt. Überhaupt, ich dachte, ihr Tod würde dich härter treffen. Hat nicht den Anschein ...«, konstatierte Wolf.

Der Junge wusste noch immer nicht, wann es besser war, zu schweigen.

»Ich trauere«, schnappte Katharina. »Das bedeutet nicht, dass ich den ganzen Tag heulen muss.«

»Ist ja gut. Ich lasse dich daheim raus, anschließend fahre ich in die Bar. Wir bekommen eine neue Getränkelieferung, die eingeräumt werden muss. Übrigens, ich habe einen Käufer für den Wagen gefunden. Nächste Woche geht er weg. Dann haben wir finanziell wieder ein wenig Luft, allerdings kann ich dich nicht mehr herumkutschieren. Wenn wir von Großmutter noch etwas Schmuck zu verscherbeln hätten, wäre das auch eine Hilfe. Am besten, du siehst mal ihre Sachen durch.«

»Wie du redest! Als wärst du irgendein abgebrühter Kerl. Ich erkenne meinen Sohn nicht mehr.«

Er verzog das Gesicht. »Das mag daran liegen, dass du dauernd unter Beruhigungsmitteln stehst. Deinen Tablettenverbrauch können wir uns nicht länger leisten, Mama, in der Apotheke dürfen wir nicht mehr anschreiben. Wenn es sowieso nur darum geht, deine Sinne zu benebeln, bringe ich dir ab jetzt was aus der Beluga Bar mit. Ich komme da an Vieles.

Stimmungsaufheller, Entspannungshelfer, Schlafpulver, Wachmacher, was du willst. Zu vernünftigen Preisen.«

Sie stieg aus und schlug die Autotür zu. Am liebsten hätte sie laut geschrien. Ihre Wut hinaus in die Welt gebrüllt, die ihr alles genommen hatte, was sie gewesen war. Ihren Reichtum, ihr Aussehen, ihre Liebe und sogar ihren Stolz.

Stattdessen winkte sie Wolf matt zu und machte sich auf den langen Weg die Treppe hinauf. Die Beerdigung hatte sie mitgenommen. Sie würde sich hinlegen und schlafen. Dann war wieder ein Tag geschafft.

5

Bad Reichenhall, Mai 1930

Im Mai, zu einer Zeit, als die Wirtschaftskrise überall in Deutschland mit voller Wucht zuschlug, bis hinunter in die südliche Idylle Bayerns, startete Bad Reichenhall einen groß angelegten Reklamefeldzug, der neue Gäste bringen sollte.

In einem einstündigen Stummfilm, untermalt von Musik, zeigte *Miss Evelyne, die Badefee*, dass der Geist der fidelen Zwanzigerjahre in den Alpen noch immer gelebt wurde. Dass im Kurort weitergefeiert, weitergebadet, Sport getrieben und weiterhin vornehm gewohnt wurde. Zwar hatten mittlerweile Tonfilme Einzug gehalten, aber gerade die klassische Präsentation mit Klaviermusik verlieh dem Film einen besonders ansprechenden Charme. Das war von seinen Produzenten geschickt geplant worden.

Franziska saß in den Park-Lichtspielen, dem Kino, das unmittelbar neben dem Hotel ihrer Eltern lag – ein angenehmer Umstand, dem sie es zu verdanken hatte, Stammgast zu sein. Schon als Kind hatte sie viele Vorführungen gesehen, am liebsten zusammen mit ihrem Vater, der ihr hinterher stets ein Eis oder eine Brezel vom Bäcker gegenüber spendierte. Bevor er zurück ins Hotel musste, machten sie einen Spaziergang, um ausgiebig über den Film zu reden. Es war eine gemeinsame Leidenschaft, ein Steckenpferd, das sie verband, die Jahre ihrer Kindheit hindurch bis jetzt, als junge Erwachsene. Mittlerweile ging Franziska auch allein oder mit Freunden ins Kino. Sie genoss die besondere Atmosphäre, die spannenden Momente, wenn es im Saal dunkel wurde, das Licht des Projektors die Leinwand traf und anfängliches Flimmern sich in Bilder verwandelte, die die Zuschauer in fremde Welten entführten.

An diesem Tag war alles anders, denn *Miss Evelyne* spielte vor Ort, Franziska kannte jede Einstellung, die gezeigt wurde. Zu wissen, dass ihre Heimatstadt in Lichtspielhäusern überall präsentiert wurde, erfüllte sie mit Stolz.

Die Schauspielerin Pilar Munza, eine dunkelhaarige Schönheit mit onduliertem Lockenbob und geschwungenen Kirschlippen, die denen von Greta Garbo in nichts nachstanden, stellte die reiche amerikanische Erbin Miss Evelyne Dollar herrlich schick dar. Sie wollte sich im Film in Bad Reichenhall von den Strapazen ihres High-Society-Lebens erholen und wurde sofort von einem Schwarm Verehrer umringt, den sie mithilfe einer Freundin und lustiger Aktionen abschüttelte. Zusammen mit dem Kurarzt Doktor Freytag erkundete sie sodann den Ort. Selbstverständlich verliebten die beiden sich ineinander. Begeistert sah Franziska, wie die Annehmlichkeiten der Stadt, Dampfbäder, Sanatorien, Restaurants, Hotels, das neu erbaute Kurhaus, ebenso wie die wundervolle Bergwelt und natürlich die Seilbahn mitsamt Karls Bergrestaurant auf der großen Leinwand vorbeiflimmerten. Alle würden sie sehen und kommen wollen. Ein schlauer Schachzug, eine Amerikanerin als Hauptfigur zu verwenden, konnte man doch auf diese Weise die reichen Wunschgäste direkt ansprechen. Sicherlich gab es in den USA mehr wohlhabende Menschen als im alten Europa, sogar noch nach dem Börsendebakel.

»Unsere Väter sind zwei gewiefte Geschäftsmänner«, flüsterte ihr Georg mit unverhohlener Bewunderung ins Ohr. Nach einem gemeinsamen Spaziergang hatte er sie eingeladen, sich die Aufführung gemeinsam anzusehen. »Was für ein Geniestreich, einen derartigen Film zu produzieren und in Umlauf zu bringen, gerade in diesen Zeiten. Soviel ich weiß, wird er nicht nur in Lichtspielhäusern gezeigt, sondern ebenfalls auf den großen Kreuzfahrtschiffen. Wenn das nicht hilft, weiß ich auch nicht.«

»Vergiss Stanley nicht«, wisperte Franziska zurück. »Immerhin war es seine Idee, den Film überhaupt zu machen.«

»Herr Meyers ist ein alter Fuchs.«

Der Klavierspieler ließ sanft die letzten Töne verklingen, dann ging das Licht an. Georg blinzelte und rückte hastig ein Stückchen weg. Schließlich wollten sie nicht den Anschein erwecken, er könne Franziska im dunklen Saal ungebührlich nahegekommen sein. Es gab immer irgendwen, der ihre Eltern kannte oder die seinen und gern tratschte, das wussten beide.

Sie schlossen sich den hinausströmenden Menschen an und blieben anschließend im überdachten Kolonnadengang vor den Park-Lichtspielen stehen, um noch ein wenig zu plaudern. Später würde Franziska zurück ins Hotel gehen und beim Servieren des Abendessens helfen, denn zwei der Kellner waren erkrankt.

»Es war schön heute mit dir«, sagte Georg. »Zuerst unser Spaziergang, danach der Film. Ich fühle mich sehr wohl, wenn du bei mir bist.«

Er machte Anstalten, nach Franziskas Hand zu greifen, zögerte dann aber und steckte stattdessen seine Hände in die Hosentaschen.

»Wir kennen uns lange genug, um vertraut miteinander zu sein. Beinahe wie Geschwister«, neckte sie ihn.

Er schüttelte den Kopf. »Oh nein, das sehe ich anders. Dass uns da kein Missverständnis entsteht, Franzi. Ich habe zwei Schwestern, die reichen mir. Für dich empfinde ich keinerlei Geschwisterliebe.«

»Ich bin erleichtert, das zu hören. Was fühlst du denn stattdessen?« Als sich seine Pupillen weiteten, sein Blick auf ihren Lippen verharrte, verspürte sie ein Kribbeln. Es war aufregend, mit ihm zu flirten.

»Bei der wäre ich vorsichtig. Nur scharf machen, aber den Worten keine Taten folgen lassen, so ist das Fräulein Schwarzenberg. Schäkern, das kann sie.« Eine gehässige Stimme ließ die beiden herumfahren.

»Wolf!«, stieß Franzi wütend hervor. »Was erlaubst du dir!«

Mit einem bitteren Grinsen fischte Wolf Bahlow eine Zigarette aus seinem Etui und zündete sie an. Ein Windstoß fuhr durch den Arkadengang und blies das Feuerzeug aus, sodass er es mehrfach versuchen musste, bis der Tabak endlich brannte. »Wieso? Ich warne nur einen Leidensgenossen. Georg Fischer, wenn ich nicht irre. Lass dir eines gesagt sein, mein Freund – die Franzi wusste schon als ganz junger Backfisch, wie sie auf die Kerle wirkt. Und sie spielt gern. Sogar mit ihrem eigenen Halbbruder.«

»Das ist eine Lüge!« Sie wollte auf ihn zustürmen, doch rasch ergriff Georg nun endlich ihre Hand und hielt sie fest an seiner Seite. Seine Berührung tat gut.

»Sie sind nicht mein Freund. Und wohl nicht recht bei Sinnen. Das wäre zumindest eine Erklärung dafür, warum Sie es am guten Ton mangeln lassen.« Er klang eisig. »Entschuldigen Sie sich bei Franziska.«

Wolf blies den beiden Rauch ins Gesicht. Der Platz vor dem Kino hatten sich mittlerweile geleert, alle Besucher hatten sich zerstreut.

»Den Teufel werd ich tun. Du bist eine Schlange, du und die ganze Schwarzenbergbrut. Ihr haltet mich vielleicht für blöd! Glaubt ihr, ich kapiere nicht, wem ich meinen Ruin zu verdanken hab?«

Sämtliche Wut verpuffte mit einem Schlag. Ein Gefühl von Genugtuung breitete sich in Franziska aus wie eine warme, lang vermisste, tröstliche Umarmung. Obwohl sie den groß angelegten Rachefeldzug ihres Vaters verurteilt hatte, war sie nun froh darüber, dass er ihn durchgezogen hatte. Dass er nicht klein beigegeben hatte, sondern zurückgeschlagen hatte. Es mochte verwerflich sein, doch der Triumph über den Menschen, der ihnen so viel Leid beschert hatte, schmeckte in genau diesem Augenblick köstlich. Sie schwieg und genoss, während Wolf fortfuhr.

»Ich war auch im Kino. Und habe die Namen im Abspann sehr wohl gelesen. Brian Brentwood stand da in der Rubrik Produzent. Gleich unter Michael Schwarzenberg, Stanley Meyers und Thomas Fischer. Brian Brentwood! Derselbe Kerl, der mich in Berlin dazu überredet hat, mein gesamtes Geld zu investieren, weil er angeblich meinen Film finanzieren wollte!« Er wurde immer lauter, reckte er den Hals vor und erinnerte sie dabei an einen Truthahn. Wut stand Wolf nicht gut zu Gesicht, sie machte ihn hässlich.

Ohne Georg loszulassen, zischte Franziska: »Ganz genau. Vergiss ihn nie. Hast du allen Ernstes gedacht, wir würden dich damit davonkommen lassen, dass du meinen Bruder in den Tod geschickt hast? Wäre es nach mir gegangen, hätten wir es nicht bei einem finanziellen Ruin belassen. Merk dir das, Wolf Bahlow, deine Schuld ist nicht gesühnt und wird es niemals sein.«

Georg mit sich ziehend, schubste sie ihr perplexes Gegenüber aus dem Weg und stürmte hinaus aus den Kolonnaden und direkt hinein in den Park des Grandhotels. Erst ganz hinten, zwischen einem Rosenspalier und einem Fliederbusch, blieb sie schwer atmend und zitternd stehen. Georg nahm sie in die Arme und hielt sie fest, bis sie sich beruhigt hatte.

»Möchtest du es mir erklären?«, fragte er dann sanft.

Sie sah in seine hellen Augen, die bei jedem Lichteinfall anders schimmerten, mal blau, mal grau, einen hübschen Kontrast zu den dunklen Haaren bildeten und unendlich faszinierend waren. Natürlich wollte sie das. Alles wollte sie mit ihm teilen, ihn in ihr Herz lassen, das sie seit dem Tod des Bruders gegen tief greifende Gefühle abgeschirmt hatte.

»Wolf Bahlow ist unmittelbar verantwortlich dafür, dass Mathias tot ist«, brachte sie nur mühsam hervor.

»Ich weiß. Aber er hat Bad Reichenhall damals bei Nacht und Nebel verlassen, bevor er dazu vernommen werden konnte.«

»Weggestohlen hat er sich. Aus der Affäre gezogen, der feige Kerl. Und seine Familie hat für ihn gelogen. Wie sie es immer tun. Wenn hier eine Schlangenbrut haust, dann sind es die von Feils, nicht die Schwarzenbergs! Jedenfalls – ich wusste, wohin er abgehauen war. Nach Babelsberg, weil er sich einbildete, beim Film groß rauszukommen. Der eitle Depp. Sein Stolz wurde ihm schließlich zum Verhängnis. Papa hat einen amerikanischen Geschäftsfreund zu Wolf geschickt. Der hat ihm angeboten, seinen geplanten Film zu finanzieren, falls er selbst einen Teil des Geldes aufbringt. Und der dumme Junge hat alles, was die von Feils hatten, an der Börse in New York verspekuliert. Weil er zu faul war, sich die Hände schmutzig zu machen und richtig zu arbeiten. Zu sparen, bis er genügend beisammenhatte. Jetzt haben sie die Burg verloren, leben in einer kleinen Wohnung, und Wolf steht allabendlich hinter dem Tresen der Beluga Bar. Und obwohl es keine Wiedergutmachung ist, betrachte ich das als ausgleichende Gerechtigkeit.«

»Franziska.« Mit gerunzelten Brauen studierte er ihr Gesicht. »Ich kann deine Gefühle nachvollziehen, wirklich. Was geschehen ist, war eine große Tragödie. Aber du darfst dich davon nicht auffressen lassen. Wolf Bahlow hat sich abscheulich benommen, und du hattest deinen Moment der Rache, durftest zusehen, wie er vorhin innerlich zerbröckelte, als ihm die Bedeutung deiner Worte klar wurde. Doch mit dieser Bitterkeit muss irgendwann Schluss sein. Niemand kann Mathias wieder lebendig machen.«

»Das weiß ich.«

»Du lebst, Franzi. Du und ich, wir beide wollen uns nicht

auf eine Stufe mit Subjekten wie Wolf Bahlow stellen, verstehst du?«

»Wir?«

»Ja, wir. Du weißt doch, was du mir bedeutest. Aber solange du in der Vergangenheit festhängst, haben wir keine Chance. Ich verlange nicht von dir, dass du deinen Bruder vergessen sollst. Nur dass du dich an ihn erinnerst, ohne Wut auf die Welt zu empfinden.«

»Du meinst, weil ich Wolf gesagt habe, dass wir noch nicht quitt sind?«

Er nickte.

»Du kannst leicht reden, Georg. Du hast keine Ahnung davon, wie es sich anfühlt, wenn einem das Herz herausgerissen wird, und ich hoffe, du musst es nie erfahren.« Trotzig stemmte sie die Hände in die Hüften.

»Versteh mich nicht falsch, ich bin beileibe kein Gutmensch. Vergessen und vergeben ist für mich ebenso schwierig wie für dich. Ich will nur, dass du versuchst, frei von Wolf Bahlow zu werden. Solange du ihn verabscheust, hat er Macht über dich.«

Sie lief ein paar Schritte auf und ab. Der Tag, der so sorglos begonnen hatte, entwickelte sich zu etwas, das Franziska nicht mochte. Sie wollte sich ihren Dämonen nicht stellen. Nicht einmal für Georg.

»Ich muss jetzt rein«, verkündete sie. »Meine Eltern warten sicher schon. Ich habe versprochen, im Service zu helfen.«

Seinen enttäuschten Blick spürte sie noch lange im Rücken. Was hätte sie sagen sollen? Dass sie ab sofort über den Dingen stehen würde? Franziska war ein temperamentvoller Mensch, es fiel ihr nicht leicht, ihre Gefühle zu kontrollieren. Aus diesem Grund hatte sie sich ja in sich selbst zurückgezogen. Erst seit der Silvesterfeier merkte sie, wie Georg ihre harte Schale Stück für Stück knackte. Aber so einfach, wie er sich das vorstellte, ging es nicht. Sie brauchte Zeit.

Über diesen Grübeleien verflog der Dinner-Service geradezu. Und leider drang die Tatsache, dass Georg ihr seine Zuneigung endlich offenbart hatte, nur halbwegs zu Franziska durch. Warum konnte er ihr nicht geradeheraus sagen, was er empfand? Das würde vieles leichter machen.

Als sie nach getaner Arbeit durch das Foyer lief, kam Karl durch die Drehtür herein.

»Franzi!«, rief er erfreut. »Dich suche ich. Hast du Zeit? Ich muss heute Abend nicht arbeiten und dachte mir, wir beide könnten uns mal wieder zusammensetzen.« Er wies in Richtung der Hotelbar.

Sie schüttelte den Kopf. »Nicht dort. Komm mit rauf in mein Zimmer, da sind wir allein. Ich muss dir was erzählen. Es gab heute einen Zwischenfall mit Wolf.«

Bei der Nennung dieses Namens verfinsterte sich Karls Gesicht. Mit einem ernsten Nicken folgte er ihr die Treppe hinauf. Im Wohnsalon fanden sie Anna und Michael, und Franzi traf eine Entscheidung. Was sie zu sagen hatte, sollten alle hören.

»Unsere Strategie ist aufgegangen, Papa. Wolf hat Brian Brentwood im Abspann des Badefee-Films gelesen und eins und eins zusammengezählt.«

Michael hielt mitten in der Bewegung inne. Er war gerade dabei gewesen, seiner Frau ein Stück kalten Braten auf den Teller zu legen. Die beiden richteten sich ihr Abendbrot auf dem Tisch vor dem Fenster an.

»Wollt ihr auch etwas essen? Wir haben genug.« Anna deutete auf die zwei freien Plätze, und Franziska und Karl setzten sich. Sie hatte keinen Appetit, brachte keinen Bissen hinunter, aber ihr Halbbruder griff gern zu. Michael konzentrierte sich auf seine Mahlzeit und kommentierte die Mitteilung der Tochter nicht.

»So, und jetzt will ich wissen, was los ist«, sagte Anna, als alle aufgegessen hatten. »Ich habe mich bisher sehr zurückgehalten, obwohl ich gemerkt habe, was im Hintergrund lief. Telefonate nach Übersee, Stanleys ach so dringliche Reise nach Berlin, die nicht hätte sein müssen. Und nun gibt es anscheinend wieder einmal Probleme mit Wolf Bahlow. Was hat das zu bedeuten?«

Der warnende Blick ihres Vaters hielt Franziska nicht davon ab, von seinem Kabinettstückchen zu erzählen. Die restliche Familie hatte ein Recht darauf, es zu wissen, immerhin war es nichts, wofür sie sich schämen mussten.

Karl stieß einen leisen Pfiff aus, als sie geendet hatte. »So ist das also. Wie heißt es doch – Rache ist ein Gericht, das am besten kalt serviert wird. Ich kann nicht behaupten, dass mir die von Feils leidtun. Sie haben verdient, was geschehen ist.«

»Genau diesen Spruch hat Stanley auch zitiert«, murmelte Michael.

Anna warf ihm einen durchdringenden Blick zu. »Ihr hättet es mir sagen müssen.«

Er griff über den Tisch hinweg nach ihrer Hand. »Ich weiß.«

»Dir ging es schlecht, Mama, wir wollten wir dich nicht noch zusätzlich aufregen.«

»Trotzdem hätte ich eingeweiht werden müssen.«

Betretenes Schweigen breitete sich aus. Von unten drangen leise die Geräusche des Hotels zu ihnen herauf, der Aufzug fuhr an und blieb wieder stehen, und irgendwo knallte eine Tür.

»Ich bin eigentlich gekommen, weil ich mit Franzi etwas bereden wollte«, wechselte Karl schließlich das Thema, was bei seiner Schwester für einen Anflug von Erleichterung sorgte. »Aber da wir so nett beieinandersitzen, erzähle ich es euch allen. Also. Papa hat mich kürzlich mit auf den Obersalzberg genommen. Im Haus Wachenfeld hat sich ein Politiker eingenistet, der dort wohlhabende und einflussreiche Geschäftsleute und Kollegen empfängt. Es scheint ihm bei uns in den Bergen ausnehmend gut zu gefallen. Wir waren zum Essen eingeladen, und ich hab mir mal angehört, was die zu sagen haben. Papa meint, bei der momentanen Lage wäre es wichtig, zeitig auf das richtige Pferd zu setzen. Nämlich auf dasjenige, welches den Karren aus dem Dreck ziehen kann.«

»Floskeln. Nichts als Gerede.« Anna verdrehte die Augen.

»Das weißt du doch überhaupt nicht.« Karl klang mit einem Mal gereizt. Beschwichtigend zuckte seine Mutter die Schultern und forderte ihn auf, weiterzureden.

»Laut Papa werden die Nationalsozialisten bei der nächsten Wahl deutlich zulegen, weil sie die Einzigen sind, die einen Plan haben, der uns weiterbringt. Er ist schon in die Partei eingetreten und will, dass ich es auch mache. Die Mitglieder der ersten Stunde werden später Vorteile haben, wenn es um was geht, sagt er.«

»Welche Partei?«, fragte Franziska dazwischen. Sie kannte sich nicht aus mit Politik, interessierte sich nicht sonderlich dafür. Das war eine Sache für alte Herren. Komisch, dass Karl plötzlich Ambitionen dahingehend entwickelte.

»Die NSDAP.«

Sie griff nach der Wasserkaraffe auf dem Tisch und goss sich ein. »Dann tu es halt, wenn es deinen Vater glücklich macht. Vorher wird er eh keine Ruhe mehr geben, wenn er sich einmal etwas in den Kopf gesetzt hat.«

»Es könnte von Vorteil für uns alle sein.«

»Und weshalb?« Michael war seine Skepsis deutlich anzumerken. Franziska fragte sich, ob es daran lag, weil er Vorschlägen von Leonhard Achleitner gegenüber grundsätzlich abgeneigt war, oder ob er tatsächlich einen Grund hatte, um misstrauisch zu sein.

»Schaut mal, wenn ich in derselben Partei bin wie die ganzen wichtigen Herren auf dem Obersalzberg, dann ist davon auszugehen, dass die zu mir ins Berghotel kommen, essen, trinken, übernachten. Und ich würde sie selbstverständlich zu euch weiterempfehlen. Was ist falsch dabei, aktiv Gäste zu akquirieren? Ihr habt den Werbefilm doch aus demselben Grund produziert.«

»Es ist absolut richtig, sich ums Geschäft zu bemühen«, stimmte Anna ihm zu.

Michael sah das etwas differenzierter. »Ja, wir haben Reklame gemacht. Dafür mussten wir uns aber nicht in eine politische Schublade begeben.«

»Mir ist das egal. Hauptsache, die Kundschaft kommt in mein Restaurant und das Hotel. Ob ich dafür ein Parteibuch brauche oder nicht, tut nichts zur Sache. Außerdem, wer weiß, falls Papa recht behält, könnten sich daraus tatsächlich auch langfristige Vorteile entwickeln.«

»Zum Beispiel, wenn du Bürgermeister wirst, wie Leonhard vor dir«, neckte Franziska Karl. Er verzog das Gesicht.

Michael seufzte. »Es liegt mir fern, mich in deine Zukunftsplanung einzumischen. Ich sage nur, überleg dir gut, welchen Weg du einschlägst.«

»Eigentlich dachte ich, ihr freut euch, wenn ich euch zahlungskräftige Gäste schicke.«

»Das tun wir auch«, sagte Anna. »Michael und ich wissen beide, dass du ein besonnener junger Mann bist und deine Schritte gut abwägst. Ich bin mir sicher, du wirst die richtige Entscheidung treffen.«

Kurz darauf verabschiedete sich Karl. Franziska konnte es ihm nicht verdenken, die Themen des Abends waren alles andere als unterhaltsam gewesen.

Als er weg war, hörte sie, wie ihr Vater zu ihrer Mutter sagte. »Du musst ihm nicht nach dem Mund reden, nur damit er dich mag. Er wird dich mehr respektieren, wenn du deine eigene Meinung vertrittst.«

Franziska mochte es nicht, wenn sich ihre Eltern stritten. Glücklicherweise kam das nicht oft vor. Aber nach dieser spitzen Bemerkung war es nur logisch, dass ihre Mutter aufbrauste und sich eine Diskussion zwischen den beiden entwickelte. Das Ganze endete damit, dass Anna wütend hinüber ins Schlafzimmer und Michael hinunter ins Hotel ging, um mit dem Nachtportier zu sprechen.

Was für ein seltsamer Tag. Als sie sich am Nachmittag mit Georg zum Spaziergang getroffen hatte, war Franziska noch bester Laune gewesen. Sie hatte sich sorgfältig zurechtgemacht, ihr himmelblaues Lieblingskleid mit dem dazu passenden kurzen Cape angezogen, das für den warmen Tag geradezu perfekt war. Er hatte ihr beim Italiener im Park ein Eis gekauft, wie früher ihre Mütter in Kindertagen. Sie waren Freunden von Georg begegnet, denen er sie vorgestellt hatte, als würden sie zusammengehören. Und für eine kleine Weile hatte sie sich gut gefühlt, unbeschwert und fröhlich. Bis Wolf Bahlow nach dem Kinobesuch aufgetaucht war.

Sie sah auf die Uhr. Spät war es eigentlich noch nicht, aber Franziska fühlte sich erschöpft. Trotzdem zog sie sich nicht in ihr Zimmer zurück, sondern klopfte bei ihrer Mutter an. »Kann ich reinkommen?«

Anna saß am Frisiertisch und starrte vor sich hin. »Natürlich.«

Lächelnd nahm Franziska die Bürste. In gleichmäßigem Rhythmus glitten die Wildschweinborsten durch Annas honigblonde Strähnen, die normalerweise schon von Grau durchzogen wären. Das wurde regelmäßig im Salon Rosemarie weggefärbt. Ihr Vater schien mit seinen Silberschläfen kein Problem zu haben, und Franziska fand, dass sie ihm gut standen. Sie seufzte.

»Du weißt doch, wie der Papa ist«, setzte sie an. »Manchmal kann er ein richtiger Hitzkopf sein, und ehrlich gesagt hatte er nicht unrecht. Er darf seine Bedenken äußern, dafür spricht man ja in der Familie offen miteinander.«

»Ich rede Karl nicht nach dem Mund.«

»Gelegentlich erweckt es aber den Anschein. Als würdest du ihm gefallen wollen, meine ich.«

Im Spiegel sah Franziska, wie Tränen über die Wangen ihrer Mutter liefen. Sie legte die Bürste weg und schlang von hinten die Arme um sie.

»Ach Franzi. Ich habe nicht ein Kind verloren, sondern zwei. Damals, als Leonhard mir den kleinen Karli vorenthalten hat, ist das Band zwischen ihm und mir zerrissen. Mein Sohn ist ohne seine Mutter aufgewachsen, mit Ressentiments, dic ihm sein Vater eingepflanzt hat. Obwohl wir seit dem Tod von Mathias etwas enger zusammengerückt sind, spüre ich, dass unsere Beziehung auf ganz wackeligen Beinen steht. Dagegen bin ich machtlos. Wenn es für euch so aussieht, als würde ich ihm schöntun wollen, verletzt mich das. Ich versuche mein Bestes, um alles richtig zu machen.«

»Es tut mir leid. Papa hat es bestimmt nicht so gemeint.«

»Du und dein Vater, ihr beide habt die Köpfe immer beieinander, ihr seid euch so ähnlich. Da könnte ich manchmal fast neidisch werden.« Anna versuchte ein Lächeln.

Fühlte sich ihre Mutter einsam? Franziska schluckte. Hätten sie mehr miteinander reden sollen? Seit Mathias' Tod bemühte sie sich, ihre eigene Trauer zu bewältigen, teilte ihre Sorgen höchstens mit Karl. Und empfand Annas Schwermut gelegentlich als anstrengend. Hatten sie die Mutter ausgegrenzt? Sie nahm sich vor, nächstes Mal ein offenes Wort mit ihrem Halbbruder zu sprechen. Auf keinen Fall durften sie aneinander vorbeileben. Alles konnte von heute auf morgen vorbei sein, das hatte Franziska in ihren jungen Jahren bereits schmerzhaft lernen müssen.

Bad Reichenhall,
Königlich Bayerisches Staatsbad
1933 – 1934

6

Bad Reichenhall, Mai 1933

Ob Anna wollte oder nicht, sie musste zugeben, dass sich Leonhards Einschätzung von vor drei Jahren als zutreffend herausstellte. Karl verzeichnete durch seinen Eintritt in die NSDAP in der Tat einen enormen Gästezustrom, und auch im Grandhotel Schwarzenberg war ein Aufwind spürbar.

Der Politiker vom Landhaus Wachenfeld war Ende Januar zum Reichskanzler ernannt worden, hatte sein Feriendomizil auf dem Obersalzberg gekauft und in Berghof umbenannt. Obwohl er viele Besucher dort selbst beherbergte, stiegen eine große Anzahl Fremder in den Hotels der Gegend ab, vorzugsweise bei Anna und Michael. Nicht immer benahmen sich Karls Parteifreunde höflich. Manche legten eine arrogante Art an den Tag, nahmen sich wichtig und hatten viele Sonderwünsche. Das war an sich nichts Außergewöhnliches, es gab öfter schwierige Gäste. Aber Anna behagten diese Leute ebenso wenig wie Michael. Er beobachtete sie genau und äußerte Anna gegenüber immer wieder Bedenken, die auch sie teilte.

Der 1. Mai 1933 war ein Montag. Allerorts ruhte die Arbeit, denn der Tag war in diesem Jahr zu einem Feiertag erklärt worden. Freilich schloss das nicht Gastronomie und Hotelgewerbe mit ein, die Menschen wollten gerade heute auswärts essen und sich vergnügen. Besonders auf dem Florianiplatz, wo der traditionelle Maibaum aufgestellt wurde. Zusätzlich zu den zahlreich erschienenen Reichenhallern und der Blaskapelle, welche die Anstrengungen der Maibaumaufsteller musikalisch begleitete, hatte sich eine Abordnung der NSDAP angesagt. Nur Lokalpolitiker, denn die hohen Tiere nahmen sämtlich an einem gigantischen Aufmarsch auf dem Tempelhofer Feld in Berlin teil. Anna stand mit Franziska ziemlich weit vorn in der Menge, um Georg und Karl gut beobachten zu können, die beim Aufstellen halfen. Michael hielt derweil die Stellung im Hotel. Außerdem hatte er es nicht so mit Menschenansammlungen.

Wie viele andere Frauen trugen auch die Schwarzenbergs anlässlich des Maibaumaufstellens die Tracht des Berchtesgadener Landes, bestehend aus dunklem Mieder und Rock, heller Schürze und passendem Schultertuch. Auf den dazugehörigen Hut hatten beide verzichtet.

An einer Seite des Platzes stand ein Holzpodest, eine Art Tribüne, auf der später die Volkstanzgruppe auftreten würde. Vorerst aber bezog die Politprominenz dort Position. Der Bürgermeister erklomm die wenigen Stufen sowie sein Stellvertreter. Außerdem gaben sich Kurdirektor Fischer, Salinenvorstand Achleitner und der Stadtpfarrer die Ehre. Sodann trat ein kleiner Mann in Uniform dazu, den Anna nicht kannte. Seine Gattin, die ihm zusammen mit der Tochter auf dem Fuß folgte, dafür umso besser. Hertha Zuck! Waren tatsächlich zwanzig Jahre vergangen, seit sie Bad Reichenhall verlassen hatte? Die Zeit war nicht gnädig zu ihr gewesen. Stets drall, hatte ihre Körpermitte einen beeindruckenden Umfang erreicht, der nur noch von ihrem ausladenden Busen übertroffen wurde. Das Gesicht war rotfleckig. Anna erschrak, als sie Hertha erblickte, allerdings nicht so sehr wie Leonhard. Dem war auch aus der Entfernung anzusehen, was das unverhoffte Wiedersehen in ihm hervorrief. Abscheu. Er wechselte seine Position, stellte sich ans andere Ende der Gruppe, so weit wie möglich von Hertha entfernt, die ihm einen höhnischen Blick zuwarf.

Der Bürgermeister begrüßte die Anwesenden und überließ sodann Ortsgruppenleiter Walter Loibl die Ehre, das Bierfass anzuzapfen. Herthas Gatte trat vor, in der braunen Uniform eines SA-Sturmführers, in der er irgendwie verloren wirkte. Er hatte kurze O-Beine, die durch die Pluderhose verstärkt wurden, einen dunklen Schnauzbart und wache Augen. Er brauchte nur zwei Schläge, bis der Zapfhahn saß. Die Menge applaudierte, als er ihnen mit der ersten Maß zuprostete.

Leonhard verließ das Podest bei der nächsten Gelegenheit, entdeckte Anna und steuerte zielsicher auf sie zu. Währenddessen hatte sich Franziska zu den erfolgreichen Maibaumaufstellern gesellt, sodass Anna nichts anders übrig blieb, als sich ihrem Ex-Mann wiederum allein zu stellen.

»Hast du gesehen, wer Bad Reichenhall die Ehre gibt?«, fragte er kurzatmig. Es war ein sonniger Tag, und Anna vermutete, dass es an der Hitze lag, aber es könnte genauso gut Aufregung sein, die Leonhard eine ungesunde rote Gesichtsfarbe verlieh.

»Natürlich.«

»Wusstest du davon?«

»Wovon? Dass Hertha heute auftauchen würde, oder dass sie mit einem Parteifunktionär verheiratet und plötzlich wichtig ist?«

Er nahm seinen Hut ab und wischte sich über die Stirn. »Ach, ich weiß auch nicht.«

»Es wundert mich, dass du nicht Bescheid wusstest, du hast doch ein Parteibuch und gehörst zu denen.«

Anna hatte keine Lust auf eine Unterhaltung mit ihm. Wegen des Silvesterzwischenfalls vor ein paar Jahren hatte er sich nie entschuldigt, schwieg die Sache seither tot, wie immer, wenn ihm etwas unangenehm war. Sie wollte sich gerade auf den Weg zu Franziska machen, da schob Hertha die Umstehenden beiseite und trat zu ihnen.

»Wen haben wir denn da? Das ehemalige Bürgermeisterpaar, wie nett. Habt euch wohl wieder zusammengerauft, was?

Einträchtig, wie ihr da beieinandersteht. Na ja, Pack schlägt sich, Pack verträgt sich …« Sie lachte laut auf.

»Das muss ich mir nicht anhören. Nicht von einer wie dir.« Leonhard machte Anstalten, sich zu entfernen.

»An deiner Stelle würde ich mir das zweimal überlegen. Die Zeiten, in denen du respektlos mit mir umspringen konntest, sind vorbei. Mein Ehemann ist der neue Ortsgruppenleiter hier in Reichenhall, und wenn du es dir nicht gleich mit uns verscherzen willst, reißt du dich zusammen, Leo.«

»Du hast kein Recht, mich Leo zu nennen, so gut kennen wir uns nicht!«

Wiederum lachte sie laut, winkte hinüber zu ihrem Gatten, der soeben in eine Bratwurst biss, sie zurück auf den Teller legte und alles an seine Tochter weiterreichte, die mit gelangweiltem Gesichtsausdruck neben ihm stand. Sie kam eindeutig nach ihrer Mutter, hatte blonde Zöpfe, die fast bis zur wohlgerundeten Hüfte reichten, und verkörperte das deutsche Vorzeigemädel wie aus dem Bilderbuch.

»Fesch, meine Grethe, gell?« Herthas Blick war dem von Anna gefolgt. »Die Burschen hier werden sich um sie reißen. Walter hat übrigens Burg Schönegg gekauft, den alten Kasten. Aber wir legen eben Wert darauf, standesgemäß zu wohnen. Recht lang wird er nicht Ortsgruppenleiter bleiben, ich vermute, man wird ihn bald zum Kreisleiter befördern. Wir werden uns das Grandhotel und die Saline ganz genau anschauen. Ob alles korrekt läuft, keine unerwünschten Subjekte beschäftigt werden, ihr wisst … was ich meine.«

Anna und Leonhard erwiderten nichts, was Hertha nicht zu stören schien, sie plapperte wichtigtuerisch weiter.

»Hab schon gesehen, das da drüben ist deine Tochter. Sieht aus wie ihr Vater. Hoffentlich hat sie nicht sein störrisches Wesen geerbt. Ach, und Sohn hast du ja nur noch einen, Anna, stimmts? Auch der kommt wohl eher nach dem Papa, aber dafür kann er nichts.« Sie stieß Leonhard mit dem

Ellenbogen an und kicherte. »Wenigstens scheint ihr Achleitners parteitreu zu sein«, sagte sie dann an ihn gewandt. »Was bei den Schwarzenbergs nicht eindeutig der Fall ist. Vielleicht sollte ich deinem Karl einmal meine Grethe vorstellen. Ein schönes Paar wären die zwei.«

Leonhard musterte Hertha von oben bis unten, bevor er antwortete. »Mein Sohn ist ein erwachsener Mann, er sucht sich seine Frau selbst aus, da brauchst du dich nicht drum zu kümmern. Deine Tochter scheint sich zudem mehr fürs Essen zu interessieren als für alles andere. Und ich gehe jetzt.« Damit ließ er sie stehen, und Anna hatte Mühe, ein amüsiertes Grinsen zu unterdrücken. Tatsächlich schob sich Grethe gerade die Reste der Bratwurst in den Mund und griff sodann flink nach einer Semmel, die ihr angeboten wurde. Sie überragte ihren Vater um einen halben Kopf. Wie alt mochte sie sein? Neunzehn, zwanzig? Sie verströmte etwas Sinnliches, mit ihrem herzförmigen Gesicht, den breiten Wangen und vollen Lippen.

Hertha forderte erneut Annas Aufmerksamkeit. »Du hättest wahrscheinlich nicht gedacht, dass was aus mir wird, vermute ich. Aber kurz nachdem ich im Café Forstner in Berchtesgaden angefangen habe, kam Walter herein und hat ein Stück Kirschkuchen bestellt. Es war Liebe auf den ersten Blick.«

Anna verkniff sich eine Erwiderung.

»Vier Wochen später hat er um meine Hand angehalten. Er kennt einfach alle, die was zu sagen haben. Einige wichtige Parteimitglieder kaufen sich übrigens Grundstücke und Häuser drüben in Berchtesgaden. Weil der Führer so viel Zeit hier in den Bergen verbringt, wollten sie ihm nah sein. Der Walter und ich waren auch schon oft auf dem Berghof eingeladen.«

»Das mag ja alles sein, Hertha. Aber es interessiert mich nicht. Ich habe nicht vergessen, was du getan hast, und aus uns beiden werden keine Freunde mehr. Also lass mich in Ruhe«, sagte Anna. Sie hoffte, dass ihre Stimme ruhig klang. Dann drehte sie sich um und ging durch die Menschenmenge hinüber zu Franziska, Karl und Georg.

»Wer war das?«, fragte Karl.

»Jemand, den ich früher mal gekannt habe.«

»Die Frau von Walter Loibl? Oje. Der tut ganz wichtig. Soviel ich weiß, hat er die Burg der von Feils gekauft, weil ihm kein Haus in Bad Reichenhall groß genug war für sich und seine Familie. Obwohl sie ja nur zu dritt sind.«

»Ich gehe heim. Ihr könnt noch bleiben.« Anna war die Lust aufs Feiern vergangen.

»In Ordnung, Mama. Georg bringt mich später nach Hause. Er würde gern mit dir und Papa reden.«

Sobald sie durch die Drehtür des Hotels getreten war, fühlte sich Anna besser. Das flaue Gefühl in ihrem Magen, das die Begegnung mit Hertha in ihr ausgelöst hatte, legte sich. Sie fand Michael in Küche und schlug einen Spaziergang durch den Hotelgarten vor. Draußen, unter vier Augen, erzählte sie ihm alles. Sie setzten sich auf eine Bank neben dem Weg.

»Das ist schlecht. Ziemlich schlecht«, lautete sein Kommentar.

»Wieso? Wir haben mit Hertha nichts zu schaffen.«

»Deine ehemalige Freundin ist kein guter Mensch, Anna, das hat sich damals schon gezeigt, und daran wird sich kaum was geändert haben. Vermutlich wird sie uns Steine in den Weg legen, wo sie nur kann.«

»Wie will sie das zuwege bringen?«

Er lehnte sich zurück und legte den Arm um ihre Schultern. Gemeinsam betrachteten sie ein Beet voller blühender Maiglöckchen, die den betörenden Duft des späten Frühlings verströmten. »Ich glaube, du erkennst den Ernst der Lage nicht, Schatz. Walter Loibl ist ein Mann, der viel Macht haben wird in unserer Stadt. Mehr noch als der Bürgermeister.«

»Das kann ich mir nicht vorstellen. Und selbst wenn, wird er es sich nicht erlauben, uns zu schikanieren. Wo kämen wir denn dahin, wenn so was möglich wäre. Nur weil seine Frau einen vollkommen unbegründeten Groll gegen uns hegt.«

»Wir wissen nicht, welchen Einfluss Hertha auf ihn hat. Auf jeden Fall sollten wir künftig vorsichtig sein.«

Mit einem leisen Seufzen beugte er sich zu ihr, küsste zart Annas Ohr und flüsterte: »Ich bin ein Südtiroler Bergbub, der seine Freiheit schätzt und nirgendwo dazugehören mag, wo man dazugehören muss. Solang ich eine Wahl habe, entscheide ich für mich selber. Deswegen werden wir sicher nie in die Partei eintreten.«

Dafür liebte sie ihn. Michael blieb sich immer treu. In einer Welt, die sich rasend schnell veränderte, ließ er sich nicht verbiegen. Sie saßen noch ein wenig in der Sonne, nickten vorbeiflanierenden Hotelgästen freundlich zu und genossen den Ausblick auf Berge, Himmel und Blumen. Bis sich ihnen Georg Fischer näherte.

»Ach herrje«, raunte Anna. »Das hab ich vergessen. Georg wollte Franziska nach dem Maibaumaufstellen heimbringen und mit uns reden.«

»Meinst du, es ist so weit?«

»Das werden wir gleich erfahren.« Das flaue Gefühl von vorhin kehrte zurück und setzte sich in Annas Magen fest.

Wie vermutet hielt Georg bei Michael um Franziskas Hand an. Das kam keineswegs überraschend. Seit jenem Silvesterabend im Bergrestaurant waren die beiden unzertrennlich, und Franziska hatte sich nur widerstrebend damit abgefunden, dass ihre Eltern sie für zu jung befanden, um zu heiraten. Im Herbst würde war sie einundzwanzig werden, dann konnte sie ohnehin niemand mehr abhalten. Natürlich stimmten sie zu.

»Georg ist ein guter Junge«, meinte Michael, nachdem dieser davongeeilt war, um Franziska seinen Antrag zu machen. »Die beiden passen zusammen.«

»Das weiß ich. Und ich freue mich.«

»Weinst du deshalb?« Erneut legte er einen Arm um seine Frau und zog sie an sich. »Na, na, eigentlich ist das doch ein fröhliches Ereignis.«

Anna schluchzte. Sie konnte sich nicht beherrschen, war erschrocken über ihre heftige Reaktion und die Gefühle, die in ihr wüteten wie ein Frühlingssturm. Nun würde sie also auch noch ihr letztes Kind verlieren. Ihr Zimmer würde leer stehen wie das von Mathias, das Haus würde still werden, und die Nähe und Verbundenheit zwischen Mutter und Tochter würde verblassen, weil Georg der wichtigste Mensch in ihrem Leben wurde. Anna schämte sich für diese Gedanken.

War es bei ihrem Vater damals ähnlich gewesen? Hatte der sich gegen eine Verbindung zwischen ihr und Michael gestellt, weil er nach dem Tod von Frau und Sohn nicht auch noch die Tochter verlieren wollte? Hatte er Angst vor der Einsamkeit gehabt und nicht davor, dass Michael sie nicht würde ernähren können, wie er behauptet hatte?

So wütend war sie gewesen, weil sie nicht über ihr eigenes Glück hatte bestimmen dürfen. Und nun verstand sie ihn. Es tat weh, ihr Kind gehen zu lassen. Besonders weil es das einzige war, das ihr noch geblieben war.

»Anna, du wirst nie einsam sein.« Konnte Michael ihre Gedanken lesen? »Wir beide werden immer zusammenbleiben, ich lasse dich nie allein. Schau, da kommen sie gelaufen. Siehst du, wie sie strahlen? Komm, freuen wir uns mit ihnen.« Er erhob sich und reichte ihr die Hand. Franziska stürzte sich in die Arme ihrer Mutter und schluchzte: »Ich bin so glücklich.«

Diese Worte verscheuchten die Trübsal. War doch alles, was Anna sich für die Tochter wünschte, dass sie glücklich war. Nach Jahren der Trauer sollte sie ihr junges Leben freudvoll verbringen dürfen. Nur das zählte.

7

Bad Reichenhall, Mai 1933

»Du könntest dich schon ein bisschen für mich freuen. Oder wenigstens so tun als ob, Karl. Immerhin habe ich mich verlobt.« Franziska merkte selbst, dass ihre Stimme vorwurfsvoll wie die eines schmollenden kleinen Mädchens klang, aber so fühlte sie sich eben im Moment. Ihr lag viel an der Meinung ihres Bruders, daran, dass er Georg mochte. Gerade weil sie wusste, wie er anfangs die aufkeimenden Gefühle zwischen den beiden jungen Leuten mit Skepsis beobachtet, teilweise sogar sarkastisch kommentiert hatte. Für Franziska war es wichtig, dass Karl verstand, was für ein wundervoller Mensch Georg war. Jeder Gedanke an ihn ließ sie lächeln. Er brachte sie zum Lachen. Die Welt war fröhlich und freundlich, wenn er bei ihr war, und sie fühlte sich sicher. Dass sie einander bereits ihr ganzes Leben lang kannten, war für Franziska ein Gottesgeschenk. Seit Mathias' Tod tat sie sich schwer damit, neue Menschen in ihr Vertrauen zu ziehen. Sie brauchte keinen Reigen von Freundinnen, mit denen sie schnatternd in Cafés herumsaß. Lieber verbrachte sie ihre Zeit mit der Familie, zu der die Fischers auch irgendwie zählten, seit sie denken konnte.

Gegen das helle Licht anblinzelnd, hielt sie die Leiter fest, auf der Karl über ihr stand, damit er ein paar lose Holzschindeln an der Hauswand des Berghotelgebäudes reparieren konnte. Winterstürme hatten sie losgerissen, und nun mussten sie wiederbefestigt werden. Sooft sie ihren Bruder auf dem Predigtstuhl besuchte, werkelte er herum. Entweder im Restaurant, an den Außenanlagen oder am Gebäude. Oder er bereitete Bergtouren vor und sortierte die Ausrüstung. Einfach nur still sitzen, das gab es für ihn nicht.

Hörbar seufzend ließ er den Hammer sinken und kletterte herunter. Der Tag war heiß, obwohl es noch immer Frühling war, eigentlich. Hier oben brannte die Sonne besonders intensiv. Karl trug kurze Hosen und ein blau kariertes Hemd, dessen Ärmel er bis über die Ellenbogen hochgekrempelt hatte. Ein paar Haarsträhnen fielen ihm in die Stirn. Seitdem er keine Pomade mehr benutzte und das Deckhaar länger wachsen ließ, wirkte er jünger und legerer. Dazu kam seine tiefe Sonnenbräune, ein unvermeidlicher Begleitumstand, wenn man viel in den Bergen unterwegs war. Er zog ein Stofftaschentuch aus der Hosentasche und wischte sich den Schweiß vom Gesicht. Auch Franziska war es trotz luftiger Bluse und Leinenrock zu warm.

»Lass uns was trinken. Da drüben.« Er zeigte auf eine Gruppe Fichten neben dem Weg, und Franziska machte es sich in ihrem Schatten auf dem moosigen Boden gemütlich, während er einen Krug Limonade aus der Küche holte.

»Eisgekühlt. Herrlich.« Sie brauchte drei volle Gläser, um sich zu erfrischen, und erwartete anschließend, dass er sich äußerte. Karl tendierte nämlich dazu, einfach nichts zu sagen, sobald ihm ein Thema nicht behagte. Man musste höllisch aufpassen, dass er sich nicht um eine Antwort drückte. Franziska kannte das und würde nicht klein beigeben. Sie sah ihn mit auffordernd hochgezogenen Augenbrauen an, nickte ihm zu, wie ein Dirigent, der den Einsatz gab.

»Ich freue mich natürlich für dich, Franzi. Auch wenn ich finde, dass du reichlich jung zum Heiraten bist und dir ruhig ein wenig mehr Zeit lassen könntest. Will der Georg nicht länger warten, oder?«

»Es ist unser beider Wunsch. Wir lieben uns eben. Das verstehst du nicht.«

Er lehnte sich zurück auf die Ellenbogen und sah hinauf in die Fichtenwipfel. »Blödsinn. Meinst du, nur weil ich nicht herumlaufe wie ein liebestoller Truthahn, kenne ich mich nicht aus? Ich spiele selbst mit dem Gedanken zu heiraten. Das Berghotel braucht eine Chefin. Die meisten jungen Männer in meinem Alter sind in festen Händen. Vermutlich sollte ich mich der Mehrheit anschließen, das ist nie verkehrt.«

»Wie kannst du nur derart pragmatisch über Gefühle reden, Karl? Furchtbar! Überhaupt, weder Georg noch ich benehmen uns wie liebestolle Truthähne.«

Er drehte sich auf einen Ellenbogen, musterte sie. »Du wirst ja rot.«

»Und du bist garstig.«

Er lachte. Manchmal konnte er ein richtiges Biest sein. Zwei Wanderer gingen an ihnen vorbei, mit Kniebundhosen, Stöcken und Rucksäcken.

»Guten Tag«, sagten sie. »Wo geht es bitte zum Karkopf?«

Karl wies in die Richtung. »Da lang. Über den Hochschlegl. Es ist aber grad sehr heiß für eine Wanderung. Und trittsicher muss man für diese Strecke außerdem sein. Und schwindelfrei.«

»Ach, wir mögen das.«

Nachdem die Männer um die nächste Kurve verschwunden waren, schüttelte er missbilligend den Kopf. »Touristen. Berliner, dem Dialekt nach. Hast du ihre Bergschuhe gesehen? Nigelnagelneu. Darin sind sie noch keine hundert Meter gelaufen. Wenn die keine Blasen kriegen, fress ich einen Besen.«

»Lenk nicht ab. Ich will jetzt wissen, was du gegen meinen Georg hast.«

Mit einem unwirschen Laut sank er vollends zurück auf den Rücken, verschränkte die Hände auf der Brust und schloss die Augen.

»Nichts. Rein gar nichts. Er ist ein gut erzogener Bursche aus privilegiertem Haus, der auf einer teuren, privilegierten

Schule war und in seinem privilegierten Leben noch nichts geleistet hat. Ich hätte mir jemanden für dich gewünscht, der«, er öffnete die Augen einen Spalt breit, schien nach dem richtigen Wort zu suchen, »bodenständiger ist.«

»Du meinst, so wie diese Bauerstochter, um die du dich bemühst? Bodenständiger als die geht es nicht. Man könnte sie auch trutschig nennen. Überhaupt – gut erzogen und auf einer teuren Schule gewesen – erinnert mich irgendwie an dich. So unähnlich seid ihr euch also nicht, du und Georg.« Sie stand auf. »Ich nehme die nächste Gondel und fahre hinunter.«

Er erhob sich ebenfalls, folgte ihr hinein in die Bergstation. In der Wartehalle waren hölzerne Bänke an den Längsseiten des Raumes aufgestellt, auf denen nur wenige Personen saßen. Genau genommen lediglich drei, und die gehörten zu Karls Personal und mussten in den Ort zum Einkaufen. An der Stirnseite über dem Fenster mit der wunderbaren Aussicht hing eine Uhr, neben der die erste und letzte Berg-und-Tal-Fahrt angeschlagen war.

»Lass uns wieder gut sein, Franzi«, bat er leise. »Ich mag es nicht, wenn wir streiten.«

»Du hast mir lediglich deinen Standpunkt klargemacht, das habe ich zu akzeptieren.« Als sie seinen übertrieben zerknirschten Gesichtsausdruck sah, musste sie lachen. »Also schön, dann sind wir eben wieder gut.«

Er küsste sie auf die Wange. »Ist doch prima, wenn wir ehrlich zueinander sind, oder? Anders würden wir es nicht haben wollen.«

Gondel Nummer zwei schwebte in die Station, und Franziska stieg ein. Bevor sich die Tür schloss, rief Karl: »Soll ich unten im Grandhotel anrufen, dass dich jemand an der Talstation abholt? Es ist viel zu warm zum Heimlaufen.«

»Gern. Aber nur, wenn du das nicht als zu privilegiert empfindest.« Diese Spitze konnte sie sich nicht verkneifen. Er verdrehte grinsend die Augen und winkte ihr zu, als sich der Pavillon auf seine Rückreise nach unten begab. Durch die gekippten Fenster drang kühle Luft herein. Franziska sog den Anblick ihrer geliebten Berge zusammen mit der frischen Brise in sich auf. Sie könnte sich niemals vorstellen, anderswo zu leben. Gut, dass auch Georg hier verwurzelt war. Ein Anflug von schlechtem Gewissen meldete sich, weil sie Karls Freundin als trutschig bezeichnet hatte. Dabei kannte sie das Mädchen nicht einmal, wusste nur aus seinen Erzählungen, dass ihre Familie einen Bauernhof besaß. Die Beziehung zwischen den beiden war ihr bisher eher oberflächlich erschienen, besonders verliebt wirkte er nicht gerade.

Als Franziska ausstieg und das Gebäude der Talstation verließ, bog ein Wagen auf den Parkplatz ein, aus dem fünf Männer in Uniform stiegen. Auch aus der Entfernung konnte sie erkennen, dass sie zur Schutzstaffel gehörten. Leider war der Fahrer des Grandhotels noch nicht hier, sodass sie warten musste. Im Näherkommen erkannte sie Wolf Bahlow. Dann war er wohl kein Barmann mehr, sondern machte sich bei der SS wichtig. Was für ein Aufstieg.

Im Vorbeigehen nickte er ihr knapp zu, ohne ein Wort zu sagen, und ging mit seinen Kollegen an den Fahrkartenschalter. In der Hoffnung, dass ihre Begegnung damit erledigt wäre, setzte sich Franziska auf den Rand eines großen Blumentrogs aus Granit und wartete darauf, abgeholt zu werden. Auch hier unten war es irrsinnig heiß.

»Ganz allein?«, fragte Wolf plötzlich hinter ihr.

Ohne sich umzudrehen, verschränkte sie die Arme vor der Brust und antwortete: »Ich warte auf jemanden.«

»Aber jetzt ist gerade keiner hier außer uns beiden, oder?«

Sie stand auf und machte einen Schritt von ihm weg. Es war ihm anzumerken, dass er es genoss, eine Uniform zu tragen, weil er sich darin überlegen fühlte.

»Was willst du? Deine Kameraden möchten sicher losfahren.«

»Ich habe Zeit.« Spöttisch hob er die Augenbrauen. »Vor allem für dich immer, Franzi. Du hast dich gut entwickelt«. Sein Blick verharrte ungebührlich lang auf ihrem Busen, er leckte sich sogar die Lippen, während er darauf starrte, doch sie ließ sich nicht provozieren.

»Sag mal, weißt du eigentlich, wie lächerlich du bist? Was hast du vor? Am helllichten Tag über mich herzufallen, hier auf dem Parkplatz?«

Blitzschnell kam er auf sie zu, packte sie bei den Handgelenken und riss sie an sich. »Wieso nicht? Da bringst du mich auf was. Hinter den Garagen dort drüben würde uns niemand sehen, und wenn ich dir den Mund zuhalte, kannst du nicht schreien.«

Sie wehrte sich gegen seine Zudringlichkeit, trat ihm mit dem Absatz ihres Schuhs mit voller Wucht auf den Fuß. Aufheulend ließ er sie los.

»Du Miststück!«

Mit Erleichterung sah Franziska den Wagen des Grandhotels auf den Parkplatz biegen. »Lass mich in Ruhe, Wolf! Ein für alle Mal!«, herrschte sie ihn an. »Merk dir, dass dir eine Uniform nicht das Recht dazu gibt, zu tun, was du willst.«

»Verschwinde, kleines Mädchen!«, rief er ihr hinterher. »Und merk du dir, dass man sich im Leben immer zweimal trifft. Die Sache mit Babelsberg habe ich nicht vergessen.«

Schwer atmend schlug Franziska die Autotür zu und drückte auf den Knopf, um abzusperren. »Fahren wir.«

»War das Wolf Bahlow in einer SS-Uniform?«

»Onkel Stanley?« Sie erschrak. Mit ihm hatte sie nicht gerechnet. Normalerweise gab es einen Fahrer im Hotel. Wie peinlich, dass er die Szene beobachtet hatte. »Bitte erzähle meinen Eltern nichts davon.«

»Hat er dich belästigt? Bedrängt? Was getan?« Alarmiert

inspizierte er Franziska von oben bis unten, erst als sie den Kopf schüttelte, startete er den Wagen und bog auf die Straße.

Die Gondel mit Wolf und seinen Begleitern schwebte hinauf zu Karl. Sie vermutete, dass er wenig erfreut sein würde, sie zu sehen, und nicht persönlich bedienen würde, sondern dies den Angestellten überließ.

»Du erzählst mir jetzt, was los war«, verlangte Stanley. »Und danach entscheide ich, ob die Sache unter uns bleiben kann.«

»Ach, nichts. Ich habe auf dem Parkplatz gewartet, er kam in seiner lächerlichen Aufmachung an, aufgeblasen und mit stolzgeschwellter Brust – als ob eine Uniform einen Mann aus ihm machen würde –, und spielte sich groß auf, wie immer. Aber ich bin ihm ordentlich auf den Fuß getreten, als er mich angefasst hat.«

»Er kann es nicht lassen, Unfrieden zu stiften! Wie geht es dir?«

»Onkel Stanley, mach bitte kein Drama daraus. Ehrlich, er ist nur ein rüpelhafter, dummer Kerl, der sich für schlau hält, uns hasst und auf Rache sinnt.«

Stanley sah in den Rückspiegel und setzte den Blinker, um auf die Luitpoldbrücke zu biegen. Erst auf Höhe des Beamtenstocks, schon mitten in der Stadt, meinte er nachdenklich: »Als Angestellter in einer zwielichtigen Bar hätte er damit am kürzeren Hebel gesessen. Aber jetzt ist er bei der SS und …« Er vollendete den Satz nicht. Warum sahen alle ständig überall Probleme? Dann war Wolf eben bei der SS, na und? Was sollte sich dadurch ändern? Er blieb derselbe Idiot, der den Mund weit aufriss, aber wusste, dass er seinen Drohungen keine Taten folgen lassen konnte. Glücklicherweise versprach Stanley, den Zwischenfall Anna und Michael gegenüber nicht zu erwähnen. Falls ihre Mutter sich Sorgen machte, hätte der dumme Kerl etwas erreicht, und das würde Franziska ihm nicht zugestehen. Da konnte er sie provozieren, sooft er wollte.

Am darauffolgenden Morgen holte Georg Franziska zeitig ab. Die beiden wollten mit dem Fahrrad in die Badeanstalt fahren, bevor es zu heiß wurde. Sie hatte ihn zwar überflüssigerweise darauf hingewiesen, dass sich im Garten des Grandhotel Schwarzenberg ein tadelloses Schwimmbecken befand, das sie jederzeit nutzen durften. Aber er wollte sich nicht mit den Gästen zusammen auf die Liegewiese legen, sondern seine Verlobte in privater Umgebung für sich haben. Wie privat, das wurde ihr klar, als er einen neuen Vorschlag machte. »Lass uns lieber in den Wald fahren. Da wären wir ganz unter uns, was meinst du?«

»Dort können wir nicht baden. Was ist mit dem Thumsee? Da gibt es auch abgeschiedene Ecken und nicht so viele Besucher wie im Freibad.«

»Gute Idee. Auf dem Weg dorthin kenne ich ein schönes Plätzchen. Ich habe ein Picknick für uns eingepackt. Wollen wir gemütlich frühstücken, ehe wir baden gehen?« Er warf ihr einen vielsagenden Blick zu, der sie derart nervös machte, dass sie beinahe an den Randstein des Bürgersteigs gefahren wäre.

Franziskas Herz pochte wild. »Also gut.«

Direkt nach Karlstein, bevor sie an den Thumsee gelangten, bog Georg in ein sanft ansteigendes Waldstück ab. Auf schmalen Schotterwegen fuhren bis zu einem Wildbach, der über Felsen sprang.

»Ab hier müssen wir laufen.«

Sie stellten die Räder ab, und Georg nahm den Picknickkorb. Gemeinsam folgten sie dem Bachlauf in den Wald hinein. In den schattigen Abschnitten glänzte noch der Morgentau auf Gräsern und Farnen. Wo die Sonne durch die Baumwipfel drang, reckten Beinwell, Giersch und Lichtnelken ihr die Blütenköpfchen entgegen. Magisch angezogen, griff

Franziska nach den dicken Samenkapseln des Springkrauts und ließ sie explodieren.

»Das habe ich als Kind auch immer gemacht«, rief Georg. Er fasste ebenfalls danach, und die beiden lachten über die Ploppgeräusche und die in alle Richtungen umherhüpfenden Blumensamen.

Schließlich gelangten sie an eine flache Stelle neben dem Bach, die aussah, als hätte jemand Mooskissen wie Sitzgelegenheiten verteilt. Georg breitete die Decke aus, und sie ließen sich darauf nieder.

Entzückt sah sich Franziska um. »Sehr romantisch. Wie verzaubert.«

»Nicht wahr? Ich habe gehofft, es gefällt dir hier.« Aus dem Korb holte er frisches Brot und Marmelade, Äpfel, Kirschen, und sogar an Kaffee hatte er gedacht, den er in zwei weiße Emaillebecher mit blauem Rand goss.

»Du musst mich nicht mehr beeindrucken, Georg. Ich habe doch schon ja gesagt.«

»Ich wollte einfach für eine Weile mit dir ganz allein sein, ohne irgendwelche anderen Menschen drum herum. Wenn du bei uns in der Villa Augustine bist, sind ständig meine Schwestern oder meine Mutter dabei, und bei euch im Hotel geht es sowieso immer zu wie in einem Taubenschlag. Magst du ein paar Kirschen?«

»Ich glaube, ich bin viel zu nervös, um jetzt irgendwas zu essen.«

Sie schämte sich nicht, ihm das zu gestehen. Vor jedem anderen jungen Mann wäre ihr das peinlich gewesen, nicht vor Georg. Das Vertrauen zwischen ihnen war über die Jahre gereift, sie wusste, sie konnte ihm alles anvertrauen. Er beugte sich zu ihr, küsste sanft ihre Lippen und legte seine Stirn an die ihre.

»Franzi, ich war gestern Abend mit ein paar Freunden im St.-Aegidi-Keller, wo mir der Bahlow über den Weg gelaufen ist. Betrunken. Er hat behauptet, du fühlst dich noch immer so knackig wie früher an. Was ist passiert?«

Sie schloss für einen Moment die Augen, um ihre plötzlich aufsteigende Wut niederzukämpfen, bevor sie antwortete. »Ich wollte dir eigentlich nichts davon erzählen, weil unsere Begegnung absolut unwichtig war. Und weil du zu mir gesagt hast, ich soll mich von ihm nicht provozieren lassen, sonst hätte er Macht über mich. Jedenfalls, er hat mich gestern auf dem Parkplatz der Seilbahn gesehen und sich danebenbenommen. Wie immer.«

»Was hat er getan?«

Sie zuckte die Schultern. »Gestänkert. Du kennst ihn. Aus ihm kommt nichts als heiße Luft.«

»Hat er dich angefasst?«

Sie hielt ihre Handgelenke hoch. »Hier hat er mich gepackt, wollte mich einschüchtern. Aber ich habe ihn getreten, und das war's. Kein Grund zur Sorge.«

Georg umarmte sie, hielt sie fest in seinen Armen. »Künftig werde ich aufpassen, dass er dir nicht mehr zu nahekommt.«

Eigentlich wollte sie ihm sagen, dass dazu keinerlei Veranlassung bestand. Dass sie ihr ganzes Leben lang schon auf sich selbst aufpasste und keineswegs derart zart besaitet war, dass ihr Wolf Bahlow Angst machen konnte. Aber sein Beschützerinstinkt rührte sie, verursachte ein Kribbeln in Franziska, das sich aufregend anfühlte. Sie verschränkte ihre Hände in seinem Haar und ließ sich Zeit mit ihrem Kuss. Als sein Atem schneller wurde und er sie behutsam auf die Decke drückte, sich auf sie legte und liebkoste, erwiderte sie seine Zärtlichkeiten. Immerhin waren sie verlobt. Sie hieß die Leidenschaft willkommen, hatte keine Furcht davor. Kurz hielt er inne, um sein Hemd auszuziehen, sah sie dabei stumm und fragend an, den Kopf geneigt. Er wartete, bis sie nickte. Dann knöpfte er auch ihre Bluse auf. Die frische Waldluft auf der nackten

Haut verursachte eine wohlige Gänsehaut. Oder lag das an Georgs Händen, die geschickt ihren Körper erkundeten? Franziska hörte auf, sich selbst und ihr Empfinden zu analysieren, sie genoss den Augenblick und den aufregenden Reiz, sich ihrem Geliebten splitternackt auf einer Decke im Wald hinzugeben.

»Wenn wir verheiratet sind«, flüsterte sie ihm ins Ohr, als sie schließlich aneinandergeschmiegt verschnauften, »werden wir uns hoffentlich nicht nur auf unser Ehebett beschränken, sondern auch weiterhin Ausflüge ins Grüne machen.«

Er lachte leise. »Gefällt es dir hier draußen, mein Schatz?«

»Natürlich. Das wusstest du.«

»Sagen wir, ich hatte es gehofft.« Er sah auf die Uhr. »Und jetzt fahren wir baden, wenn du magst. Ich könnte eine Abkühlung vertragen.«

Ein letztes Mal sah sich Franziska um, dann schlüpfte sie wieder in ihre Kleidung. Georg räumte das Picknick ein, das sie sich gleich am Thumsee schmecken lassen würden, denn mittlerweile hatte sie ordentlichen Hunger. Es gab keinen perfekteren Moment, kein schöneres Leben, keine freudvollere Zeit als genau diese, hier und jetzt, mit dem Mann, den sie liebte. Ein Gefühl von absoluter Zufriedenheit erfüllte Franziska. Sie wollte es wertschätzen, sich bewahren. An Georgs Seite sah sie einer glücklichen Zukunft entgegen, und niemand konnte ihr das streitig machen.

8

Bad Reichenhall, August 1933

Am Ende des Sommers kam der Dampf auf den Erlenhof. Sämtliche Arbeitskräfte waren vollzählig versammelt, Knechte, Mägde, Bauer Huber, seine Frau und alle acht Kinder. Auch Karl Achleitner hatte sich bereit erklärt, beim Dampfdreschen zu helfen, nicht weil er gern schwere Arbeit verrichtete, sondern weil er Helene Huber, die älteste Tochter, beeindrucken wollte.

Am Vortag war die Dreschgarnitur aufgestellt worden, Dampfmaschine, Dreschkasten, Strohpresse. Das Wetter würde halten, die kommenden drei Tage war kein Regen gemeldet, daher standen sämtliche Gerätschaften im Freien auf dem Hof. Es war für alle Beteiligten gesünder, wenn der Staub verwehen konnte, ohne wie Nebel im Stadel zu wabern, wo bei Schlechtwetter gedroschen wurde. Aber auch draußen bei Frischluft würde es ein Kraftakt werden. Wie jedes Jahr. Karl hatte noch nie mitgemacht, kannte das Ganze lediglich aus Helenes Erzählungen. Die Aussicht auf ein Hoffest nach getaner Arbeit fand er verlockend.

Carolina Huber hatte die Maschinisten bereits zwei Stunden zuvor mit einem kräftigen Frühstück versorgt. Diese Männer entschieden schließlich, wer von den Bauern zuerst dreschen durfte, es war also wichtig, sich gut mit ihnen zu stellen. Der Erlenhof war eines der größeren Anwesen im Umkreis, drei Tage würde die Dampfmaschine bleiben, dann fuhr sie weiter zum Nachbarn. Mittlerweile war es kurz nach sechs am Morgen. Die Mägde hatten die getrockneten Garben aus der Scheune geholt, und Karl, Herr Huber und die Knechte bereiteten sich vor, die Maschine mit Getreide zu füttern und volle Kornsäcke wegzuschleppen. Das Dreschen konnte beginnen.

Karl warf einen letzten Blick hinüber zu Helene, die mit ihrer Mutter im Hauseingang stand. Sie musste ihr beim Vorbereiten des Mittagessens helfen. Er zwinkerte ihr zu, was mit einem missbilligenden Stirnrunzeln von Frau Huber und einem Lächeln von Helene quittiert wurde.

»Ein fesches Mädel«, bemerkte ein junger Maschinist hinter ihm, der die Szene beobachtet hatte.

»Ja.« Karl musterte ihn. Er hatte breite Schultern und blitzend weiße Zähne. »Und schon vergeben.«

»Ach was? Seid ihr verlobt? Letztes Jahr um diese Zeit war von dir noch weit und breit nichts in Sicht, und jetzt tust du so, als gehörst du hierher. Das ging schnell.«

»Nicht offiziell. Aber bald.« Er hielt seine Antwort bewusst knapp. Immerhin schuldete er dem Unbekannten keinerlei Erklärung.

Der Maschinist lachte. »Na dann, viel Glück. Die Erlenhofbäuerin ist eine alte Beißzange, die wünsch ich niemandem als Schwiegermutter, da kann die Tochter noch so hübsch sein.«

Zähneknirschend gab Karl ihm recht. Natürlich sagte er das nicht laut. Aber wäre Carolina Huber etwas weniger grantig und unnachgiebig, hätte er die Verbindung mit Helene längst öffentlich machen können. Die Mutter wünschte sich allerdings einen Großbauern für ihre Leni, keinen Gastronomen. Es wäre ja noch schöner, wenn eine Huber das dreckige Geschirr von irgendwelchen Fremden abräumen müsste, wo sie genauso gut über eine Riege Mägde und Knechte bestimmen könnte. Und Karls Vater hatte ihm kürzlich eindringlich die Tochter eines Parteifreundes ans Herz gelegt. Mit eindeutigen Hintergedanken, was geschäftliche Beziehungen betraf.

Aber er hatte sich entschieden. Eine Ehe mit Helene ergab Sinn, war vorteilhaft für sie beide. Sie passten gut zusammen.

Dann hatte Karl keine Zeit mehr, über sein Privatleben zu grübeln, denn er musste die Getreidebündel in Empfang nehmen und damit die Maschine beladen. Schnell begannen seine Arme zu schmerzen. Das würde einen ordentlichen Muskelkater geben. Gegen zehn Uhr brannte die Sonne derart heiß auf die fleißigen Arbeiter, dass ein Steinkrug mit verdünntem Most herumgereicht wurde und alle ein paar Minuten verschnaufen durften. Nach Luft schnappend machte Karl einige Schritte weg vom Hof, um aus der Staubwolke zu treten. Was hatte er sich da nur aufgehalst? Er hoffte inständig, dass sein Einsatz honoriert werden würde, wenn er beim Bauern um die Hand seiner Tochter anhielt.

»Hast dich ganz ordentlich gemacht«, feixte Helene am Abend, nachdem sie sich den Staub von Gesicht und Händen gewaschen hatten und an einem langen Tisch hinter dem Haus zum Essen Platz nahmen. »Dafür, dass es dein erstes Mal war.«

»Danke. Gut, dass mir vorher nicht genau klar war, was für eine Knochenarbeit das ist.«

»Hättest du sonst gekniffen?«

»Möglicherweise. Ich bin kein Landwirt, Leni, das weißt du.«

Sie sah kurz über ihre Schulter nach hinten, ob die Mutter in der Nähe war, beugte sich geschwind vor und drückte Karl einen Kuss auf die Lippen. »Deswegen mag ich dich ja.«

Er brach in schallendes Lachen aus. »Du bist frech.«

»Und deswegen magst du mich.« Sie schnappte sich zwei leere Bierkrüge vom Tisch und marschierte mit wiegenden Hüften ins Haus, um sie wieder aufzufüllen. Ihr langes blondes Haar war zu einem Flechtkranz aufgesteckt. Ein paar Strähnen hatten sich im Laufe des Tages gelöst und kräuselten sich im Nacken. Der Erlenhofbauer trat neben Karl und schlug ihm mit der flachen Hand freundschaftlich auf die Schulter.

»Na? Wär das nix für dich, so ein Hof?«

»Ich bin zufrieden mit meinem Berghotel, aber danke der Nachfrage.« Er wusste, dass Adi Huber nur scherzte. Sein ältester Sohn, mit einundzwanzig nur ein Jahr jünger als Helene, würde den Erlenhof einmal übernehmen. »Und ich glaube, dass sich auch die Leni oben auf dem Predigtstuhl wohlfühlen würde.«

Der Bauer setzte sich auf die Bank und griff nach einem Stück Brot vom Tisch und belegte es reichlich Räucherfleisch, bevor er hineinbiss. »Da bin ich mir sicher. Und nach dem Dampfdreschen werde ich noch mal mit meiner Frau reden, sie wird euch nicht länger im Weg stehen. Meinen Segen habt ihr sowieso, das weißt du. Zur Hochzeit deiner Schwester nächsten Monat kann die Leni dich gern begleiten, dann bekommt das Ganze schon mal was Offizielles. Und von mir aus dürft ihr im Frühling heiraten.«

Adi Hubers reduzierte Wortwahl bei der schnörkellosen Verkündigung dieser frohen Botschaft schmälerte Karls Freude nicht. Er redete eben wenig, sagte nur, was er unbedingt sagen musste, und war von Natur aus kein überschwänglicher Mensch. Doch wenn er ihm die Hand seiner Tochter zusicherte, wusste Karl, dass er sich darauf verlassen konnte. Immerhin war er der Herr im Haus und nicht die kratzbürstige Gattin.

Aufgeregt suchte er nach Helene und zog sie mit sich auf die andere Seite des Hofes, hinter den Holzschuppen. Es war nicht einfach, bei all den Menschen ein ruhiges Plätzchen zu finden.

»Er hat ja gesagt«, teilte er ihr freudestrahlend mit.

»Wirklich?«

»Gerade eben. Und was ist mit dir?«

»Das soll dein Antrag sein, Karl?« Ihre grauen Augen verengten sich.

Rasch ergriff er ihre beiden Hände. »Helene Huber, willst du meine Frau werden?«, fragte er feierlich.

Sie tat so, als müsse sie überlegen, dann nickte sie. Glücklich zog er sie in die Arme und küsste ihre vollen Lippen. Es würde herrlich werden, sie mit nach Hause zu nehmen und endlich zu der seinen zu machen.

»Und er hat gesagt, du darfst mit mir zu Franzis Hochzeit gehen.«

»Das versteht sich eigentlich von selbst. Wo wir jetzt verlobt sind, wird uns das wohl gestattet sein. Ach, Karl, ich kann‘s kaum erwarten, weg von hier zu dürfen. Mein ganzes Leben schon werkel ich auf diesem Hof herum und muss mich um meine Geschwister kümmern.«

»Das wird sich bald alles ändern.«

Ihm war schon des Öfteren aufgefallen, dass Helene gern jammerte. Gerade in diesem Moment hätte sich Karl gewünscht, dass ihre Liebe zu ihm und nicht der arbeitsreiche Alltag ihre Gedanken beherrschte, aber die Hubers waren anscheinend allesamt keine Romantiker. Damit konnte er leben. Darüber hinaus war es nicht schwer, sich vorzustellen, wie mühsam es für das älteste Kind sein musste, wenn die Mutter ständig schwanger war und unablässig Unterstützung forderte.

»Leni!«, ertönte Carolina Hubers säuerliche Stimme wie zur Bestätigung aus der Ferne. »Wo bist du denn schon wieder? Ich brauch dich in der Küche!«

Seufzend ließ Karl seine Frischverlobte los. »Und ich mache mich auf den Heimweg. Wir sehen uns morgen früh um sechs.«

Mit dem Fahrrad – da er die meiste Zeit über auf einem Berg wohnte, hatte Karl bisher noch nicht die Notwendigkeit verspürt, sich ein Auto anzuschaffen – fuhr er zurück in die Stadt. Das dauerte gut eine Dreiviertelstunde, und während er in die Pedale trat, merkte er, wie tief ihm sein anstrengendes Tagwerk in den Knochen saß.

Statt weiter zur Talstation der Gondel zu fahren, bog er in die Salzburger Straße ein, umrundete das Grandhotel Schwarzenberg und stellte sein Rad hinten am Lieferanteneingang ab. Ausnahmsweise nahm er drinnen den Lift anstelle der Treppe, um nach oben zu den Privaträumen zu gelangen.

»Gute Güte, Karl, wie schaust du denn aus?«, empfing ihn Michael. »Bist du in der Sonne eingeschlafen? Dein Gesicht ist ziemlich verbrannt. Komm rein, wir sind im Salon.«

Im Vorbeigehen warf Karl einen Blick in den Flurspiegel und erschrak über seine krebsrote Haut. Für den nächsten Tag brauchte er dringend einen Hut zum Arbeiten.

»Von wegen eingeschlafen. Schön wär's. Ich habe heute beim Dampfdreschen auf dem Erlenhof geholfen. Morgen und übermorgen muss ich auch noch.« Ächzend ließ er sich auf die Couch plumpsen. Ihm gegenüber im Lehnstuhl saß Franziska.

»Aha. Bei Helene Huber also. Mama ist unten im Hotel«, informierte sie ihn. Mitleid in ihrer Stimme hörte er nicht. »Hast du Hunger?«

Er schüttelte den Kopf. »Nein, es gab eine Brotzeit nach der Arbeit.«

»Planst du, Bauer zu werden?«

»Ich wollte eigentlich warten, bis alle beisammen sind, aber da du fragst, nein, das möchte ich nicht. Aber ich habe mich heute mit Helene verlobt.«

Es wurde still. Nur für einen Moment. Lange genug für Karl, um seiner Freude einen Dämpfer zu versetzen.

»Gratuliere!« Michael, der sich ebenfalls gesetzt hatte, sprang auf und schüttelte ihm die Hand. Auch Franzi erhob sich, umarmte ihn und wünschte ihm Glück. Ihre Stimme klang jetzt eindeutig belegt, und er fragte sich, ob Rührung oder Missbilligung die Ursache dafür waren.

»Wann wollt ihr heiraten?«

»Dieses Jahr nicht mehr. Aber wir freuen uns auf deine Hochzeit. Ich würde Helene gern mit zur Feier bringen, wenn das in Ordnung ist. Er drückte Franziska erneut kurz, schob sie auf Armeslänge von sich und sah auf ihren Bauch. »Scheint so, als ob es eilt mit dem kirchlichen Segen.«

Sie verzog das Gesicht.

»Wer soll bitte mit deinem Tempo mithalten können? Na ja, viel Vorsprung wirst du nicht kriegen, ich möchte mit Helene nämlich auch schnell Nachwuchs bekommen.«

»Red nicht so, Karl, das ist mir peinlich.« Sie strich sich mit der Hand über ihren Bauch. Nur mit reichlich Vorstellungskraft war der Hauch einer Rundung zu erkennen – für diejenigen, die Bescheid wussten. Er hatte sie nur necken wollen.

»Außerdem befinden wir uns nicht in einem Wettstreit. Ich finde es komisch, dass du auch unbedingt heiraten musst. Warum die Eile? Und sag nicht wieder, dass du dich irgendeiner Mehrheit anschließen möchtest, weil die meisten Männer in deinem Alter bereits Ehemänner sind. Das wäre ein abscheulich unromantischer Grund für eine Verlobung.«

Schon bereute er es, nicht doch nach Hause gefahren zu sein.

»Heißt ihr Vater mit Vornamen Adi?«, fragte Michael.

»Ja.«

»Dann kenne ich ihn. Früher war er in der Kirche aktiv. Aber seit er in die SA eingetreten ist, verbringt er mehr Zeit mit den Kameraden, als er sich als Bauer eigentlich erlauben könnte. Scheint mir ein ganz Linientreuer zu sein. Was meint Leonhard zur Verlobung, Karl? So, wie ich ihn einschätze, dürfte er äußerst beglückt von der Schwiegerfamilie in spe sein.«

»Er weiß es noch nicht. Er hatte an sich die Tochter eines anderen Parteifreundes im Sinn. Ich bin eigentlich hergekommen, weil ich euch fragen wollte, ob ich heute hier übernachten darf. Morgen früh um sechs soll ich wieder am Dampf stehen, und die Fahrt hinaus zum Hof dauert sowieso fast eine Stunde, auch ohne dass ich erst einmal vom Predigtstuhl heruntergondle.«

»Du kannst in Mathias' Zimmer schlafen«, sagte Franziska schnell. Ein Muskel in Michaels Gesicht zuckte. Bestimmt war ihm das nicht recht.

»Eines der Gästezimmer wäre mehr als in Ordnung«, warf Karl ein. »Es muss nicht das von Mathias sein.«

»Unsinn«, Michael atmete durch. »Natürlich bleibst du hier oben und nicht in irgendeinem der Fremdenzimmer. Allerdings würde ich dir raten, rasch bei deinem Vater vorbeizuschauen und ihm von deiner Verlobung zu erzählen. Es wäre schlecht, wenn er es von dritter Seite erfährt, und du weißt, wie die Leut tratschen.«

Karl wollte nichts lieber, als sich ins Bett zu legen und zu schlafen. Aber natürlich musste er es seinem Vater sagen. Und auf dem Weg nach unten auch seiner Mutter. Er ging zur Tür. »Mache ich. Bis später.« Er setzte zu einem Lächeln an. Die Haut in seinem Gesicht fühlte sich derart straff an, dass es schmerzte und zu einer Grimasse verunglückte.

»Ich leg dir eine Ringelblumensalbe ins Bad. Trag sie auf, wenn du wiederkommst, die wird dir helfen. Dann bist du morgen früh noch gebräunter als ohnehin schon und schaust nicht mehr aus wie ein Hummer«, rief ihm Franziska grinsend nach.

Anna stand hinter der Rezeption und reagierte begeistert auf die Verlobungsnachricht. Ihr kamen sogar die Tränen, und sie herzte Karl und küsste ihn auf die brennenden Wangen. Wenigstens eine, die sich offen für ihn freute. Auch darüber, ihn über Nacht im Haus zu haben. Lag das nur daran, dass sie seine Mutter war? Immerhin kannte sie Helene nicht, er hatte sie ihr nie vorgestellt. War sie wirklich mit seiner Wahl einverstanden? Oder tat sie nur so, als wäre sie erfreut? Karl horchte in sich hinein und fand das warme Gefühl der Rührung. Anna zeigte ihm Mutterliebe. Bedingungslos. Sein Glück war ihr wichtig, er war ihr wichtig.

Auf dem Weg die Ludwigstraße hinunter dachte er daran zurück, wie er von Franziskas Verlobung erfahren hatte. Ihre glückstrahlenden Augen hatten sich in seine Erinnerung gebrannt.

»Das musste ja irgendwann anstehen, so wie ihr beiden immer zusammengluckt«, hatte er hervorgepresst und ein paar halbherzige Glückwünsche geäußert. Ihr war nicht aufgefallen, dass ihm ihre Eröffnung das Herz herausriss. Bei der Unterhaltung vor einigen Monaten oben am Berghotel hatte er sich wieder gefangen gehabt, sogar vermutet, dass sie noch einmal mit ihm darüber sprechen wollte.

Georg Fischer würde ihm seine Schwester stehlen. Nach allem, was sie durchgemacht hatten. Ihre innige Verbindung, die sie sich seit Mathias' Tod Stück für Stück erarbeitet hatten, mit Lachen und Tränen, Gesprächen und bisweilen herrlichen Diskussionen würde verblassen und zu etwas Oberflächlichem werden, dessen war er sich sicher. Erfreulicherweise hatte er beim Maitanz die Bekanntschaft von Helene gemacht und war gern auf die Flirtversuche der jungen Frau eingegangen. So würde er schon nicht allein enden.

»Du hast was?« Leonhard reagierte ungehalten auf die Ankündigung seines Sohnes. Er marschierte in die Küche und nahm eine Flasche Kirschgeist aus dem Schrank, schenkte sich ein Schnapsglas voll ein und kippte es in einem Schluck hinunter. »Was habe ich bei dir nur falsch gemacht? Zuerst biederst du dich gegen meinen Willen bei den Schwarzenbergs an. Dann verweigerst du ein Studium und wirst Bergwirt. Und als ob das nicht schlimm genug wäre, verlobst du dich gleich noch mit irgendeinem Bauernmädchen, obwohl ich andere Pläne für dich hatte. Pläne, die für uns beide von Vorteil gewesen wären. Was wir jetzt natürlich vergessen können, sobald sich herumspricht, was du getan hast. Machst du das eigentlich, um mich zu brüskieren?«

Beim Hereinkommen war Karl ein muffiger Geruch in der Wohnung aufgefallen. Er öffnete das Fenster. »Nicht!«, herrschte sein Vater ihn an. »Sonst kommen Mücken herein.«

Resigniert zuckte Karl die Schultern und schwieg. Was sollte er auf eine derartige Frage antworten? Nirgendwo verspürte er mehr Einsamkeit als in Leonhards Gegenwart, besonders in dieser Wohnung. Kein Wunder, dass seine Mutter Michael Schwarzenberg bevorzugte. Sein Vater war schwermütig und griesgrämig, es war unmöglich, mit ihm zusammenzuleben. Er strahlte eine Verbitterung aus, die sich an das Gemüt seiner Mitmenschen heftete und deren buntes Leben grau färben wollte, so wie sein eigenes.

»Papa, warum versuchst du nicht wenigstens, dich für mich zu freuen? Man möchte meinen, ich wäre eine einzige Enttäuschung für dich, dabei bemühe ich mich wirklich. Das Bergrestaurant läuft prima, und das Hotel ist ausgebucht. Ich habe mittlerweile zwölf Angestellte.«

»Weil ich dir die Leute von der Partei schicke! Nur mir hast du zu verdanken, dass du noch nicht pleite bist.«

»Das stimmt nicht, es kommen auch viele andere. Und sei mir nicht böse, aber ich bin sechsundzwanzig Jahre alt, da lasse ich mir von dir nicht vorschreiben, wen ich zu heiraten habe. Meine Braut suche ich mir schon selbst aus.«

Leonhard knallte das leere Schnapsglas auf den Küchentisch. »Du warst es mir schuldig, dieses Mal auf mich zu hören.«

Bedauernd schüttelte Karl den Kopf. »Wie kannst du nur so etwas sagen?«

Damit drehte er sich um und marschierte zurück ins Grandhotel, jedes weitere Wort wäre sinnlos gewesen. Mittlerweile war es dunkel, und er fühlte sich unendlich müde. Wie versprochen hatte Franziska ihm die Salbe hingestellt, aber als er sich eincremen wollte, schmerzte seine Haut.

»Soll ich dir helfen?«

Sie hatte ihn durch die offene Badtür beobachtet, kam herein und nahm ihm den Tiegel aus der Hand. Schicksalsergeben setzte sich Karl auf den Rand der Badewanne. »Dann mach halt.«

»Schau, du musst etwas davon herausnehmen und zuerst zwischen den Fingern verreiben, damit die Salbe weich wird wie ein Öl. Siehst du? Nicht einfach einen dicken Klumpen draufdrücken.«

Obwohl sie vorsichtig auftrug, tat es weh. Er wollte sich nichts anmerken lassen und biss die Zähne zusammen.

»So ist es besser. Und jetzt schläfst du erst einmal, du siehst todmüde aus. Morgen früh fahre ich dich mit dem Auto hinaus zum Dreschen, und abholen kann ich dich auch wieder. Das Rad lässt du hier. Musst dich ja nicht abarbeiten, nur um deine Zukünftige zu beeindrucken.«

»Danke, Franzi.«

Sie begleitete ihn hinüber in Mathias‘ Zimmer und sah stumm dabei zu, wie er die Decke zurückschlug und sich ins Bett legte. Ihre Augen schimmerten verdächtig.

Wie um davon abzulenken, bemerkte sie forsch: »Drei Tage nicht im Geschäft … und das in der Hochsaison. Das muss wahre Liebe sein.«

»Ich habe gute Mitarbeiter, die mich oben vertreten.« Er wollte nicht auch noch mit ihr diskutieren.

Sie starrte ihn an, blinzelte, dann wanderte ihr Blick zur Decke, bis sie sich wieder gefangen hatte.

»Mist«, flüsterte sie. »Das müssen die Stimmungsschwankungen in der Schwangerschaft sein.« Sie atmete tief durch. »Mama lässt Mathias' Bett jede Woche frisch überziehen. Obwohl nie jemand drin schläft. Und seine Sachen hat sie alle in eine Kiste geräumt, die auf dem Dachboden steht. Manchmal geht sie hinauf und sieht sie sich an. Sie glaubt, ich merke das nicht, aber ich kriege es mit. Es ist schwer für sie, sich damit abzufinden, dass die Welt sich weiterdreht.«

»Ich weiß.«

»Rutsch rüber.«

Fragend hob er die Augenbrauen. Sie hob die Decke an und legte sich neben ihn. Das Bett war schmal, er musste bis ganz nach hinten an die Wand rücken, damit sie ebenfalls Platz hatte.

»Wenn Mathias früher nicht einschlafen konnte, hab ich mich immer zu ihm gelegt. Er wollte nie eine Geschichte hören, sondern einfach nur reden. Der Junge konnte plappern! Ich vermisse ihn jeden Tag.«

»Er wäre jetzt erwachsen.«

»Er wäre immer noch mein kleiner Bruder.«

»Und ich bin dein großer Bruder. Was auch immer passiert, daran wird sich nie etwas ändern, Franziska.«

Wie versprochen brachte sie ihn am nächsten Tag zum Erlenhof. Die Sonne ging gerade auf, als sie durch Karlstein fuhren, und sie schauten den Pankrazfelsen hinauf, auf dem eine schlanke Kirche stand, deren goldenes Turmkreuz von den ersten Strahlen angeleuchtet wurde.

»Wie schön. Warst du mal dort? Weißt du, wie es drinnen aussieht?«, fragte Karl.

Franzi runzelte die Stirn und wechselte den Gang. Sie musste sich stark aufs Fahren konzentrieren, weil sie noch nicht viel Erfahrung damit hatte. »Einmal nur, als Kind. Ich erinnere mich an endlose Treppen, bis man oben ist. Und an üppig Gold und Gelb am Altar.«

Noch immer stand Karl unter dem Eindruck des gestrigen Tages. Nicht seine Verlobung, nicht die gemischten Reaktionen der Familie, sondern die innigen Minuten mit seiner Schwester würden ihm in Erinnerung bleiben.

Seit dem Augenblick, als er sie zum ersten Mal gesehen hatte, war er beeindruckt von ihr gewesen. Sie strahlte eine Kraft aus, die er sich für sich selbst wünschte, sogar wenn sie traurig war. Niemals würde sie sich dem Schicksal unterordnen. Franziska Schwarzenberg würde sich allen Herausforderungen stellen, die ihr das Leben in den Weg warf. Er kannte keinen anderen Menschen, der ihr das Wasser reichen konnte. Glücklicherweise war sie seine Halbschwester und nicht irgendein Mädchen, das kurz seinen Weg kreuzte und nach irgendwelchen Gefühlsdesastern wieder verschwand. Sie gehörten zusammen.

Bei der Ankunft auf dem Hof stellte er die beiden jungen Damen einander vor.

Auch Helenes Mutter kam dazu. »Soso, das Fräulein Schwarzenberg sind Sie«, sagte sie. »Von den Besitzern des Grandhotels hört man ja immer wieder. Wichtige Leut in Reichenhall. Schau an, das ist also deine Schwester, Karl.«

»Halbschwester«, verbesserte Helene.

Erstaunt sah Franziska sie an, und in diesem Augenblick erkannte Karl in den Gesichtern der beiden, dass sie einander nicht sonderlich sympathisch waren. Wie er das fand, wusste er gerade selbst nicht. Aufregend traf es noch am besten. In den Augen der künftigen Schwiegermutter war er jedenfalls soeben vom unliebsam Geduldeten aufgestiegen zum absolut Erwünschten, dessen war er sich sicher. Wenn Carolina Huber auf irgendwas Wert legte, dann auf Personen, die sie für wichtig, wohlhabend oder einflussreich hielt. Und mindestens eines dieser Attribute traf auf die Schwarzenbergs zu.

9

Bad Reichenhall, Februar 1934

Ein paar Wochen vor ihrem sechsundvierzigsten Geburtstag wurde Anna Großmutter. Die mittlerweile verheiratete Franziska brachte eine gesunde Tochter zur Welt, die sie Emma nannte. Zu ihrer großen Freude hatte sich Georg bereit erklärt, nach der Hochzeit nicht mit seiner Frau ins Landhaus der Fischers zu ziehen, sondern im Grandhotel zu wohnen. Und Franziska gedachte nach wie vor, dieses irgendwann einmal zu übernehmen. Vermutlich spielte bei dieser Entscheidung die Tatsache eine nicht unerhebliche Rolle, dass sowohl seine Eltern wie auch die beiden Schwestern in dem Landhaus lebten und ihm ständig auf die Finger sahen.

Das junge Ehepaar bezog die Räume, in denen Stanley Meyers die ersten Jahre gewohnt hatte. Georg fuhr jeden Morgen hinaus zur Villa Augustine, wo er in seinem Büro zusammen mit dem Vater das familieneigene Vermögen verwaltete, und kehrte abends wieder zurück in die Stadt. Anna erinnerte sich daran, dass Thomas geäußert hatte, er wünsche sich eine Aufgabe für Georg. Eine Karriere, in der er eigenständig erfolgreich sein konnte. Die Verwaltung war lediglich eine kleine Beschäftigung für ihn, im Grunde wurde er dafür nicht gebraucht. Auch sie fand, es wäre für die persönliche Entwicklung ihres Schwiegersohns von Vorteil, wenn er etwas leisten würde, eine eigene Karriere verfolgen würde. Er machte es sich gern leicht. Trotzdem zog er jeden Morgen einen Anzug an, nahm die Aktentasche und ließ sich vom Hotelchauffeur ins Büro bringen.

Anfang 1934 erwies sich das allerdings als problematisch, denn der Februar bescherte den Bad Reichenhallern Schnee zuhauf und eisige Stürme.

»Du könntest zu Fuß gehen«, schlug Anna nur halb im Ernst vor.

Georg stand am Fenster und sah hinaus. »Es ist minus zehn Grad. Und mit dem Straßenräumen kommen sie auch nicht nach. Nein, ich bleibe hier. Wie schon die ganze Woche. Darf ich wieder den Saal Hochschlegl benutzen?«

Anna nickte. Ihr Schwiegersohn hatte sich in einem der Konferenzräume ein provisorisches Büro eingerichtet. Wirklich unglücklich schien er nicht über den Umstand, mehr oder weniger eingeschneit zu sein. Er unternahm zahlreiche Ausflüge in die Hotelküche, holte sich Kuchen und Kaffee direkt an der Quelle und sah oft nach Frau und Kind.

Eigentlich hatten er und Franziska vorgehabt, am Sonntag nach München zu fahren. Zum ersten Mal seit Emmas Geburt wollten sie ausgehen. Zum Ball im Deutschen Theater, dem Höhepunkt des Faschings. Daraus wurde allerdings wegen des Wetters nichts. Stattdessen mussten sie sich mit einem kleinen Umzug durch die Innenstadt begnügen, dem die Schwarzenbergs von einem Fenster im zweiten Stock aus zusahen, froh, nicht unten im eisigen Wind stehen zu müssen.

Während am Aschermittwoch draußen noch ein paar Reste festgetretener Luftschlangen bunte Spuren im Schnee hinterließen, räumte Anna die Faschingsdekoration im Hotel weg. Als sie die Komposition aus Skiern und Karnevalsmasken auseinanderbaute, die das Foyer in den letzten Tagen geschmückt hatte, erklang bellender Husten. Beunruhigt legte sie eine kunstvoll geschnitzte Perchtenmaske beiseite.

»Stanley, ist es noch nicht besser?«

»Nein. Dabei trinke ich pausenlos Tee.«

»Das machst du seit Weihnachten, und es bringt nichts. Du solltest nicht hinter der Rezeption stehen, sondern im Bett liegen. Wenn du schon nicht auf mich oder Adele hörst, dann wenigstens auf den Arzt. Was sagt der?«

»Dass er keine Zeit für mich hat.«

Empört stemmte Anna die Hände in die Hüften. »Wie bitte? Warum um Himmels willen nicht?«

»Du weißt schon.«

»Jetzt reicht es! Ich dachte, er hat irgendeinen Eid geleistet, wonach er verpflichtet ist, Kranken zu helfen. Was ist damit? Eine Unverschämtheit. Ich rufe lieber Doktor Ortenau an, der kommt bestimmt und ist außerdem Lungenfacharzt. Wir kennen ihn seit Jahren und hätten uns gleich an ihn wenden sollen.«

Tatsächlich erklärte sich der renommierte Mediziner sofort dazu bereit, Stanley zu untersuchen. Dafür kam er sogar eigens ins Hotel, damit der Kranke nicht hinaus in die Kälte musste.

»Sie haben eine Lungenentzündung, Herr Meyers, und sollten nicht arbeiten«, lautete die Diagnose. Anna hatte es befürchtet. »Weshalb haben Sie das nicht längst mit Medikamenten entsprechend therapieren lassen?«

»Aus demselben Grund, warum Sie als vormals viel beschäftigter Arzt gleich nach mir sehen können. Weil immer weniger Patienten zu Ihnen kommen. Und die sauberen, arischen Herrn Doktoren hier unsereins immer weniger behandeln wollen. Außerdem habe ich keine Zeit, um krank zu sein.«

»Sie dürfen nicht zulassen, dass Ihr Zorn auf die derzeitige politische Lage Ihrer Gesundheit schadet. Wo kämen wir denn da hin?«

»Es stinkt mir gewaltig, dass die Religion meines Vaters aus New York einen Hausarzt in Bayern dazu veranlasst, mich nicht dranzunehmen, obwohl es mir schlecht geht«, schimpfte Stanley. »Falls sich die Dinge weiterentwickeln wie ich befürchte, wird man Ihnen bald verbieten zu praktizieren, Herr Doktor.«

Ortenau zuckte die Schultern. »Das halte ich für übertrieben. Ich war Generaloberarzt im letzten Krieg und arbeite seit Jahrzehnten in Bad Reichenhall. Ich habe so vielen Patienten geholfen, wer sollte etwas dagegen haben, dass ich weiterhin meine Dienste anbiete?«

Stanley wurde von einem neuerlichen Hustenanfall geschüttelt, und der Doktor bestand darauf, ihn persönlich mit seinem Wagen nach Hause zu fahren, um sicherzugehen, dass er sich auch wirklich ins Bett legte.

Während der Geschäftsführer den Mantel holte, sagte er zu Anna: »Frau Schwarzenberg, ich schreibe Herrn Meyers ein paar Medikamente auf, aber vor allem braucht er Ruhe und darf sich nicht anstrengen, das meine ich sehr ernst. Er wäre nicht der erste starrsinnige Herr, der glaubt, die Konstitution eines Stiers zu haben, und eine Lungenentzündung auf die leichte Schulter nimmt. So was kann böse Folgen haben. Ich werde ihm das auch noch im Beisein seiner Gattin eindringlich mitteilen. Manchmal hilft das.«

Es war nicht einfach, sich bei den eisigen Temperaturen zu erholen. Obwohl Stanley brav das Bett hütete, schritt seine Genesung nicht voran. Aus dem Radio erfuhr Anna, dass das Kaspische Meer zugefroren war, ebenso der Hudson River. Nicht nur Bayern wurde von Schneestürmen heimgesucht, auf der ganzen Welt herrschte extremes Winterwetter.

Dennoch hatte Ortsgruppenleiter Loibl ein Abendessen in der Karkopfstube für seine Freunde, die dafür extra aus München anreisten, gebucht – schlimme Witterung hin oder her. Die SA würde sich einem kleinen Schneesturm nicht unterordnen, wie er bei der Reservierung betonte.

Erst im Vorjahr war der traditionell möblierte Raum fertiggestellt worden. Ein Kachelofen mit umlaufender Bank verbreitete Behaglichkeit, auf den Stühlen lagen anstatt Kissen flauschige Schaffelle. Alles erinnerte eher an eine Berghütte als an ein Grandhotel. Michael war der Meinung, gerade dieser Stil wäre derzeit in Mode, und tatsächlich war die Karkopfstube der Renner bei den Gästen.

Als einzige Damen der Runde setzten sich Hertha und ihre Tochter in die Nähe des Kamins. Die Gattinnen der Geladenen hatten es vorgezogen, München nicht zu verlassen und nicht im Schneckentempo auf verschneiten Bergstraßen herumzurutschen, ungewiss, ob eine Heimreise überhaupt möglich war. Zumindest hörte Anna das aus den herumgedruckssten Ausflüchten heraus, weshalb nur die Hälfte der gebuchten Personen erschienen war. Alle Herren trugen braune Uniformen, nahmen auf den restlichen Stühlen um den Holztisch herum Platz und lobten die gemütliche Einrichtung. Beim Eintreten hatten sie zackig die Hand hochgerissen, als Anna sie begrüßte. Sie und Franziska servierten Schweinebraten in einer großen emaillierten Ofenpfanne, aus der sich jeder nehmen konnte, so viel er wollte. Dazu im Bratensaft gekochtes Weißkraut, Semmelknödel, Kartoffeln, Wurzelgemüse und gehobelten weißen Rettich. Zu trinken gab es Bier in Krügen, dem reichlich zugesprochen wurde. Herr Loibl hatte traditionelles Essen bestellt – bayerischer ging es nicht.

»Das hättest du dir wohl auch nicht träumen lassen, dass du mich mal bedienen musst, was?«, flüsterte Hertha boshaft, als Anna ihren Teller abräumte.

»Ich muss gar nichts. Ich hätte genauso gut mein Personal den Service heute Abend machen lassen können. Was darf es zum Nachtisch sein, Kaiserschmarrn oder Salzburger Nockerl?« Anna vermutete, es machte nichts, wenn das Dessert österreichisch war, und tatsächlich bestellten alle von den üppigen Süßspeisen.

Nach dem Essen wünschte Ortsgruppenleiter Loibl, dass die

Tür für eine halbe Stunde geschlossen wurde, um mit seinen Freunden zu politisieren. Frau und Tochter verließen derweil die Stube und setzten sich an die Hotelbar, wo sie von Bier auf Weißwein umstiegen. Sie verlangten Frankenwein im Bocksbeutel, der in Römern mit grün geripptem Stiel serviert wurde. Nur nichts Französisches, Italienisches oder gar etwas aus Übersee. Ein Pianist spielte am Flügel im Foyer. Leichte Salonmusik plätscherte durch den offenen Durchgang herüber in die Bar.

»Dein Mann lässt dir ausrichten, ihr könnt wieder reinkommen«, informierte Anna die ehemalige Freundin, sobald die Herren fertig waren.

Hertha rutschte vom Barhocker und ließ ihren Blick durch den Raum schweifen. Sie trug ein dunkles Kleid aus Brokatstoff, der Schnitt konservativ, dazu eine cremefarbene Stola über den Schultern. Durch das schwere Material wirkte es unvorteilhaft.

»Ich sehe euren Geschäftsführer nirgends. Diesen Halbjuden. Seid ihr den endlich losgeworden? Die Gäste haben sich sicher schon an ihm gestört. Wenn ihr das richtige Publikum behalten wollt, solltet ihr besser darauf achten, wen ihr beschäftigt. Das ist ein freundlich gemeinter Rat, Anna. Am besten, du lässt dir immer den Ariernachweis zeigen, damit sich nicht unerwünschte Personen unter deinem Dach einnisten wie Parasiten und dir die Kundschaft vergraulen.«

»Was für ein unglaublicher Blödsinn!«, ertönte Franziskas wütende Stimme hinter Anna. Unbemerkt war sie hinzugetreten. Wahrscheinlich wollte sie nur dabei helfen, die Weingläser hinüber in die Stube zu tragen, und hatte Herthas Unsinnigkeiten mitbekommen. »Natürlich haben wir Stanley nicht rausgeworfen, und wer bei uns arbeiten darf, ist Gott sei Dank immer noch unsere Entscheidung.«

»Franzi, bitte.« Anna sah die Tochter eindringlich an. »Warum gehst du nicht ins Büro und hilfst deinem Vater, ich komm hier schon zurecht.« Sie stellte Weingläser und Flasche auf ein Tablett und machte eine Kopfbewegung in Richtung Rezeption, um ihren Worten Nachdruck zu verleihen.

Mit einem verständnislosen Schnauben fuhr Franziska herum und marschierte davon.

»Ich entschuldige mich für den unangebrachten Ton«, sagte Anna.

»Ach. Für den Ton. Und was ist mit dem, was sie gesagt hat, das unverschämte Ding? So was lasse ich mir nicht bieten.«

Kurz erinnerte sich Anna an eine Zeit, in der Hertha und sie füreinander da gewesen waren. Zwei junge Mädchen, die im harten Alltag derer zurechtkommen mussten, die nicht auf der Sonnenseite des Lebens standen. Und sich dabei gegenseitig zu stützen versuchten. Herzlich war die Freundin gewesen, mitfühlend und verständnisvoll. Was war mit ihr geschehen? Konnte sie den Menschen, zu dem sie geworden war, eigentlich selbst leiden?

»Die Wortwahl war einer Respektsperson gegenüber unangemessen.« Zu einem größeren Zugeständnis konnte sich Anna nicht überwinden. Und sie wollte nicht weiterreden. Sonst müsste sie ihr sagen, dass Franziskas Einwurf genau dem entsprach, was die Familie Schwarzenberg empfand, und dass sie sich dafür niemals entschuldigen würde.

»Du wirst auch noch runtersteigen müssen von deinem hohen Ross, Anna. Und ich würde es genießen, diejenige zu sein, die dich dazu zwingt. Für wen haltet ihr euch? Die Zeit, in der ihr in Bad Reichenhall tun und lassen konntet, was ihr wollt, ist vorbei. Meinst du, wir wissen nicht, dass nur der Karl sich verhält wie ein guter Reichsdeutscher? Du und dein Michael, ihr versucht, euch durchzumogeln, ohne Farbe zu bekennen. Recht viel länger wird das nicht klappen, das sag ich dir. Entweder ihr seid für die Partei oder dagegen, dazwischen gibt es nichts. Der Walter hat euch heute Abend noch mal eine Chance gegeben. Aber wenn ich in diesem Haus derart beleidigt werde, kann sich das Blatt für das Grandhotel Schwarzenberg ganz schnell wenden.«

Damit marschierte Hertha zurück in die Karkopfstube, Grethe im Schlepptau, die folgsam hinter ihr herlief, ohne ein Wort zu äußern. Sogar ihr Gesichtsausdruck war während der gesamten Konversation unbeteiligt geblieben. Anna fragte sich, ob die junge Frau desinteressiert oder unintelligent war, ob sie keine eigene Meinung hatte oder ob sie vor der Mutter ihre wirklichen Gefühle überspielen musste. Das war unmöglich zu sagen.

»Hätte ich besser meinen Mund halten sollen?«, fragte Franziska später. Sie saß bei Michael im Büro, der dabei war, Papiere wegzuräumen. Es war nach elf Uhr, und die letzten Restaurantgäste waren endlich gegangen.

Anna lehnte sich gegen den Rand des Schreibtischs, sie spürte jeden Schritt, den sie an diesem Tag gelaufen war, in ihren müden Beinen. »Ich weiß es nicht. Es war eine Unverschämtheit, etwas Derartiges über Stanley zu sagen, und dein Widerspruch war absolut gerechtfertigt. Ob uns das schaden wird? Vermutlich. Aber wahrscheinlich ist Hertha schon mit dem Vorsatz, zu provozieren, hier erschienen und hätte so lange weitergestänkert, bis einer von uns beiden der Geduldsfaden gerissen wäre. Du bist halt ein wenig hitzköpfiger als ich, Franzi. Das hast du von Papa.«

»Wenn ich Zeuge dieser Unterhaltung geworden wäre, hätte ich ebenfalls widersprochen«, warf Michael ein.

Natürlich hätte er das. Er würde sich von niemandem den Mund verbieten lassen und immer seine Stimme erheben, wo er auf Ungerechtigkeiten traf. Erneut stellte sich Anna die Frage, ob ihnen das zum Verhängnis werden könnte, und ein weiteres Mal gab sie sich dieselbe Antwort.

Die Familie Loibl hatten sie sich an diesem Abend zu Feinden gemacht, so viel war sicher. Allerdings hatte Hertha schon vorher auf Kriegsfuß mit Anna gestanden. Genauer gesagt, seitdem sie Bad Reichenhall vor Jahren bei Nacht und Nebel verlassen hatte. Sie würde ihrem Ortsgruppenleiter die heutige Szene in allen Einzelheiten und zweifellos verzerrt wiedergeben. Franziska hatte ihr in die Karten gespielt, das ließ sich nicht mehr ändern.

Anna seufzte. »Lasst uns raufgehen.«

In den kommenden Tagen sah Anna wenig von den Loibls. Das Wetter besserte sich zusehends, und an einem sonnigen Freitag fuhr sie mit Michael zu Karl auf den Predigtstuhl. Nachdem die Begeisterung für das Skifahren in den letzten Jahren stetig zugenommen hatte und viele Touristen Skikurse absolvierten, war der Ruf nach einer Talabfahrt bis hinunter nach Bad Reichenhall laut geworden. Nun war es so weit, und die steile und gefährliche Strecke über die Spechtenköpfe wurde feierlich eingeweiht.

»Das werden nicht alle schaffen, die es versuchen«, prognostizierte Karl dunkel. »Ich weiß nicht, warum die Freizeitsportler unbedingt da runterwollen. Sollen sie doch entweder die Gondel nehmen oder lieber über die Thörlschneid nach Winkl abfahren, das ist einfach und sicher. So machen wir das schon immer hier, es hat sich bewährt. Aber das da«, er deutete auf den schmalen Grat, der seitlich schroff abfiel und keinen Platz für Fehler zuließ, »das wird Tote fordern. Überhaupt finde ich es nicht gut, hier oben mehr und mehr Attraktionen zu bieten. Das zieht zu viele Menschen an, und die Masse ist das Ende der Exklusivität, um die wir uns in Bad Reichenhall seit hundert Jahren bemühen. Meine Meinung interessiert allerdings niemanden. Am wenigsten den Loibl. Der meint, es sollen nur alle, die es irgendwie bewerkstelligen können, zur körperlichen Ertüchtigung auf den Berg kommen.«

»Ich an deiner Stelle würde nicht so laut schimpfen«, mahnte Anna. »Wer weiß, wer uns zuhört.«

Sie befanden sich inmitten der Zuschauer neben einer Schneebar, die Karl hinter dem Restaurant hatte aufbauen lassen und an der sich die Besucher tummelten. Zahlreiche Liegestühle standen in mehreren Reihen in der Sonne, allesamt besetzt von neugierigen Sonnenanbetern, die gemütlich der Streckeneröffnung beiwohnen wollten.

»Ist das nicht Wolf Bahlow?«, fragte Karl. »Aus welchem Loch ist der denn gekrochen? Kreidebleich und schmal, sieht aus wie ein Vampir, den man ans Tageslicht gezerrt hat.«

Tatsächlich prostete Wolf gerade Grethe Loibl mit einem Glas Sekt zu, das er gleich darauf in einem Zug leerte. Er hatte sich an ihre Seite gedrängt, redete angeregt auf sie und Hertha ein und schüttelte anschließend dem Ortsgruppenleiter die Hand, wie ein begeisterter Schuljunge, der sein Idol traf.

Anna kniff die Augen zusammen, um gegen die Sonne besser sehen zu können. Der junge Mann wirkte hohlwangig, käsig, irgendwie angeschlagen. Vermutlich war das auf seinen ungesunden Lebenswandel zurückzuführen. Aber war er nicht mittlerweile in Vollzeit bei der Schutzstaffel? Vertrug er den straff organisierten Tagesablauf dort nicht? Oder belastete ihn die Situation mit seiner Mutter, die, wie Anna gehört hatte, die Wohnung nicht mehr verließ und zusehends verfiel. Allerdings wäre es nur recht und billig, dass der Sohn sich um sie kümmerte, hatte er doch stets wie die Made im Speck auf Burg Schönegg gelebt und sich nie um seinen Lebensunterhalt sorgen müssen.

»Er macht der Loibl-Tochter schöne Augen, und deren Mutter scheint hocherfreut.« Michael verzog das Gesicht. »Das wäre eine fabelhafte Konstellation. Die wichtigen Neureichen, die die Burg gekauft haben, aus der die verarmten Alteingesessenen ausziehen mussten. Was für ein Paar ergäbe das … Wahrscheinlich spekuliert der Bahlow drauf, über die junge Loibl zurück nach Schönegg zu gelangen.«

An dieser Stelle hätte Anna Karl gern gefragt, wie es um seine Hochzeitspläne mit Helene stand, befürchtete jedoch, er könne das in diesem negativen Zusammenhang in den falschen Hals bekommen. Sie persönlich war nicht sonderlich begeistert von seiner Wahl, Franziska noch weniger, aber dreinreden wollte sie ihm nicht.

Kurz darauf kam Grethe Loibl an die Bar. Sie bestellte ein Glas Wasser und entdeckte Anna, als sie sich umdrehte.

»Grüß Gott, Frau Schwarzenberg«, sagte sie. Es war das erste Mal, dass Anna ihre Stimme bewusst wahrnahm, und sie fand sie angenehm.

»Grüß Gott, Fräulein Loibl. Bevorzugen Sie Wasser statt Sekt?«

»Auf jeden Fall. Ich trinke tagsüber nicht gern Alkohol, schon gar nicht bei herrlichem Wetter auf dem Berg.«

Karl lächelte sie an. »Geht mir ebenso. Wenn ich draußen in der Natur bin, will ich meine Sinne nicht vernebeln.«

»Genau, da sprechen Sie mir aus der Seele. Ist es nicht prächtig hier heroben? Die Berge, der Schnee, der traumhafte Ausblick. Was für ein perfektes Fleckchen Erde.«

»Ich bin übrigens Karl Achleitner, wir wurden uns noch nicht vorgestellt.«

»Grethe Loibl.« Sie strahlte zurück, und Anna hatte den Eindruck, als ob die beiden einander auf Anhieb sympathisch wären, und darüber war sie mehr als erstaunt.

»Ich muss wieder. Mama winkt. Sie will, dass ich mich weiter mit diesem Herrn Bahlow unterhalte.« Verzog sie tatsächlich angewidert das Gesicht? »Der ist allerdings genauso wenig mein Fall, wie der Sekt, den er mir aufgedrängt hat.« Damit wandte sie sich zum Gehen. Im letzten Moment drehte sie sich noch einmal um. »Ach übrigens, Frau Schwarzenberg, ich fand es neulich abends sehr schön bei Ihnen.«

»Was war das denn?«, fragte Michael, nachdem Grethe in der Menge verschwunden war. »So eine Überraschung. Das Fräulein Loibl scheint aus der Art zu schlagen. Kein Wunder, dass sie meistens den Mund hält, bei diesen Eltern.«

Karl sah ihr versonnen hinterher. Er sagte nichts. Stattdessen beobachtete er mit gerunzelter Stirn, wie Wolf Bahlow Grethe den ganzen Nachmittag über nicht von der Seite wich und sich augenscheinlich blendend mit Hertha und Walter Loibl verstand.

Als später überraschend Schneewolken aufzogen, den blauen Himmel eintrübten und allen wieder einmal vor Augen führten, wie schnell das Wetter in den Bergen umschlagen konnte, hoffte Anna, dies möge kein Hinweis auf kommende Ereignisse sein.

Doch wie so oft trog sie ihr Gefühl nicht.

10

Bad Reichenhall, April 1934

Zwei Monate später stand Karl im Kaminzimmer des Bergrestaurants und blickte durch die Panoramascheibe ins Tal. Kabine Nummer eins der Seilbahn näherte sich. Durch die geöffneten Fenster ragten die demontierten Tragflächen eines Segelflugzeugs vorn und hinten heraus, obendrauf war der komplette Rumpf festgezurrt. Drei Männer saßen dabei und hielten die Teile zusätzlich fest, wahrscheinlich die Mechaniker. Nie im Leben hätte sich Karl vorstellen können, auf dem Dach der Gondel den Felsen hinaufzuschweben.

Der Frühling war spürbar, unten im Tal lag kein Schnee mehr, und auch hier oben hatte die Luft ihre beißende Kälte verloren. Dennoch musste den Herren ein steifer Wind um die Nase pfeifen. Seit etwa zwei Jahren durften Segelflieger von einer Rampe auf dem Predigtstuhl starten. Karl hatte sie noch nie begleitet und hatte es auch nicht vor. Er wollte dem Himmel nicht näher sein als auf seinem Berg.

Der Transport der Fluggeräte war aufwendig, sie mussten dafür zerlegt und anschließend wieder montiert werden, weshalb das Ganze nie zu einem Massensport ausarten würde, wie Karl es beim Skifahren befürchtete. Nach ihrem Rundflug landeten die Segler auf dem Flughafen Mayerhof. Vor dem Abheben ließen sie sich zumeist im Bergrestaurant verköstigen. Deutlich sah Karl das aufgemalte Hakenkreuz auf der Seite des Flugzeugs. Bestimmt irgendein wichtiger Kerl, der heute rauswollte. Das Wetter war perfekt.

Zu seinem großen Verdruss handelte es sich um Wolf

Bahlow, der zusammen mit einem Piloten in Uniform hereinmarschierte. Er sah etwas gesünder aus als vor ein paar Monaten. Die Reichenhaller tratschten, dass der junge Herr Bahlow dem Kokain zusprach. Ein kostspieliger Zeitvertreib, selbst wenn er durch seine Beziehungen zur Beluga Bar an der Quelle saß und das weiße Pulver zu einem Sonderpreis bekam. Vielleicht schränkte er den Konsum gerade ein wenig ein und wirkte deswegen frischer und präsenter. Zu wünschen wäre es ihm gewesen. Obwohl Karl Wolf nicht leiden konnte, empfand er Mitleid mit allen, die irgendwelchen Rauschmitteln verfallen waren. Abhängig von etwas zu sein stellte er sich entsetzlich vor. Niemals würde er seine Selbstbestimmtheit verlieren wollen. Aber möglicherweise war das Ganze ein haltloses Gerücht und Bahlow einfach nur ein Idiot.

»Ich trinke eben kurz einen Schnaps«, verlangte der Idiot knapp. »Bis das Ding wieder zusammengebaut ist und wir loskönnen. Ach ja, Achleitner, meine Verlobte kommt mit der nächsten Gondel hoch. Ihr war es zu eng und zugig mit uns. Sie darf bestellen, was sie möchte, kümmere dich gut um sie.«

Verlobte. Karl fragte sich nicht zum ersten Mal, wie Bahlow das angestellt hatte. In nur zwei Monaten hatte er es geschafft, zum Schwiegersohn in spe des Ortsgruppenführers aufzusteigen. Nicht nur das. Er war speziell mit den Parteioberen, hatte Kontakte in SS und SA, und es wurde sogar gemunkelt, dass Gauleiter Wagner persönlich einen Narren an Wolf gefressen habe und ihn protegiere, wo es nur ging. Dass Grethe ihn zu heiraten hatte, war von ihren Eltern beschlossen worden. Wie konnte sie das mit sich machen lassen? Hatte sie keine eigene Meinung, kein Rückgrat? Bitterkeit wallte in Karl auf, gerade als Grethe das Restaurant betrat. Ohne sie zu begrüßen, wandte er sich ab und marschierte nach hinten, hinaus auf die Panoramaterrasse, unter der sich die Berge wie auf einer Postkarte zu einem gewaltigen Naturspektakel ausbreiteten. Er musste durchatmen.

»Läufst du vor mir weg, Karl?« Ihre Stimme versetzte ihm einen Stich. Kurz umklammerte er mit den Händen das kalte Metallgeländer der Terrassenabgrenzung, bevor er sich zu ihr umdrehte.

»Unsinn. Das würde ich mir nie erlauben. Wo mir doch dein Herr Verlobter aufgetragen hat, mich gut um dich zu kümmern, während er eine Runde am Himmel dreht.«

Grethe sah nach oben, als befürchte sie, Wolf befände sich direkt über ihnen. Die Sonne ließ ihre grüngrauen Augen schimmern wie Quellwasser.

»Es tut mir leid«, flüsterte sie.

Er strich sich mit der Hand durchs Haar. »Ich weiß nicht, wovon du sprichst. Wir haben uns zweimal heimlich getroffen seit der Einweihung der Talabfahrt, und es war von Anfang an klar, dass es zu nichts führen kann.«

»Warum dann deine Wut? Immerhin warst du lange vor mir verlobt. Vergeben an Helene Huber, die nicht müde wird, damit anzugeben, und die auf einen baldigen Hochzeitstermin drängt.«

»Weil ich nicht verstehe, wieso du dich dazu hast überreden lassen! Du liebst ihn überhaupt nicht. Grethe, der Bahlow ist ein Windhund, ein Schmarotzer, der würde seine Großmutter verkaufen, wenn er einen Vorteil davon hätte. Mit einem derartigen Versager willst du doch nicht dein Leben verbringen!« Glücklicherweise waren sie allein auf der Terrasse. Im Restaurant drehten sich allerdings ein paar Köpfe zu ihnen um. Hatte er zu laut geschimpft?

»Und was ist mit dir? Liebst du diese Helene?«

»Bisher dachte ich das. Aber jetzt weiß ich, dass dem nicht so ist.«

Sie trug ein schmal geschnittenes Kostüm und ein kurzes Pelzcape um die Schultern. Wie eine Dame von Welt. Wie Bahlow sie haben wollte. Für Karl müsste sie sich nicht herausputzen wie eine Schaufensterpuppe, er fand sie immer schön.

»Ich möchte eine Tasse Kaffee, bitte. Hier draußen. Drinnen bekomme ich keine Luft.«

Er biss die Zähne so fest aufeinander, dass er spürte, wie ein Muskel in seiner Wange zuckte. Das Gespräch lief schlecht.

»In Ordnung. Soll ich sie dir herausbringen, oder kommst du mit nach hinten? Ich habe mir eine private Bank mit Ausblick eingerichtet, zu der Gäste keinen Zutritt haben. Sie ist uneinsehbar.«

Ihre hellen Augen fixierten ihn. Dann nickte sie und folgte ihm, setzte sich auf die Holzbank, die in eine Felsennische eingebettet war wie eine Perle in ihre Muschel. Als er mit dem Kaffee zurückkam, stellte er die Tasse auf den Boden, nahm neben Grethe Platz, und gemeinsam starrten sie schweigend hinaus in die Landschaft.

»Mutter ahnt etwas«, gestand sie schließlich. »Sie hat das Aufgebot für nächsten Monat bestellt. Es wird nur eine standesamtliche Hochzeit geben, als könnte es ihr nicht schnell genug gehen, mich zu verhökern. Und sie hat gemeint, wenn ich mich dumm anstelle oder Wolf vergraule, würde sie mir das Leben zur Hölle machen.«

»Das sind leere Drohungen, um dich gefügig zu halten. Was sollte sie ahnen?«

»Dass es einen anderen gibt. Dich.«

»Grethe. Es tut mir leid, was ich vorhin gesagt habe. Das stand mir nicht zu. Und war Unsinn.«

»Du empfindest also nichts für mich?«

Er zog sie an sich und küsste sie. Sobald seine Lippen die ihren berührten, verschwand Karls Verzweiflung, und eine Welle der Lust durchflutete ihn, die er vorher nie gekannt hatte. Das war Liebe, er wusste es, so musste sich das anfühlen. Sie drückte sich gegen ihn und erwiderte seinen Kuss, dabei rutschte ihr Cape von den Schultern. Für einige kostbare Momente vergaßen beide die ihnen anerzogene Beherrschung und gaben sich ihren Gefühlen hin, bis die Vernunft zurückkehrte. Heftig atmend starrte Grethe ihn an. »Was sollen wir tun?« Sie klang hoffnungslos.

»Ich weiß es nicht.«

»Wenn uns in drei Wochen nichts einfällt, ist es zu spät. Dann bin ich Frau Bahlow.«

Und auch er hatte Helene schon zu lange hingehalten und musste sich auf einen Hochzeitstermin festlegen. Die Situation war verfahren. »Dazu darf es nicht kommen. Das lasse ich nicht zu«, flüsterte er.

Stimmen näherten sich. Geschwind griff Grethe nach ihrem Cape und legte es sich um, Karl stand auf und gab ihr die Kaffeetasse. Laut sagte er: »Wenn Sie ausgetrunken haben, gehen Sie einfach den Weg hinter dem Restaurant hoch, dort gelangen Sie direkt zur Abflugrampe, Fräulein Loibl.«

Gerade als er sich einige Schritte entfernt hatte, rief Wolf nach ihm. »Achleitner! Wo ist meine Verlobte? Sie sollte längst hier sein.«

»Fräulein Loibl wird gleich kommen. Sie ist ein wenig nervös wegen deines Fluges und wollte einen Moment allein sein.«

»Was für ein Blödsinn. Das ist kein Grund zur Aufregung.« Wolf setzte eine Fliegerhaube auf sein schwarzes Haar und streifte sich Handschuhe über. Karl musste es ihm lassen, er sah schneidig aus. Wenn nur der Ausdruck von Härte in seinen Augen nicht wäre. Die völlige Abwesenheit von Empathie, die Karl schon vor Jahren aufgefallen war, als er Bahlow zum ersten Mal gesehen hatte. Damals zusammen mit seiner jugendlichen Schwester Franziska, die noch nicht wusste, was Verlust und Leid bedeuteten, dies aber dank Wolf hatte erfahren müssen. Er selbst hingegen hatte das bereits als kleiner Junge gelernt. Als Karl ohne seine Mutter in der Schweiz geblieben war, hatte er über Nacht sein Vertrauen in die Sicherheit der Familie verloren. Bisher war es lediglich Franziska gelungen, sein Herz zu berühren. Und nun Grethe. Sie war ihm kostbar, er durfte sie nicht verlieren, wo das Schicksal sie eben erst zusammengeführt hatte.

Mit in den Hosentaschen geballten Fäusten beobachtete er aus der Entfernung, wie Wolf Grethe küsste, bevor er ins Flugzeug stieg. Brav blieb sie stehen und sah beim Start zu, winkte, als die Maschine lautlos über ihnen Kreise in der Thermik zog. Erst als abzusehen war, dass sie bald landen würde, nahm sie die Seilbahn ins Tal. Wiederum stand Karl am Panoramafenster und blickte der roten-weißen Kabine nach.

Später fuhr er selbst hinunter. Kurz überlegte er, ob er zu Hause auf seinen Vater warten sollte, entschloss sich dann aber, ihn lieber an dessen Arbeitsplatz in der Neuen Saline aufzusuchen.

Das moderne, funktionale Fabrikgebäude konnte optisch nicht annähernd mit seinem Vorgänger, der prächtigen Alten Saline, mithalten. Karl kam ungern hierher, denn für ihn war es ein Mahnmal der Zeit, die sein Vater nicht mit ihm verbracht hatte. Früher war er eifersüchtig auf die Arbeitsstätte gewesen, hatte sich gewünscht, seinem Papa irgendetwas bieten zu können, das für diesen interessanter wäre als die Salzgewinnung. Doch ebenso wie er vormals in seinem Beruf als Bürgermeister aufgegangen war, verwirklichte er sich nun hier. Bei Leonhard würde stets die Karriere an erster Stelle kommen, nicht die Familie, das hatte der Sohn mittlerweile begriffen. Dennoch hoffte er auf Hilfe.

»Das ist aber eine Überraschung«, begrüßte ihn Leonhard in seinem großzügigen Büro. »Du warst lange nicht hier. Schau, ich habe eine neue Sitzgarnitur aus Leder, ganz modern. Nimm doch Platz.«

»Danke, Papa. Ich will dich nicht aufhalten.« Karl verstummte. Plötzlich wusste er nicht, wie er es ihm erklären sollte. Sein Plan, der ihm eben noch sinnvoll erschienen war, geriet ins Wanken.

»Was ist mit dir, Junge? Geht es dir nicht gut?«

Er atmete tief durch. »Ich kann Helene Huber nicht heiraten, weil ich Grethe Loibl liebe. Und ich komme heute zu dir, weil ich dich brauche. Du musst erreichen, dass die Loibls Grethes Verlobung mit Wolf Bahlow lösen und sie mir versprechen.«

Gespannt beobachtete er, wie sein Vater auf diese Eröffnung reagierte. Ein Reigen an Emotionen spielte sich in Leonhards Gesicht ab. Zuerst vertieften sich die missbilligenden Falten auf seiner Stirn, dann glätteten sie sich wieder. Er legte den Kopf schief, als würde ihm dies das Überlegen erleichtern, stand auf und ging zum Fenster, sah hinunter und winkte Karl sodann zu sich.

»Du weißt, dass ich nie für eine Verbindung deinerseits mit der Familie Huber war. Daher würde ich es begrüßen, wenn du Helene nicht heiratest. Die Loibls hingegen sind ein anderes Kaliber, wichtige Personen, der Walter wird in der Partei groß Karriere machen und es weit nach oben schaffen. Allerdings – und das muss unter uns bleiben – sind sowohl Walter wie auch Hertha zwei miese Charaktere, mit denen man am besten nichts zu tun hat, wenn es sich irgendwie vermeiden lässt. Das musst du dir halt überlegen.« Er hob die Hände und machte eine abwägende Geste. »Andererseits haben sie sich nun einmal hier bei uns in Bad Reichenhall eingenistet und werden viel zu sagen haben, warum also nicht eine familiäre Bindung knüpfen? Zumal das wahrscheinlich der einzige Weg sein wird, um Herthas Animositäten mir gegenüber im Zaum zu halten. Und wenn der Walter erst einmal befördert worden ist …«

»Papa, ich rede von meinen Gefühlen, nicht davon, wer der nächste Kreisleiter wird.«

Leonhard legte seinem Sohn einen Arm um die Schulter. Er deutete aus dem Fenster. »Siehst du das? Die Schienen, die direkt über das Firmengelände laufen? Ich habe erreicht, dass die Saline einen Anschluss an die Bahnstrecke Freilassing-Berchtesgaden bekommen hat. Auf diese Weise können wir Kohle, die wir als Brennmaterial brauchen, schnell beziehen und unser Produkt zügig ausliefern. Bad Reichenhaller Salz ist die Nummer eins im Reich. Es ist überall verfügbar.«

Karl wollte erwidern, das habe nichts mit seinem Problem zu tun und das vermaledeite Salz interessiere ihn im Moment sogar noch weniger als sonst, doch sein Vater sprach weiter. »Vor zwanzig Jahren, als die Bahnlinie elektrifiziert wurde und wir noch in der Alten Saline gearbeitet haben, habe ich bereits vorgeschlagen, das Gleis bis ans Werk legen zu lassen. Damals wurde dieser Gedanke als vollkommen unsinnig abgetan. Dennoch habe ich daran festgehalten, ihn umgesetzt, sobald es möglich wurde, und nun sieh uns an.«

Mit »uns« meinte er sich und die Saline. Es wäre schön, wenn er einmal mit derselben Leidenschaft über die Familie sprechen würde, aber das war eine utopische Vorstellung, die Karl besser schnell aus seinem Kopf verbannte.

Leonhard sah ihn ernst an. »Was will ich dir damit sagen, Sohn?«

»Dass es für alles eine richtige Zeit gibt?«

»So ist es. Du magst mich für gefühlsarm halten, aber ich habe nie aufgegeben, meine Ziele zu verfolgen, und immer erreicht, was ich wollte. Wenn du mir vertraust und tust, was ich sage, werde ich dafür sorgen, dass Grethe Loibl deine Frau wird.«

Karl schluckte. »Wie willst du das anstellen?«

»Die von Feils, oder Bahlows, wie sie jetzt heißen, haben keinen Einfluss mehr in der Stadt. Ihr Stern ist gesunken, endlich. Der alte Konrad von Feil war ein schrecklich arroganter Kerl, der meinte, alle müssten nach seiner Pfeife tanzen. Im selben Glauben hat er seine blasierte Tochter erzogen und die wiederum ihren Sohn. Obwohl er bankrott ist, dürfen wir ihn nicht unterschätzen. Ego und Charisma haben schon für so manche Überraschung gesorgt, Wolf hat beides und ist nicht dumm. Wenn du ihm seine Verlobte ausspannst und somit die Chance auf eine bequeme Zukunft stiehlst, wird er ein Leben lang dein Feind sein. Vergiss nicht, er ist in der SS, da kann er durchaus einen Posten erreichen, auf dem er dir schaden könnte.«

»Ich fürchte mich nicht vor diesem Versager.«

Leonhard lächelte dünn. »Die Überheblichkeit der Jugend. Warte ab, bis ein paar Jahrzehnte vergangen sind und du immer noch auf Schritt und Tritt Wolf Bahlows Hass begegnest und er versucht, dir ein Bein zu stellen, wo er nur vermag. So etwas ist zermürbend. Besonders in einer Zeit, in der politische Gesinnung über Gedeih oder Verderb entscheiden kann, solltest du stets darauf achten, auf der sicheren Seite zu sein.«

»Was schlägst du vor?«

»Du musst um jeden Preis einflussreicher sein als er und es auch bleiben. Wichtiger sein als er, mächtigere Freunde haben als er. Verstehst du?«

Karl nickte. Obgleich er noch immer keine Ahnung hatte, wie sie bewerkstelligen sollten, dass Walter Loibl ihm seine einzige, bereits einem anderen versprochene Tochter zur Frau gab. »Wirst du mir also helfen, Papa?«

»Natürlich werde ich das. Du bist mein Sohn.« In der folgenden halben Stunde, genau so lange, bis das Telefon auf dem Schreibtisch klingelte und er in die Produktionshalle gerufen wurde, erläuterte Leonhard Karl seinen Plan.

»Du hast nicht erwartet, dass es ohne Opfer abgehen würde, Junge?«, meinte er ironisch, nachdem er geendet hatte.

Druck steckte in Karls Brust fest, den er nicht einfach wegatmen konnte. Es war die bittere Einsicht, die ein kleiner Bub nach einem Wettrennen mit den Großen hat. Die Erkenntnis, dass er ohnehin nie hätte gewinnen können. Der Kreis schloss sich. Lange hatte er sich dagegen gewehrt, ein Leben zu führen, das vom Vater diktiert wurde, und nun begab er sich freiwillig zurück unter dessen Kontrolle. Für eine Frau, die er nicht einmal gut kannte, doch deren bloße Anwesenheit ihm ein Gefühl schenkte, das er nicht mehr missen wollte.

»Ich werde tun, was du vorschlägst.« Taktieren war nicht Karls Stärke, er erkannte, dass seine Einwilligung die einzige Möglichkeit war, zu bekommen, was er begehrte. Nichts gab es umsonst.

Der Blick des Vaters wurde wehmütig. Es schien, als hätte er Mitleid mit ihm. Allerdings nur, bis Karl fragte: »Was ist mit Mama und Franzi? Möchtest du nicht wieder verlangen, dass ich sie nicht mehr sehen soll?«

»Das wird nicht nötig sein. Ich kenne die Schwarzenbergs und ihre Weltsicht. Sie werden nicht gutheißen, was du tust. Die Entscheidungen, die du dabei bist zu treffen und auch künftig treffen wirst, werden euch einander entfremden. Das ist der Preis, den du zahlen musst, wenn du das Mädel unbedingt haben willst.«

Karl blieb nachdenklich zurück, als Leonhard hinausging. Davor hatte er ihm mit einem aufmunternden Schulterklopfen zugesichert, den Loibls persönlich einen Besuch abzustatten und mit Grethes Vater zu sprechen. Wie Hertha auf das Ganze reagieren würde, stand in den Sternen. Die Leute munkelten, Leonhard hätte vor vielen Jahren ein Techtelmechtel mit ihr gehabt, das in einem kleinen Skandal geendet war. Vermutlich war die Gute nicht allzu begeistert davon, familiäre Bande mit den Achleitners zu knüpfen. Doch das war im Moment nicht Karls Problem. Kurz fragte er sich, ob er dabei war, einen Pakt mit dem Teufel zu schließen, und schämte sich gleich darauf für diesen Gedanken. Immerhin handelte es sich um seinen Vater, in dessen Abhängigkeit er sich begab, und nicht Luzifer.

Grethe war jedes Opfer wert, sie musste es sein.

Am darauffolgenden Tag fuhr er mit dem Fahrrad über matschige Feldwege im frischen Frühlingswind hinaus zum Erlenhof und löste die Verlobung mit Helene. Eine unangenehme Sache. Adi Huber reagierte einsilbig wie immer, schwer zu sagen, was er wirklich dachte. Die Bäuerin verfiel erwartungsgemäß in lautes Keifen, und Karl hatte Glück, dass sie ihm nicht den Kettenhund hinterherjagte. Helene selbst war getroffen, verlangte zu wissen, ob es eine andere gäbe, was Karl zu diesem Zeitpunkt freilich verneinte. Irgendwann würde sie sicher eins und eins zusammenzählen, spätestens, wenn die Verbindung mit Grethe bekannt wurde. Doch er wollte ihr nicht mehr als nötig wehtun und begründete seinen Sinneswandel damit, dass er sich nicht bereit für die Ehe fühle und seine Gefühle ihr gegenüber erkaltet wären. Das stimmte teilweise und war schlimm genug. Am Ende ließ sich Helene von den Tiraden ihrer Mutter anstecken und beschimpfte ihn. Karl befürchtete, dass sie keine Freunde mehr werden würden, auch nicht später einmal. Dennoch war er unfassbar erleichtert, als er frei und ungebunden zurückradelte und in die Gondel stieg. Mit Leichtigkeit im Herzen setzte er sich oben angekommen auf seine Bank, sah hinaus bis zum Horizont, genoss die Weite, die es nur in der Natur gab. Wobei dieses Freiheitsgefühl nicht lange andauern würde, denn für das, was Leonhard von ihm verlangte, musste er viel Zeit unten in der Stadt verbringen.

11

Bad Reichenhall, April 1934

Nach ihrem Einzug hatte Familie Loibl Burg Schönegg renoviert. Die große Halle hatte ihre Weitläufigkeit eingebüßt und war in mehrere Wohnbereiche unterteilt worden, eine Art offenes Esszimmer mit modernen Möbeln, einigen Sitzgelegenheiten und einer Hausbar. Verantwortlich dafür war Hertha, sie fand das alte Mobiliar abstoßend und wollte nicht in denselben Sachen wohnen wie die von Feils vor ihnen, was Grethe für idiotisch hielt. Ihr hatten die geschmackvollen Antiquitäten gefallen.

Die behauenen Steinwände waren sämtlich verputzt und gestrichen, auf dem Parkett lagen neue Teppiche. Alles in allem glich das Interieur weniger einer Burg als einem schicken Möbelhaus.

Beim Frühstück verkündete Walter Loibl, dass sich Salinenvorstand Achleitner für zehn Uhr angekündigt habe. Überrascht legte Grethe das Besteck beiseite. Geradezu schockiert wirkte ihre Mutter, die sofort nach dem Grund dieses Besuchs fragte.

»Das weiß ich nicht. Er meinte, es handele sich um eine dringliche Angelegenheit, die er unter vier Augen mit mir bereden möchte.«

»Was soll die Geheimniskrämerei?«

Loibl zuckte die Schultern. »Werde ich in Kürze erfahren.« Er sah auf die Uhr an der Wand. »Es ist gleich zehn. Bring ihn zu mir, wenn er hier ist.«

Damit stand er auf und zog sich zurück ins Arbeitszimmer, das auf seinen ausdrücklichen Wunsch hin noch genauso aussah wie zu Konrad von Feils Zeiten. Im Gegensatz zu seiner Frau wusste Walter guten Geschmack zu schätzen. Die Diskussionen diesbezüglich hatte Grethe lebhaft in Erinnerung. Lediglich in diesem einen einzigen Raum hatte sich ihr Vater durchgesetzt, alle anderen waren dem Renovierungswahn der neuen Burgherrin zum Opfer gefallen. Schade eigentlich, hatten die Traditionsstücke doch wesentlich mehr Stil als die eilig neu zusammengekaufte Einrichtung. Heimisch fühlte sie sich hier nicht. Eher wie ein Eindringling in einer fremden Welt. Während die Haushälterin den Tisch abräumte – Hertha pflegte oft zu sagen, dass sie in ihrem Leben so viel Geschirr gespült hätte, dass sie Personal verdiente –, beobachtete Grethe mit Sorge, wie die Mutter auf ihren Nägeln herumkaute. Ein schlechtes Zeichen. Wenn sie nervös wurde, reagierte sie oft unbeherrscht. Hoffentlich blamierte sie die Familie nicht vor dem Salzmeier.

Pünktlich um zehn schellte es. Grethe öffnete und brachte Achleitner ins Büro. Zusammen mit Hertha bezog sie sodann Posten an der einen Spalt weit geöffneten Tür zwischen Arbeitszimmer und Salon. Sogar diese war ausgewechselt worden. Das schwere mit Schnitzereien verzierte Eichentürblatt hatte einem Exemplar weichen müssen, das mit weißem, in Rauten gestepptem Leder überzogen und in Grethes Augen an Geschmacklosigkeit nicht zu überbieten war.

Sie wusste, dass der Besucher im selben Alter wie ihr Vater sein musste, fand jedoch, er sah jünger aus. Vermutlich, da er volles Haar hatte und keine Stirnglatze und weil sein Gesicht glattrasiert war. Der Oberlippenbart ihres Vaters wirkte doch allzu altbacken. Außerdem überragte Achleitner ihn um Haupteslänge, aber das verhielt sich bei den meisten Erwachsenen so, auch sie und ihre Mutter waren größer als Walter. Der Burgherr wies dem Gast einen Platz vor dem Schreibtisch zu und setzte sich dann dahinter, wie ein Chef, der seinen Angestellten empfängt. Von der Seite bewunderte Grethe, dass Achleitner sich nicht anmerken ließ, ob ihn das störte. Sein Gesichtsausdruck war neutral. Mit freundlicher Stimme bedankte er sich dafür, so kurzfristig empfangen zu werden.

»Ich weiß, dass Sie ein viel beschäftigter Mann sind, Herr Ortsgruppenleiter, daher will ich nicht lange stören. Mir ist nur wichtig, Sie unter vier Augen darüber zu informieren, dass mein Sohn als Bürgermeisterkandidat antreten wird und davon auszugehen ist, dass er die Wahl gewinnt.«

An dieser Stelle fragte Walter Loibl nicht, wieso sich sein Besucher da so sicher war. Stattdessen nickte er wohlwollend. »Das freut mich zu hören. Ein junger Nationalsozialist, der in die Fußstapfen seines erfolgreichen Vaters tritt. Ich bin überzeugt, er ist der richtige Volksvertreter für Bad Reichenhall.«

Grethe hörte, wie die Mutter ein leises Schnauben von sich gab, drehte sich um und legte den Finger an die Lippen. Fehlte noch, dass sie entdeckt wurden, wo es gerade anfing, interessant zu werden.

»Danke. Wenn mein Sohn im Amt ist, wird er den Rat von erfahrenen Mentoren brauchen, grün hinter den Ohren, wie er ist. Von Männern wie uns beiden.«

»Ich stehe gern zur Verfügung.«

Nun lächelte Achleitner. Dabei wirkte er sympathisch. Natürlich hatte auch Grethe die Gerüchte gehört, wonach ihre Mutter einmal etwas mit ihm gehabt haben sollte, und sie vermutete, dass ihr Vater ebenso davon wusste.

»Das schätze ich sehr, Herr Loibl. Meiner Ansicht nach ist es für junge Menschen wichtig, eine leitende Hand zu haben, nach der sie greifen können. Eine, die ihnen die richtigen deutschen Werte vermittelt und bei Entscheidungen hilft. Im Optimalfall ist das natürlich jemand aus der Familie. Es gibt nichts Stärkeres als einen soliden Familienzusammenhalt.«

»Ich sehe das ähnlich, muss allerdings gestehen, nicht zu wissen, worauf Sie hinauswollen.«

Die Vormittagssonne trat hinter einer Wolke hervor und fiel durch die neuen Glasscheiben ins Zimmer direkt auf Leonhard Achleitner, leuchtete ihn an wie ein Scheinwerfer einen Theaterschauspieler auf der Bühne. Langsam kam es Grethe vor, als wäre er genau das. Jemand, der seinen Text gewissenhaft einstudiert hatte, dazu jede Geste und jeden Gesichtsausdruck. Sein Gehabe wirkte wie eine gelungene Gesamtkomposition. Was bezweckte er damit?

»Schauen Sie, wir Väter wollen immer nur das Beste für unsere Kinder. Und gerade in einer Zeit, in der wir unser Volk in der Welt voranbringen müssen, wünschen wir uns die richtigen Partner. Wenn sich dann auch noch die Liebe hinzugesellt, ist das eine wundervolle Konstellation. Die Sache ist die, ich komme heute zu Ihnen, um für meinen Karl um die Hand Ihrer Tochter Grethe anzuhalten.«

Diese spürte, wie sich die Finger ihrer Mutter in ihre Schulter gruben, und schüttelte sie unwirsch ab. Hätte sie nicht die Luft angehalten, wäre ihr sicher ein Schmerzlaut entschlüpft. Gebannt starrte sie auf ihren Vater.

Sag ja, bitte, bitte, sag ja. Wiederholte sie wieder und wieder im Geiste. Karl hatte Wort gehalten! Er hatte ihr versprochen, dass er sich etwas einfallen lassen würde, damit sie zusammen sein konnten, und was wäre wirkungsvoller als ein hoch angesehener Bad Reichenhaller Geschäftsmann, der für seinen Sohn auf Brautschau ging? Für einen Sohn, der Bürgermeister sein würde?

Walter Loibl räusperte sich. »Das ist ein ansprechender Vorschlag. Aber bestimmt wissen Sie, dass Grethe bereits mit Wolf Bahlow verlobt ist.«

»Verlobt, nicht verheiratet. Ein kleines Problem, das sich beheben lässt, wenn man will. Karl zum Beispiel hat kürzlich seine eigene Verlobung mit Fräulein Helene Huber, der Tochter des Erlenhofbauern, gelöst.«

»Der Tochter von Adi Huber? Der sich so vorbildlich in

der örtlichen Hitlerjugend engagiert? Einfach die Verlobung gelöst? Ich wusste nicht, dass Ihr Sohn und meine Tochter einander derart nahestehen.«

Grethe wurde nervös. Falls ihr Vater vermutete, sie hätte sich hinter seinem Rücken mit Karl getroffen, würde es Schwierigkeiten geben. Er mochte es nicht, wenn er nicht alles genau bestimmen konnte. Hoffentlich nahm das Gespräch keine unangenehme Wendung. Doch Achleitner erklärte die Vorteile einer Verbindung pragmatisch und ohne jegliche Romantik, sodass sie sich hinterher selbst fast ein wenig wie eine Kuh auf dem Markt vorkam.

Karls Vater endete mit den Worten: »Ganz ehrlich, ich habe dem Buben natürlich ins Gewissen geredet, um ihn zu dieser Entscheidung zu bewegen. Was will der Bürgermeister mit einer Bauerntochter, wenn ein Zusammenschluss unserer beiden Familien für alle wesentlich angemessener wäre?«

Walter Loibl stand auf, ging zur Salontür und zog sie mit einem Ruck ins Schloss. Grethe und ihre Mutter zuckten zurück. Es blieb ihnen nichts übrig, als abzuwarten, bis sich der Gast verabschiedet hatte und sie mit einem lauten »Ihr könnt jetzt reinkommen« ins Arbeitszimmer gerufen wurden.

»Was bildet sich der Achleitner eigentlich ein? Glaubt der alte Schacherer, wir tanzen nach seiner Pfeife? Das Kind heiratet den Bahlow, wie ausgemacht!« Herthas keifende Stimme schnitt wie ein Messer in Grethes Herz. War es ihrer Mutter völlig egal, was sie wollte? Diese wusste ganz genau, dass sie Wolf nicht ausstehen konnte, dennoch hatte sie ihn pausenlos angepriesen, bis der Vater schließlich eingewilligt hatte. Nicht ein einziges Mal war sie nach ihrer Meinung gefragt worden. Und jetzt redeten die beiden wieder über den Kopf der Tochter hinweg, als wäre sie eine Handelsware und kein Mensch. Grethe biss sich auf die Lippen, um nicht loszuschreien. So war es schon immer gewesen. Ihre Eltern trafen sämtliche Entscheidungen für sie.

»Halt den Mund, Hertha, du weißt nicht, was du redest. Grethe wird den Achleitner-Sohn nehmen, der ist die weitaus bessere Partie. Es ist beschlossene Sache.«

Der barsche Ton ihres Vaters hätte normalerweise das Thema beendet, doch ihre Mutter gab nicht auf.

»Was, wenn er nicht Bürgermeister wird?«

»Das wird er, glaub mir.«

Mit einem Seufzer meldete sich Grethe zu Wort. »Nur falls es hier irgendjemanden interessiert – ich bin einverstanden mit Karl Achleitner. Und da du die Sache verhandelt hast, Papa, wird es dir sicher nichts ausmachen, diesem ekligen Bahlow mitzuteilen, dass es nix wird mit uns. Ich wäre froh, wenn ich ihn nie wiedersehen müsste.«

»Was redest du für einen Unsinn? Von wegen nie wiedersehen, wir leben in einer kleinen Stadt, da begegnet man sich ständig. Vor allem, da wir in denselben Kreisen verkehren. Aber ich sag ihm schon, dass wir die Verlobung lösen. Mir gegenüber wird er nicht aufmucken.«

Mit einem Mal fühlte sich Grethe erschöpft. Sie zog sich in ihr Zimmer zurück, das früher einmal Katharina von Feil bewohnt hatte, Wolf Bahlows Mutter. Welche Ironie! Das Ungetüm von Bett, das hier gestanden hatte, war auf Beschluss von Hertha gegen ein modernes Möbel aus glänzend lackiertem Palisanderholz mit hohem Kopfteil ausgetauscht worden. Ein sündhaft teures Stück, das Grethe genauso wenig gefiel wie sein antiker Vorgänger. Wenigstens war es komfortabel. Sie legte sich hin und starrte an die Decke. Eigentlich sollte sie außer sich sein vor Freude. Sie wollte glücklich sein. Doch die Art und Weise, wie über ihre Zukunft bestimmt worden war, hinterließ einen schalen Beigeschmack. Sie schwor sich, dies würde das letzte Mal sein, dass sie sich derart hilflos fühlte. Karl war ein guter Mann, er würde sie nicht gängeln wie die Eltern, und sollte er es dennoch versuchen, würde sie ihm die Stirn bieten, ganz sicher. Grethe Loibl war wild entschlossen, ihre Verehelichung zum Anlass zu nehmen, endlich nicht mehr klein beizugeben. Sie nahm sich vor, einen eigenen Willen zu entwickeln. Wer weiß, vielleicht würde Karl sogar bisweilen auf sie hören, wenn sie es geschickt anstellte.

Es war ein schier unglaubliches Glück, dass er derart verrückt nach ihr war. Nicht auszudenken, welch deprimierendes Dasein sie an der Seite von Wolf Bahlow hätte fristen müssen. Langsam schlich sich nun doch Freude in Grethes Herz, gepaart mit Erleichterung. Die Zukunft, die ihr gestern noch düster erschienen war, leuchtete heute hell und freundlich. Frau Bürgermeister würde sie werden. Wer hätte das gedacht?

Zwei lange Wochen später – der Vater war den leidigen Bahlow losgeworden, und Grethe hatte nicht einmal nachgefragt, wie er es aufgenommen hatte – durfte sie sich zum ersten Mal öffentlich mit Karl Achleitner zeigen. Er holte sie auf Schönegg ab, und sie schlenderten Arm in Arm den Burgberg hinunter. Ein leichter Nieselregen fiel, daher hielt Karl fürsorglich einen Regenschirm über sie. Ein guter Anlass, sich noch ein wenig enger an ihn zu schmiegen, um nicht nass zu werden.

»Wir werden wohl ein Auto brauchen«, meinte er. »Und eine Wohnung in der Stadt.«

Sie blickte zu ihm auf. »Was ist mit deinem Adlerhorst auf dem Predigtstuhl?«

»Das Berghotel ist mein Zuhause und hoffentlich bald auch das deine. Aber machen wir uns nichts vor, wenn ich Bürgermeister bin, wird es notwendig sein, mehr Zeit hier unten zu verbringen. Und wenn wir Termine wahrnehmen oder Veranstaltungen besuchen, bei denen es abends später wird, fährt die Seilbahn nicht mehr. Die schönen Tage auf dem Berg sind gezählt, ich muss ein Städter werden.«

»Dann sollten wir das Beste draus machen und noch, solange es geht, die Natur dort oben genießen.«

Er lächelte sie an. »Ich bin erleichtert, dass du es so siehst.«

Sie dachte an die abscheuliche Zukunft, der sie knapp entkommen war. Garantiert würde sie alles, was sie an Karl Seite erwartete, positiv betrachten. Stolz marschierte sie neben ihm durch den Ort die Ludwigstraße hinunter und freute sich, wenn sie jemandem begegnete, den sie kannte. Sollten die anderen nur schauen.

Karl hatte sie im Grandhotel angemeldet, um mit den Schwarzenbergs auf die Verlobung anzustoßen. Er führte sie direkt hinauf in die Privaträume der Familie, und Grethe bestaunte den Blick aus den großen Fenstern. Alles war viel heller und einladender als auf der dummen Burg. So eine Wohnung stellte sie sich später auch einmal vor. Unter ihnen lag der Park des Hotels, dahinter erstreckten sich die Dächer der Stadt und die Berge. Von Anna Schwarzenberg wurden sie herzlich empfangen, sie drückte beide und bot Grethe sofort das »Du« an, ebenso wie ihr Mann. Die Einrichtung des Wohnsalons war wesentlich geschmackvoller als alles, was an neuem Mobiliar auf Schönegg herumstand, das erkannte Grethe auf den ersten Blick. Da mochte sich ihre Mutter noch so anstrengen, Stil ließ sich bekanntlich nicht kaufen.

Anna war eine elegante Frau, sie trug ein cremefarbenes Strickkostüm mit engem Rock und gegürteter Jacke darüber. Etwas, das sich Grethes Mutter bei ihrer Figur nicht erlauben könnte. Sogar sie selbst fühlte sich neben der schlanken Anna pummelig. Als dann auch noch Franziska dazukam, dünn, als hätte sie niemals ein Kind entbunden, musste sie sich zwingen, ihre Gedanken in eine andere Richtung zu lenken. Alle schienen sich zu freuen, auch Franziskas Mann Georg, der aus einer wohlhabenden Familie stammte, wie Grethe wusste. Er war attraktiv, mit seinem dunklen Haar und den breiten Schultern. Michael öffnete eine Flasche Champagner, und sie stießen mit hauchdünnen Schalengläsern an.

Gerade war sie dabei, sich ein wenig zu entspannen, da

hörte sie, wie Franziska Karl zuflüsterte: »Das kann unmöglich dein Ernst sein!«

»Pst. Red nicht so laut. Ich dachte, du wärst begeistert. Immerhin konntest du die Helene nicht ausstehen, das hast du selbst gesagt.«

»Aber warum die Loibl-Tochter?«

»Grethe. Ihr Name ist Grethe, und ich liebe sie.«

»Dann hoffe ich, ihr werdet glücklich miteinander.« Das klang kalt, nicht ernst gemeint.

Hitze stieg Grethe ins Gesicht, und die stammte nicht vom Champagner. Hastig nahm sie einen weiteren Schluck und versuchte, sich nicht anmerken zu lassen, was sie gehört hatte. Vergessen würde sie es nie. Laut sagte sie zu Michael: »Ich soll euch ganz herzlich von Papa grüßen. Er hofft auf deinen Parteieintritt, wo wir doch bald verwandt sein werden.«

Ein diplomatisches Lächeln war die Antwort, gefolgt von Annas Frage nach dem Hochzeitstermin.

»Am fünften Mai.«

»Wie schön. Die kleine Emma könnte vielleicht das Ringkissen halten, wenn wir ein wenig üben?«

»Äh, ja, da gibt es etwas, worüber wir reden müssen.« Karl stellte seine Champagnerschale auf dem Tisch ab und druckste herum. »Ihr wisst ja, dass Grethe vorher mit Wolf Bahlow verlobt war. Ihr Vater hat auf Bitten meines Vaters diese Verbindung gelöst, damit wir heiraten können. Dabei hat Grethes Mutter eine Bedingung gestellt.« Hilfesuchend sah er seine Zukünftige an, doch sie schwieg. »Jedenfalls hat Hertha Loibl nur unter der Voraussetzung eingewilligt, dass du bei der Hochzeit nicht anwesend bist, Mama.«

Während einer Schrecksekunde, in der niemand etwas sagte, beobachtete Grethe, wie alle Freude aus Annas Augen wich und einem Ausdruck von Verletztheit Platz machte.

»Wie bitte?«, polterte Michael, doch seine Frau streichelte beruhigend über seinen Arm.

»Ist das auch dein Wunsch, Karl?«, fragte sie.

Der zuckte hilflos die Schultern. »Weißt du, ich habe da nicht wirklich was mitzureden. Für mich war es nur wichtig, Grethes Hand zugesichert zu bekommen.«

»In Ordnung.« Anna hatte sich wieder gefangen. Sie schaffte es sogar, ihrem Sohn aufmunternd zuzulächeln.

Bemerkenswert, fand Grethe, sie an ihrer Stelle hätte sich fürchterlich aufgeregt.

Nicht alle Mitglieder der Familie verfügten über dieselbe Contenance.

»Wie kannst du nur, Karl! Ich bin so was von enttäuscht von dir, du lässt alles mit dir machen, ohne Rückgrat zu zeigen. Die eigene Mutter von der Hochzeit ausschließen, wie herzlos ist das bitte?«, schimpfte Franziska. »Wenn Mama nicht kommen darf, bleiben wir alle zu Hause. Dann hast du nur deinen intriganten, miesepetrigen Herrn Papa an deinem großen Tag als Familie dabei. Viel Spaß.«

Mit einem ungehaltenen Schnauben fuhr sie herum und verließ den Raum, Georg folgte ihr auf dem Fuße. Er würdigte Karl und Grethe keines Blickes mehr und ließ sich seine Missbilligung deutlich anmerken.

Danach wurde die Unterhaltung zäh, und Grethe war froh, als sie sich endlich verabschiedeten.

Sie gingen durch das breite, mit elegantem Teppich ausgelegte Treppenhaus die Stockwerke hinunter bis ins Foyer. Karl wollte nicht den Lift nehmen, weil er nicht stillstehen konnte. Er wirkte fahrig, irgendwie schockiert. Dabei hätte er sich eigentlich denken können, wie die Schwarzenbergs auf seine Eröffnung reagieren würden.

Jede Etage war farblich anders gestaltet, es gab überall frische Blumen, Ölgemälde an den Wänden, fast wie in einem Palast, fand Grethe.

»Wer kriegt das mal?«, fragte sie.

»Was meinst du?«

»Na, das Hotel? Wer wird es übernehmen, wenn deine Mutter und Michael nicht mehr sind? Du?«

Er warf ihr einen seltsamen Blick zu. »Natürlich wird Franzi es weiterführen. Sie und Georg. Warum willst du das wissen?«

»Ach, nur so. Scheint mir nicht gerade sehr diplomatisch zu sein, dein Fräulein Schwester. Mit ihrem Hitzkopf muss sie aufpassen, dass sie nicht an die Falschen gerät. So was kann man sich eigentlich nicht erlauben.«

Sie merkte, wie er etwas darauf erwidern wollte, doch er presste die Lippen aufeinander und spannte den Schirm auf.

»Und weil du gemeint hast, du würdest dir ein Auto anschaffen – dafür bin ich unbedingt. Sieh nur, wie es regnet, und nun müssen wir den ganzen Weg zu Fuß hinauf auf die Burg marschieren. Das wird mühsam.«

Zu Hause fand sie ihren Vater im Arbeitszimmer, wie immer. Er öffnete gerade einen Brief, überflog ihn und runzelte die Stirn.

»Schlechte Nachrichten, Papa?«

»Nein, im Gegenteil. Das ist ein Schreiben aus München. Stanley Meyers, dieser Halbjude aus dem Grandhotel, soll nach Dachau verbracht werden. Ich habe den Auftrag, ihn in Schutzhaft zu nehmen. Deine Mutter hatte mich darum gebeten, ihn zu melden. Ich hätte allerdings nicht erwartet, dass die so schnell darauf reagieren.«

»Was ist in Dachau?«

Erst jetzt sah ihr Vater auf und schien Grethe richtig wahrzunehmen. »Nichts, was dich interessieren müsste, Kind. Wie war dein Spaziergang mit Karl? Was habt ihr Schönes gemacht?«

Wieder behandelte er sie, als wäre sie dumm. Warum konnte er ihr nicht erklären, ob es dort ein Gefängnis gab oder nicht, aus welchem Grund Meyers nicht ins nahegelegenste Zuchthaus verbracht werden konnte? Sie seufzte.

»Wir waren im Grandhotel und haben mit seiner Mutter und deren Familie auf die Verlobung angestoßen. Und bevor du fragst, Karl hat klargestellt, dass Anna bei der Hochzeit unerwünscht ist, so wie Mama es wollte. Deswegen wird kein Einziger von den Schwarzenbergs kommen.«

Ihr Vater ließ das Schreiben sinken, stand auf und kam hinter dem Schreibtisch hervor. »Ach. Ist das ein Problem für dich?«

»Nein, ich denke nicht. Für mich zählt nur, dass ich Karl heirate und dass er Bürgermeister wird. Das haben wir übrigens der Familie Schwarzenberg noch nicht eröffnet. Aber vermutlich erfahren sie es früh genug. Irgendwie habe ich das Gefühl, sie werden es nicht gutheißen. Besonders diese Franziska scheint mir ein starrköpfiges Frauenzimmer zu sein, auf die werden wir aufpassen müssen, Papa. Vielleicht ist es ganz gut, wenn der Halbjude entfernt wird, dann sehen sie, dass mit uns nicht zu spaßen ist.«

Er tätschelte ihre Wange. »Natürlich, mein Mädchen. Gut, dass du so aufmerksam bist. Wenn du irgendwas beobachtest, das dir komisch vorkommt, sag's mir nur gleich. Wir können uns nicht erlauben, dass uns diese Familie blamiert oder schadet. Beim alten Achleitner mache ich mir keine Sorgen, aber die Schwarzenbergs haben sich schon immer für was Besseres gehalten.«

12

Bad Reichenhall, April 1934

Der Tod bewahrte Stanley Meyers vor Verhaftung und Deportation ins Lager Dachau. Er kam in der Nacht zu ihm und umhüllte ihn mit seinem dunklen Mantel, nahm ihn mit fort von einer Welt in die nächste.

Stanley verpasste die Abordnung der SA, die in seine Wohnung in der Kammerbotenstraße eindrang, weil er friedlich eingeschlafen war. Wie Doktor Ortenau gemutmaßt hatte, war es die Lungenentzündung, die er nie auskuriert hatte, die ihn letztendlich dahinraffte.

Eine sichtlich bis ins Mark erschütterte Adele saß zwischen Franziska und Anna auf der Couch, ein Glas Kräutergeist in den zitternden Händen, und schluchzte.

Franziska sah sich alles ganz genau an. Die umgeworfenen Stühle, die zerbrochene Vase, das Chaos, das die SA-Männer durch ihr Hereinpoltern hinterlassen hatten. Wie weit war es gekommen, dass Bad Reichenhaller andere Bürger terrorisierten? Sie verstand die feindselige Stimmung nicht, die allenthalben in der Luft lag und gerade an diesem Ort deutlich spürbar war. Es fühlte sich bedrückend an. Adele tat ihr leid. Nicht nur dass sie die Liebe ihres Lebens verloren hatte, sie war auch noch zusätzlich durch die SA überrumpelt worden.

»Bist du sicher, dass es der Loibl war?«, hörte sie die Stimme der Mutter wie aus weiter Ferne.

Adele nickte. »Er ist unverkennbar, der kleine Mann in seiner braunen Uniform und mit dem wichtigen Schnauzbart. Wie der Führer persönlich hat er sich aufgespielt. Und seine

Schergen waren regelrecht wütend, als hätte mein Stanley sie um ein großes Vergnügen gebracht, weil er tot war und sie ihn nicht hier rausschleifen konnten.«

»Wohin wollten sie ihn bringen?«, fragte Franziska leise.

»Ins KZ Dachau. Politisch untragbar wäre er, zudem Jude.« Sie seufzte tief. »Es ist sicher besser, dass er vorher gestorben ist. Das hat ihm viel Leid erspart. Krank und schwach wie er war mit seinen fünfundsechzig Jahren … die hätten ihn ganz schnell über die Klinge springen lassen.«

»Dass du das nie jemand anderem gegenüber äußerst«, Anna griff nach Adeles Hand und drückte sie. »Hörst du?«

Endlich trank Adele den Schnaps. »Natürlich nicht. Ich bin nicht blöd. Sonst holen sie mich als Nächstes. Übrigens hat mir der Herr Ortsgruppenleiter gleich noch mitgeteilt, dass ich mir nicht einbilden soll, meinen Mann auf einem der örtlichen christlichen Friedhöfe besetzen lassen zu können, dort hätte er nichts verloren.«

»Warum nur dieser Hass? Onkel Stanley hatte doch nichts verbrochen.« Franziska schüttelte den Kopf. »Wir kennen das hier nicht, in Bad Reichenhall. Bei uns waren immer Menschen aus aller Welt, mit allen Glaubensansichten willkommen. Was hat der Loibl für ein Problem?«

»Er ist nicht der Einzige, schau dich bewusst um, Franzi!«, entgegnete Adele. »Walter Loibl handelt nach Anweisung. Den Befehl, Stanley in Schutzhaft zu nehmen, hat er aus München bekommen, so was darf er nicht selbst entscheiden. Das ist die harte Linie, die die NSDAP fährt. Erst neulich habe ich Frau Dresdner vom Kurhotel Romana getroffen. Sie hat auch gemeint, dass hier jetzt ein anderer Wind weht und dass der Loibl ihr angedroht hat, die Tage ihrer israelitischen Pension wären gezählt. Sie wird bald zusperren müssen.«

»Das ist ja schrecklich. Kann man nichts dagegen machen?«

»Du siehst ja, was dann passiert, Kind. Stanley hat sich so

aufgeregt, als ich ihm von meiner Unterhaltung mit Frau Dresdner erzählt habe, dass er bestimmt über den Loibl geschimpft hat. Ihr wisst, dass er sich nie den Mund hat verbieten lassen. Das muss an die falschen Ohren gelangt sein und zurück zum Loibl. Der behauptet bei seinen Vorgesetzten, wir hätten hier einen politisch unbequemen Juden – und schon wird Stanley entfernt. Wenn die einen Grund suchen, damit sie dich schikanieren können, dann finden sie einen, glaub mir.«

Anna stand auf und stellte die Stühle wieder hin. Anschließend hob sie die Scherben der Vase vom Boden auf, ebenso die verstreut liegenden Blumen, und wischte das Wasser weg. »Du bist hier nicht mehr sicher, Adele. Am besten, du ziehst für eine Weile zu uns ins Hotel.«

»Unsinn. Ich bin eine katholische bayerische Frau, meine Familie lebt seit Generationen hier, arischer geht's nicht.« Sie gab ein ironisches Schnauben von sich. »Wer könnte mir was anhaben wollen?«

Anna ließ indes nicht mit sich reden. »Ich bestehe darauf. Du bleibst nicht allein in der Wohnung, bis sich die Lage beruhigt. Die SA-Rüpel können jederzeit wiederkommen. Pack deine Sachen. Ich telefoniere daheim gleich mit dem Bestatter und veranlasse, dass Stanleys Leichnam nach München überführt wird, wo er eine richtige Beisetzung auf einem jüdischen Friedhof bekommt.«

»Er war kein religiöser Mensch, Anna.«

»Ich weiß. Aber er hatte einen Glauben, den wir respektieren werden.«

Zurück im Hotel trafen sie auf einen aufgelösten Michael, der Adele in die Arme schloss und hemmungslos schluchzte. Franziska mochte sich nicht vorstellen, was der Verlust des besten Freundes für ihn bedeutete. Beide stammten aus ärmlichsten Verhältnisse, hatten gemeinsam die Wildnis Kanadas überlebt und sich durch harte Arbeit ein besseres Leben aufgebaut. Seit Jahrzehnten waren sie einander Halt und Stütze, und als ihr Vater im Großen Krieg seine Hand verloren hatte, war es Stanley gewesen, der ihn aus dem tiefen Tal der Verzweiflung herausgeholt hatte. Mit seinem durch eine Bärenattacke verletzten Bein, das ihn zeitlebens hinken ließ, war er Vorbild für Michael, sich nicht durch körperliche Gebrechen einschränken zu lassen. Es schmerzte sie, ihn weinen zu sehen. Weil sie ihren Eltern und Adele Privatsphäre gewähren wollte, ging sie nach unten, um sich abzulenken und um die Geschäfte zu kümmern. Sie musste sich beschäftigen.

Zuerst wollte sie mit dem Küchenchef das Menü für den Abend besprechen. Die Nachricht vom Tod des Geschäftsführers hatte sich bereits herumgesprochen, und Xaver Brem war erschüttert. Er nahm seine Kochmütze ab und umarmte Franziska. An die breite Brust des großen und starken Kochs gedrückt zu werden, den sie seit Kindertagen kannte, war zu viel für sie, und sie konnte die Tränen nicht länger zurückhalten. Nach und nach kamen Hilfsköche, Spülkräfte, Kellner und sogar die Zimmermädchen dazu, bis die Küche beinahe aus den Nähten platzte. Alle zeigten sich äußerst betroffen, und sie war nicht die Einzige, die weinte. Xaver Brem kramte nach einem Taschentuch und reichte es ihr.

»Ein schlimmer Verlust, Franzi. Der Herr Meyers war ein guter Mann, wir werden ihn vermissen.«

»Danke.« Sie trocknete die Tränen. »Es wird schwer werden ohne ihn, aber wir müssen nach vorn schauen.«

»Stimmt es, dass sie ihn abholen wollten?«, fragte einer der jungen Kellner, was ihm einen Rempler mit dem Ellenbogen seines Kollegen einbrachte.

Franziska drückte sich wieder das Taschentuch an die Nase und nickte. Sie riss sich zusammen, kümmerte sich um dringliche Angelegenheiten am Empfang und stellte die Korrespondenz fertig, die zur Post gebracht werden musste.

Dann fiel ihr ein, dass Karl noch nicht Bescheid wusste. Sie zog sich in Stanleys verwaistes Büro hinter der Rezeption zurück und schloss die Tür. Schweren Herzens griff sie nach dem Telefon. Sicher würde ihr Bruder bestürzt sein.

»Ich muss dir etwas Trauriges sagen«, begann sie mit belegter Stimme, als er abhob. »Stanley ist tot.«

Ein paar Sekunden lang hörte sie statisches Knacken in der Leitung, bis sich Karl räusperte. »Ich weiß, Franzi, das tut mir sehr leid. Er stand dir nahe wie ein Onkel, und für Mama und Michael ist es bestimmt hart.« Er klang seltsam.

»Wieso … ach, klar, die Loibls. Hat dir dein künftiger Schwiegervater wohl schon von seinem Überfall in der Kammerbotenstraße erzählt, was?«

»Es war kein Überfall, du solltest so was nicht sagen.«

Wollte er sie warnen? Dafür hatte sie im Moment keinerlei Verständnis. »Wie würdest du es bezeichnen, wenn eine Horde Kerle unangemeldet durch deine vier Wände trampelt und sich darüber aufregt, weil sie deinen Mann nicht verhaften können, da er verstorben ist? Adele steht noch immer unter Schock. Unglaublich, wie der Loibl vorgegangen ist. Ich kann nicht fassen, dass er Stanley allen Ernstes deportieren wollte! Wer macht so was, frage ich dich? Der Ortsgruppenleiter spielt sich auf wie ein kleiner Diktator!«

»Es wäre besser, wenn du diese Ansichten für dich behalten würdest.«

»Was ist los mit dir, Karl?«

»Nichts. Ich weiß nicht, was du meinst. Tatsache ist, der Walter hatte seine Anweisungen. Bist du betroffen, weil Stanley gestorben ist oder weil er in Schutzhaft genommen werden sollte?«

Ein weiteres Knacken in der Leitung machte Franziska stutzig. »Sein Tod ist ein schwerer Schlag für uns alle«, antwortete sie diplomatisch.

Es hörte sich an, als würde Karl aufatmen. »Ich bin immer

für dich da, wenn du reden willst, Franzi. Am besten unter vier Augen.«

»In Ordnung. Wie wäre es mit heute Abend?«

»Da kann ich leider nicht.«

»Warum nicht?« Langsam kam ihr sein Verhalten seltsam vor.

»Ach, was soll's, ich sag es dir. Über kurz oder lang erfahrt ihr es sowieso. Ich werde bei der nächsten Wahl zum Bürgermeister antreten, und heute findet deswegen eine Sitzung statt.«

Das musste Franziska erst einmal sacken lassen. Hämmernde Kopfschmerzen breiteten sich hinter ihrer Stirn aus. Konnte dieser Tag noch schrecklicher werden? Karl als Stadtoberhaupt und Marionette seines Vaters und Schwiegervaters? Was war mit ihrem Bruder geschehen? War er dieser Grethe derart verfallen, dass er alles mit sich machen ließ?

»Verstehe. Ich teile es Mama mit und erspare dir die Peinlichkeit, es ihr selbst zu eröffnen.«

»Franzi, ich …«

»Tut mir leid, Karl, ich werde im Service gebraucht und muss aufhören«, unterbrach sie ihn und verabschiedete sich knapp.

Mit gerunzelten Brauen blieb sie hinter dem Schreibtisch sitzen, bis sie ein Klopfen an der Tür aus ihren Gedanken riss. Georg steckte den Kopf herein und schien mit einem Blick zu erahnen, in welcher Verfassung seine Frau war. Er kam auf sie zu, zog sie aus dem Stuhl und schloss sie fest in die Arme.

»Was für ein entsetzlicher Tag«, murmelte sie.

Er küsste ihr Haar, ihre Stirn, ihre Lippen. »Ich liebe dich.«

Wieder kamen ihr die Tränen. »Ich dich auch. Du darfst mich nie allein lassen, hörst du?«

»Keine Sorge. Wir beide bleiben für immer zusammen. Das haben wir uns doch versprochen.«

Sie erzählte ihm in knappen Worten von dem Telefonat

mit Karl. Georg schob sie auf Armeslänge von sich und sah ihr tief in die Augen. »Das klingt nicht gut. Ich werde wohl wirklich auf dich aufpassen müssen, damit du dich deinem Bruder gegenüber künftig nicht zu unbedachten Äußerungen hinreißen lässt. Sobald er Bürgermeister ist, wird er der Spielball von Walter Loibl sein … und wir alle wissen, welche Linie der verfolgt.«

»Muss ich mir den Mund verbieten lassen?«

Wieder küsste er sie, langsam und zärtlich. »Ein wenig mehr Diplomatie wäre halt nicht schlecht«, murmelte er dann.

»Das fällt mir bisweilen schwer.«

Er grinste. »Ich weiß. Das macht deinen ganz besonderen Charme aus.«

»Ich bin jedenfalls der Meinung, dass Karl eine schwache Leistung bietet, wenn er die ungeheuerliche Verhaftung von Stanley nicht verurteilt und stattdessen parteikonform schweigt. Meinst du, er wusste vorher schon Bescheid, was die SA vorhatte? Hätte die Meyers warnen können und hat aber stillgehalten? Allein die Vorstellung macht mich wahnsinnig.«

»Das wird er künftig noch viel öfter tun müssen, wenn er nicht auf einem Schleudersitz hocken will. Finde dich damit ab, Franzi, die ehrliche und freie Meinungsäußerung deines Bruders ist bis auf Weiteres entfallen. Du kannst ihm nicht mehr vertrauen.«

»Eine Schande ist das! Alles nur wegen eines Frauenzimmers. Ohne diese Grethe würde er niemals das tun, was sein Vater schon seit Langem von ihm verlangt.«

»Tja«, Georg zuckte die Schultern. »Wo die Liebe hinfällt …«

»Hoffentlich bereut er seinen Entschluss nicht eines Tages.«

Es folgte eine Zeit voller Trauer, in denen Michael seiner

Tochter bisweilen wie ein Geist im Hotel vorkam. Sie erwischte ihn dabei, wie er in leeren Gängen versonnen am Fenster stand und hinausblickte, völlig in Gedanken versunken. Oder wie er spätnachts herumwanderte, treppauf, treppab, weil er nicht schlafen konnte. Wenn sie ihn fragte, was ihn bedrückte, antwortete stets dasselbe.

»Die große und die kleine Welt, Kind. Ich fürchte, ich verstehe keine davon mehr. Stanley hat immer etwas Positives in allem gefunden, aber mir gelingt das nicht. Weiß Gott, wo das alles noch enden wird.«

Georg ermutigte sie, dem Vater seine Schwermut zuzugestehen, er war sich sicher, sie würde bald nachlassen. Diese Ansicht teilte Franziska nicht. Daher machte sie es sich zur Aufgabe, ihn ein wenig im Auge zu behalten. Es war kein Nachspionieren, nur liebevolle Besorgnis, die sie nicht abzuschütteln vermochte.

Dass ihr Vater sich dessen bewusst war, merkte sie erst, als Thomas Fischer zu Besuch kam und die zwei Männer bei Bourbon und Kaminfeuer im Arbeitszimmer saßen. Es war Abend und der Feuerschein das einzige Licht im Raum. Wie ein warmer Halbkreis umfing es die Sessel sowie einen kleinen Tisch, dahinter lag Dunkelheit.

»Du musst dich nicht an der Tür rumdrücken, Franzi. Meinst du, ich weiß nicht, dass du dich gleich auf die Lauer legen willst?« Ihr Vater lächelte sie an. »Komm ruhig rein, und setz dich zu uns. Ich habe nichts zu sagen, was du nicht hören könntest, und wenn es dich beruhigt?«

Hätte sie in diesem Moment verschämt das Weite suchen sollen? Abstreiten, was sie vorgehabt hatte? Ihre Neugier siegte, und sie nahm mit untergeschlagenen Beinen auf dem Sofa Platz, ein Stück von den Herren entfernt, außerhalb des Lichtscheins.

Tatsächlich beredete ihr Schwiegervater Geschäftliches mit Michael, langweilige Themen. Es war beinahe neun Uhr am

Abend. Sie wurde müde, legte den Kopf zurück ins Polster und schloss die Augen. Nur kurz. Die wohlvertrauten Stimmen machten sie schläfrig, und fast wäre sie eingenickt, als ein bekannter Name sie aufhorchen ließ. Bahlow.

Gab es Neues von Wolf? Der war mittlerweile bei den Totenkopfverbänden und kletterte die Ränge hoch, gehörte nun zum SS-Wachverband Oberbayern. Dank guter Verbindungen würde sein weiterer Aufstieg zügig ablaufen, stand zu befürchten. Franziska hatte das von einer Bekannten erfahren, vor der Wolf sich gebrüstet hatte, dass er wichtiger wäre als so manch anderer, der früher auf ihn herabgeschaut hätte. Und dass er mit seinem ehemaligen Beinahe-Schwiegervater noch eine Rechnung offen hätte. Aber ihr Vater sprach nicht von ihm, sondern von Friedrich Bahlow, Katharinas getrennt lebendem Ehemann, der nicht Wolfs Vater war, lediglich sein Namensgeber.

»Was gibt es? Braucht mein Detektiv schon wieder Geld?«

»Nein, die letzte Anweisung wird noch eine ganze Weile für die Überwachung reichen. Aber dein Mann aus Amerika möchte nach Hause, Michael. Er fühlt sich nach eigenem Bekunden nicht mehr sicher in Berlin.«

»Wer will ihm das verdenken? Mir ginge es wahrscheinlich ähnlich. Dann soll er sich eine Passage nach New York buchen und die Quittung zur abschließenden Spesenabrechnung legen. Haben wir einen Ersatz, der Friedrich Bahlow im Auge behalten wird?«

»Natürlich, lass das meine Sorge sein. Er wird übrigens nach München umziehen, weißt du.«

»Was? Näher zu uns?« Nie zuvor hatte Franziska ihren Vater mit so viel Abscheu sprechen hören. »Warum?«

»Das wird dir nicht gefallen. Er wurde zum stellvertretenden Leiter der dortigen Gestapo-Zentrale ernannt. Anscheinend ist er eng mit Himmler befreundet.«

»Und der verschafft seinem Kumpel eine gut bezahlte Stelle. Stellvertreter. Nicht selbst die Verantwortung tragen müssen, aber trotzdem wichtig sein. Gerade so, wie es Bahlow gefällt.«

Beide hatten die Stimme gesenkt, und Franziska hatte Mühe, sie zu verstehen.

»Du könntest einfach aufhören, ihn bespitzeln zu lassen. Zumal das auf seinem neuen Posten sowieso eine Herausforderung werden wird, eine nicht ganz ungefährliche obendrein. Beende es, und gönne dir den Seelenfrieden, den du dir durch diese Sache seit Jahren verwehrst. Es war damals nicht deine Schuld. Friedrich Bahlow ist ein Schwein und wird es immer bleiben. Niemand vermag etwas daran zu ändern. Gerade wo Stanleys Tod uns gezeigt hat, wie schnell es vorbei sein kann, solltest du dich auf die Liebe konzentrieren, nicht auf den Hass. Deine Familie braucht dich.«

»Irgendwann wird er für das, was er getan hat, bezahlen müssen.«

»Vielleicht«, flüsterte ihr Schwiegervater. »Aber noch nicht jetzt.«

Sie schwiegen. Nur das Knistern des Feuers war zu hören, und Franziska dachte schon, die Unterhaltung wäre beendet, da sagte ihr Vater leise: »Also gut. Pfeif meine Spitzel zurück. Fürs Erste.«

Thomas Fischer stand auf und klopfte ihm auf die Schulter. »Eine gute Entscheidung – die dir außerdem eine Menge Geld sparen wird.«

»Darum ging es mir nie.«

»Ich weiß, mein Freund. Ich weiß.«

Nachdem sich der Gast verabschiedet hatte, sah Michael Franziska lange an. »Manchmal denke ich noch immer, du bist mein kleines Mädchen.« Er streichelte ihre Wange.

»Warum hast du jemanden engagiert, der Friedrich Bahlow beobachtet? Und was hat Thomas damit gemeint, dass es damals nicht deine Schuld gewesen wäre?«

Ein feuchter Glanz trat in die Augen ihres Vaters. Er hakte sich bei ihr unter, und sie gingen zusammen hinauf in die Privaträume. »Das ist etwas, worüber ich niemals mit dir sprechen werde. Und bevor du protestierst – ich kenne auch nicht alle deine Geheimnisse und respektiere das. Also gönn du mir die meinen.«

»In Ordnung, Papa. Hauptsache, du bist bald nicht mehr so traurig. Das bricht mir nämlich das Herz.«

In den nächsten Monaten lief alles nach Plan für Karl Achleitner, wie Franziska aus der Presse erfuhr. Sie stand ihm in den entscheidenden Momenten nicht zur Seite. Das war nicht notwendig, wie sie mit einem Anflug von Eifersucht feststellte, nun hatte er Grethe. Über die Hochzeit erschien ein Artikel mit Bild in der Zeitung, und als neuer Bürgermeister schaffte er es sogar auf die Titelseite. Ins Grandhotel kam er kaum noch, obwohl er mittlerweile mit seiner Frau ins bis dahin leer stehende Erdgeschoss des väterlichen Hauses in der Schachtstraße an der Ecke zur Ludwigstraße eingezogen war. Nur ein paar hundert Meter Luftlinie entfernt und dennoch unendlich weit weg. Franziska vermisste ihn. Erst langsam wurde ihr klar, wie eng ihr Verhältnis seit Mathias' Tod geworden war, wie viel ihr Karl bedeutete. Stets hatte er ein offenes Ohr für sie gehabt, ihr immer gezeigt, dass sie wichtig für ihn war. Und jetzt? Ausgeschlossen, dass Franziska einfach auf eine Tasse Kaffee ins Achleitner-Haus spazieren konnte. Sie wollte weder Leonhard noch Grethe begegnen. Am allerwenigsten Grethe.

Die brauchte wiederum nicht lange, um schwanger zu werden, bereits neun Monate nach der Hochzeit brachte sie die kleine Frieda zur Welt. Franziska hoffte, die beiden Cousinen könnten miteinander aufwachsen. Karls Tochter sollte das Gefühl bekommen, in der Sicherheit einer großen Familie zu leben, anders als ihr Vater in seiner Kindheit damals. Doch sie befürchtete, dass dies lediglich eine Wunschvorstellung bleiben würde.

Bad Reichenhall,
Königlich Bayerisches Staatsbad
1939

13

Bad Reichenhall, August 1939

Zusammen mit Grethe und der vierjährigen Frieda stand Karl am Straßenrand und sah dem Auszug der ersten Einheiten der Gebirgsjäger aus der Kaserne in Karlstein zu. Auf ein Podest hatte der Bürgermeister verzichtet, er wollte sich nicht aus der Masse der Bad Reichenhaller abheben, sondern einer von ihnen sein.

Für die Männer ging es in Richtung Polen, hatte er von seinem Schwiegervater erfahren. Die Stimmung war geplant euphorisch. Hauptsächlich junge Menschen waren gekommen und die Mütter und Väter der Gebirgsjäger. Die Älteren erinnerten sich noch gut ans letzte Mal, als bayerische Soldaten in einen Krieg gezogen waren. Sie taten sich schwer damit, freudig zu winken, wussten sie doch, was ihre Söhne erwartete. In der Menge meinte er, Helene Huber mit ihrer Familie zu sehen, was ihn wunderte, denn es war Ende August, und die Ernte stand vor der Tür. Natürlich war es lobenswert, die Moral der Truppe durch Jubel zu unterstützen, aber auf dem Erlenhof war sicher einiges zu tun. Gleich darauf verwarf er den Gedanken. Was kümmerte es ihn, er hatte mit den Hubers nichts mehr zu schaffen. Helene, von der er wusste, dass sie noch immer unverheiratet war, entdeckte ihn ebenfalls und nickte ihm zu.

»Deine Verflossene«, stellte Grethe fest. Ihr entging kaum etwas. »Scheint dir freundlich gesonnen zu sein, ganz erstaunlich. Bei Wolf Bahlow kannst du nicht auf derartige Friedfertigkeit hoffen.«

Das war Karl schon klar. Kurz nach der Hochzeit hatte Wolf ihm aufgelauert und wollte ihn zusammenschlagen. Das einzig Positive, das er der Attacke abgewinnen konnte, war der Umstand gewesen, dass Bahlow allein aufgetaucht war und nicht einen SS-Schlägertrupp beauftragt hatte. Wahrscheinlich hatte sein Bürgermeisterstatus Karl vor dem Krankenhaus bewahrt. Er hatte sich nach Kräften gewehrt und nicht nur eingesteckt, sondern auch ausgeteilt. Am nächsten Tag hatte ganz Bad Reichenhall über das blaue Auge des Bürgermeisters getuschelt. Wolf Bahlow hatte sich für ein paar Wochen nicht sehen lassen, bestimmt weil er ähnlich lädiert ausgesehen hatte. Dieser Zwischenfall lag Jahre zurück. Trotzdem erinnerte Grethe ihn gern daran. Dass zwei Männer sich ihretwegen geprügelt hatten. Karl wusste, dass es Wolf dabei nicht um eine verlorene Verlobte gegangen war, sondern um verlorene Möglichkeiten und verlorenen Stolz. Aber das sagte er ihr nicht.

»Ich frage mich, weshalb Helenes gesamte Familie hier ist«, murmelte er stattdessen.

Grethe hakte sich bei Karl unter, der Frieda auf dem anderen Arm hielt, damit sie in der Menge überhaupt etwas sehen konnte.

»Ist das nicht einer ihrer Brüder?«

Tatsächlich. Adi junior, der älteste Sohn der Hubers, mittlerweile Jungbauer und auf dem Hof eigentlich unabkömmlich, marschierte mit stolzgeschwellter Uniformbrust, an die ein frisches Edelweiß gesteckt war, an ihnen vorbei. Das erklärte alles.

Sogar die Schwarzenbergs hatten sich dem allgemeinen Aufruf gefügt und waren vollzählig erschienen, um ihrer Bürgerpflicht nachzukommen. Karl hatte Franziska lange nicht gesehen und spürte ein wehmütiges Ziehen im Herzen, als er sie erblickte. Gut sah sie aus in ihrem weißen Sommerkleid mit roten Mohnblumen darauf. Emma war ihr kleines Ebenbild, blond und hübsch, mit zu zwei Schnecken aufgesteckten Zöpfen. Sie beobachtete interessiert eine Abordnung des BDM, junge Mädchen, die ordentlich einheitlich in dunklen Röcken und hellen Blusen hingebungsvoll Fähnchen schwenkten. Der Auszug der Soldaten war ein eindrucksvolles Spektakel. Lediglich Georg Fischer sah finster drein, während seine Tochter oben auf seinen Schultern saß und munter mitwinkte. Karl konnte sich vorstellen, weshalb. Er war in der Reserve II der Gebirgsjäger, hatte in jungen Jahren wie sein Vater vor ihm eine Militärkarriere eingeschlagen, diese jedoch zügig wieder beendet. Es wäre ihm nichts mehr zuwider, als der Willkür von anderen ausgesetzt zu sein, die über ihn bestimmten und ihn schlimmstenfalls zum Sterben schickten, hatte er damals gesagt, Karl erinnerte sich gut daran. Niemand wusste, ob sich der Führer mit dem aktiven Bataillon zufriedengeben würde. Es sah eher danach aus, als wolle er über kurz oder lang alle zu den Waffen rufen, auch die Ehemaligen. Viele Menschen wünschten sich das. Ein starkes Deutschland, das sich von niemandem mehr gängeln ließ und sich zum Großdeutschen Reich aufschwang. Das bedeutete selbstverständlich Krieg. Ein Gedanke, der Karls Puls nicht übermäßig beschleunigte. Er saß als Bürgermeister auf sicherem Posten, war in der Heimat unabkömmlich. Wie damals an seinem Vater lag es nun an ihm, sich um Bad Reichenhall zu kümmern, falls alle anderen auszogen, um Helden zu werden.

»Ein wenig neidisch kann man schon sein, wenn man unsere schneidigen Gebirgsjäger ausmarschieren sieht und selbst hinterm Schreibtisch hocken bleiben muss, was?«

»Wäre es dir lieber, ich müsste mit nach Polen, Grethe?«

»Natürlich nicht. Ich meine nur, weil sie so bejubelt werden.«

»Das wurden die Gladiatoren auch, kurz bevor sie sich gegenseitig niedermachen mussten.«

»Karl! Was redest du? So ein Unsinn, das kannst du doch nicht vergleichen. Ich wäre stolz auf dich, wenn du für den Führer ins Feld ziehen würdest.«

»Und sonst bist du das nicht?«

Sie schnaubte.

Franziska kämpfte sich durch die Menge zu ihnen durch, erleichtert wandte er sich ihr zu. »Servus, Franzi. Wir haben uns eine Ewigkeit nicht gesehen, wie geht es dir?« Zu Weihnachten hatte er sie im Grandhotel besucht, mit Frieda und ohne Grethe. Seither herrschte mehr oder weniger Funkstille. Gern redete er sich ein, dass es daran lag, dass alle einfach viel zu beschäftigt waren, um einander zu treffen. Obwohl er es natürlich besser wusste.

»Hallo, Karl. Grethe. Danke, bei uns ist alles in Ordnung. Ich musste kurz rüberkommen, weil ich nicht glauben kann, wie groß meine Nichte inzwischen geworden ist.«

Das Strahlen, mit dem sie Frieda bedachte, war so begeistert, dass ein warmes Gefühl von Karl Besitz ergriff, das er lange nicht gespürt hatte.

»Magst du vielleicht einmal zum Spielen zu uns kommen?«, fragte sie das Mädchen. »Die Emma würde sich freuen, wenn sie jemanden hätte, der mit ihr das Puppenhaus neu einräumt. Was meinst du?«

»Wir haben selber ein Puppenhaus daheim, die Frieda spielt gern für sich.« Grethes knapper Einwurf stand im Gegensatz zum begeisterten Nicken des Kindes, und Franziska rang augenscheinlich um eine diplomatische Antwort. »Ach so. Na ja. Uns hätte es gefreut. Aber vielleicht ergibt es sich trotzdem einmal. Wenn ihr mal etwas Ruhe braucht, könnt ihr uns Frieda jederzeit bringen.«

»Dafür haben wir meine Mutter.«

Karl stupste seine Frau sanft in die Seite, weniger unauffällig, als er sich das gewünscht hätte, denn Franziska hob eine

Augenbraue. »Das Kind hat zwei Großmütter, nicht nur eine.«

»Wie geht es Mama?«, fragte er.

Anna war nicht herübergekommen, sie stand mit Michael, Adele und Georg mittlerweile abseits des Geschehens. Anscheinend war Emma der Trubel zu viel geworden, sie hielt sich die Ohren zu.

»Immer gleich, du kennst sie ja.« Zu einer genaueren Aussage ließ sie sich nicht hinreißen, und er ahnte, weshalb.

Im Frühling hatte ihn seine Mutter im Rathaus aufgesucht, um sich für Doktor Ortenau einzusetzen. Seit Stanleys Tod waren er und seine Frau eng mit Adele und den Schwarzenbergs befreundet. Nachdem man sämtlichen jüdischen Ärzten im Oktober des vergangenen Jahres die Approbation entzogen hatte, äußerte er seine Empörung darüber, obwohl er das Rentenalter längst erreicht hatte. Karl hatte Anna darauf hinweisen müssen, dass er auf keinen Fall eine schriftliche Beschwerde aufnehmen würde und dass sie gut daran täte, sich nicht für Ortenau starkzumachen.

»Weil du mir sehr am Herzen liegst, Mama, will ich dir sogar noch Folgendes sagen. Anstatt sich darüber aufzuregen, wie es bei uns zugeht, sollte der Herr Doktor lieber seine sieben Sachen packen und Bad Reichenhall verlassen, denn bessern wird sich seine Situation hier nicht mehr. Sie wird eher schlimmer werden.«

Anna hatte die Augen ungläubig aufgerissen. »Du meinst, ihm droht Gefahr?«

»Was soll ich darauf antworten? Ich lehne mich eh schon weit aus dem Fenster, wenn ich unser heutiges Gespräch vergesse und dir gute Ratschläge gebe.«

»Wie diplomatisch du bist, Karl.« Das hatte verächtlich geklungen und ihn tief getroffen. Hatte sie nicht verstanden, dass er ihr helfen wollte? Obwohl ihm eigentlich die Hände gebunden waren?

Wenige Wochen später waren die Ortenaus in die Schweiz gezogen. Und Anna betrachtete Karl seither mit unverhohlener Enttäuschung in den Augen, wann immer sie einander begegneten. Es war nicht einfach, sich korrekt zu verhalten, sämtlichen Ansprüchen gerecht zu werden. Vor allem, wenn es innerhalb der eigenen Familie zwei so völlig unterschiedliche Lager gab wie das der Loibls und der Schwarzenbergs.

»Weißt du, Franzi«, sagte er, »ich sitze immer zwischen zwei Stühlen, das sollte auch mal jemand zur Kenntnis nehmen.«

Wiederum hob sie die Augenbrauen. »Ist gut, Karl. Ich werd's ausrichten. Aber keiner hat dich gezwungen, dich da hinzusetzen.«

Zu Hause in der Schachtstraße hatte seine Frau durchgesetzt, dass das Abendbrot regelmäßig oben bei Leonhard eingenommen wurde. Der wollte Frieda sehen, und er und Grethe verstanden sich mittlerweile ausgesprochen gut. Bisweilen hatte Karl den Eindruck, der Schwiegervater wäre ihr lieber als die Gesellschaft der eigenen Eltern.

Nach dem Trubel in Karlstein wollte er allein sein. Er wusste, dass die anderen sein Fehlen nicht übel nehmen würden, entschuldigte sich mit der Ausrede, noch Arbeiten im Rathaus erledigen zu müssen. Kurz überlegte er, hinauf in sein Bergrestaurant zu fahren. Dann fiel ihm ein, dass sein kürzlich zum Kreisleiter beförderter Schwiegervater dort heute Freunde bewirtete, die anschließend im Hotel übernachteten. Damit sollte sein Geschäftsführer zurechtkommen. Wohin wollte er also gehen? Es wurde langsam dunkel, in ein Wirtshaus mochte er sich nicht setzen, ebenso wenig fremden Leuten begegnen. Wenn er sich doch nur mit Franziska treffen könnte, auf ein Glas Wein im Hotelgarten vielleicht. Am Tanzpavillon, so wie früher. Oder er könnte sich etwas gönnen, das ihm richtig Spaß machte, ganz allein. Ihm kam ein aberwitziger Gedanke, den er umgehend in die Tat umsetzen musste, bevor die Vernunft ihn ausbremste. Er machte sich auf den Weg zum Grandhotel. Unbeobachtet kletterte er über die Gartenmauer in den Park.

Im hell erleuchteten Speisesaal wurde das Abendessen serviert. Durch die geöffneten Fenster plätscherte die Klaviermelodie von *This Year's Kisses* zu ihm heraus. Karl kannte sie aus einem Film, den er mit Grethe im Kino angesehen hatte. An den Titel erinnerte er sich nicht mehr, nur daran, dass darin viel gesungen wurde. Von seiner Position hinter einem Busch sah er elegant gekleidete Menschen tafeln. Normalerweise würden die Schwarzenbergs an einem Sommerabend wie diesem auf der Terrasse servieren, doch es war ein Unwetter angesagt. Er wusste, das würde ein Weilchen auf sich warten lassen, dazu musste er nur hinauf in den Himmel sehen, wo sich gerade die letzten roten Farbschlieren des Sonnenuntergangs in nächtliches Blau ergaben und einzelne Sterne aufblinkten. Wolken zeigten sich noch keine. Leise pirschte er weiter durch den menschenleeren Hotelpark über die Liegewiese zum Pool.

Erst als es stockfinster war und er sicher sein konnte, dass auch keine Verdauungsspaziergänger mehr unterwegs waren, wagte er es, seinen Plan umzusetzen. Er schlüpfte aus seinen Sachen und glitt lautlos in das hoteleigene Schwimmbecken. Sein Herz pochte ihm bis zum Hals, als das kalte Wasser auf der warmen Haut prickelte. Er legte sich auf den Rücken, schloss die Augen und genoss die absolute Stille, die das Wasser in seinen Ohren ihm gönnte. So müsste es immer sein. Nach einer Weile drehte er sich wieder um und schwamm einige Bahnen. Die Anspannung des Tages fiel nach und nach von ihm ab. Karl mochte keine Menschenansammlungen, und noch weniger schätzte er es, offizielle Termine darin wahrnehmen zu müssen. Etwas, das ein fester Bestandteil seines neuen Berufes war. Nackt und frei zu schwimmen, seine Muskeln zu spüren, sich anzustrengen, einfach nur zu atmen und an nichts zu denken erfüllte ihn mit Freude. Bis ein Paar polierter Lackschuhe vor ihm am Beckenrand auftauchte, auf denen sich das Mondlicht spiegelte.

»Das Schwimmbad ist für heute geschlossen, mein Herr«, ertönte eine tiefe Stimme mit leichtem Akzent, den Karl nicht einordnen konnte. Erschrocken hielt er inne und sah nach oben. Vor ihm stand ein junger Mann im Smoking mit Pomadefrisur. »Ich habe mir erlaubt, Ihnen ein Handtuch vom Poolhaus mitzubringen.«

Peinlich berührt stieg er aus dem Wasser und wickelte sich das dargebotene Tuch um die Hüfte.

»Wer sind Sie?«, fragte er.

»Mein Name ist Sture Lund. Ich arbeite hier als Gesellschaftstänzer und habe Sie während meiner Zigarettenpause entdeckt.«

»Sie sind nicht von hier.« Karl griff nach seinen Sachen und schlüpfte in Hemd und Hose.

»Ich habe vorher im Eden-Hotel in Berlin gearbeitet, seit etwa einem Jahr bin ich im Schwarzenberg.«

»Und davor?«

»Ich stamme aus Schweden, falls Sie das interessiert. Sagen Sie, was machen Sie hier? Sie sind doch der Bürgermeister, oder?«

Der Eintänzer ließ sich nicht durch Karls forsche Fragerei von der Tatsache ablenken, dass er unbefugt im Hotelpool erwischt worden war. Und leider hatte er ihn auch noch erkannt. Vielleicht war es doch keine so gute Idee gewesen hierherzukommen.

»Hören Sie, ich mache das öfter. Als Abendsport. Meine Mutter, Frau Schwarzenberg, wie Sie bestimmt wissen, ist darüber informiert.«

»Tatsächlich?« Das hörte sich nicht überzeugt an.

Kurz überlegte Karl, wie peinlich die Sache für ihn werden

könnte, wenn der Schwede plauderte und alles zu Grethe durchdrang.

»Karl?«

Glücklicherweise kam soeben Franziska über die Badewiese auf sie zu. Noch besser war, dass er mittlerweile wieder vollständig bekleidet war. Lediglich sein tropfend nasses Haar verriet, dass er im Wasser geplanscht hatte.

»Ah, Franzi. Gut, dass du kommst. Dieser nette Herr hier hält mich für einen Eindringling. Dabei habe ich ihm gerade erklärt, wie absolut normal es ist, dass ich meine abendlichen Schwimmrunden in eurem Becken drehe.«

»Ich habe den Herrn Bürgermeister hier noch nie gesehen«, verteidigte der sich.

»Schon gut, Herr Lund. Ich weiß Bescheid. Vielen Dank, dass Sie so aufmerksam sind, das wünsche ich mir von all unseren Mitarbeitern. Sie können wieder hineingehen.«

Der Gesellschaftstänzer schüttelte noch einmal ungläubig den Kopf in Richtung Karl und entfernte sich. Als er außer Hörweite war, wies Franzi auf den Boden. »Du hast deine Socken vergessen.«

Geschwind bückte sich Karl. Er wollte sie nicht umständlich im Stehen anziehen, stopfte sie in die Tasche und schlüpfte stattdessen barfuß in die Schuhe.

»Warum hast du nicht Bescheid gesagt, dass du schwimmen gehst? Dann hätte ich Anweisungen gegeben, dass dich niemand stört.« Ein amüsiertes Zucken umspielte die Mundwinkel seiner Schwester.

Er strich sich das nasse Haar aus der Stirn. Seufzend ließ er sich in einen der zahlreichen aufgestellten Sonnenstühle fallen. »Ich wollte einfach eine Weile allein sein. Nur für mich.«

»Soll ich wieder gehen?«

»Nein! Setz dich zu mir, bitte.«

Unschlüssig mit einem Fuß wippend, die Arme vor der

Brust verschränkt, blieb sie vor ihm stehen und sah auf ihn hinunter. »Ich sollte wieder reingehen.« Statt des Mohnblumensommerkleides hatte sie nun ein dunkles an, das eleganter wirkte. Dazu eine dünne gehäkelte Stola um die Schultern.

»Fünf Minuten werden sie ohne dich auskommen.«

Sie nahm neben ihm Platz. »Wir sehen uns heute schon zum zweiten Mal. Lass das mal nicht deine liebe Frau erfahren.«

»Hast du immer noch ein Problem mit ihr?«

»Wohl eher umgekehrt. Jedes Mal, wenn ich euch zu einem Treffen einlade, sagst du ab. Meinst du, ich weiß nicht, wer dahintersteckt? Unsere Kinder kennen sich kaum, das ist eine Schande.«

»Können wir einfach so tun, als wäre alles wie früher? Nur für eine Weile? Ich bitt dich, Franzi.«

Sie atmete tief ein. Natürlich ging das nicht, zu viel war vorgefallen, zu weit hatten sie sich voneinander entfernt. Aber es wäre schön gewesen.

»Wir treffen alle Entscheidungen im Leben, mit denen wir zurechtkommen müssen, Karl«, sagte sie leise. »Ich will nicht behaupten, dass Helene Huber eine bessere Wahl gewesen wäre, aber die Tochter des Kreisleiters, der mit Mamas Erzfeindin verheiratet ist …« Sie stieß die Luft wieder aus.

»Ich liebe Grethe.«

Der Mond schien auf Franziskas Gesicht, als sie ihn traurig anblickte und über die Armlehnen der Liegestühle hinweg seine Hand nahm. »Wenn du das meinst. Es besteht ein Unterschied zwischen körperlicher Anziehung und Liebe. Ersteres erledigt sich schnell, es verfliegt wie ein billiges Parfum. Darüber ist man meistens froh, weil man es sowieso schon nicht mehr riechen konnte. Habe ich mir sagen lassen. Liebe ist dauerhaft und wird mit den Jahren zunehmend köstlicher. Das weiß ich aus eigener Erfahrung. Und ich weiß auch, dass deine Gefühle für Grethe längst abgekühlt sind. Dazu muss ich dir nur in die Augen sehen. Ich müsste nicht einmal wissen, wie gern sie dich vor anderen blamiert. Wie sie mit ihren Eltern wetteifert, wer dich mehr beeinflussen kann. Oder wie sie jedes Mal zufällig dort auftaucht, wo mit Wolf Bahlow zu rechnen ist. Nicht, weil sie ihm plötzlich nachtrauert, sondern weil sie ihm immer wieder vor die Nase halten muss, was er nicht haben konnte. Wir bekommen einiges mit, Karl. Walter Loibl ist ein böser Mensch, der keine Scheu mehr davor hat, uns allen sein wahres Gesicht zu zeigen. Das Hotel Romana wurde arisiert. Ich bin mir sicher, du hast davon gehört. Vielleicht ist sogar der eine oder andere Antrag des neuen Besitzers über deinen Schreibtisch gewandert. Der Loibl war nicht nur dafür verantwortlich, dass die Vorbesitzerin ohne einen Pfennig in der Tasche Bad Reichenhall verlassen musste, er hat sich auch eine ordentliche Provision eingeschoben, weil er den arischen Hotelier vermittelt hat. Und das ist noch eine der weniger gewalttätigen Geschichten, die über deinen Schwiegervater kursieren. Unsere Familien werden unaufhaltsam weiter auseinanderdriften, und eines Tages wirst du an einen Punkt kommen, an dem du dich für eine Richtung entscheiden musst. Auch wenn du glaubst, dich durch Diplomatie und Ausweichen durchmogeln zu können.«

Er verzog das Gesicht.

»Ich kenne dich, Karl. Am liebsten magst du deine Freiheit und deine Ruhe. Und beides hast du verkauft. Ich hoffe, Grethe war es wert.« Langsam erhob sie sich. »Nach dem Essen ist Tanz. Ich muss hinein und mich umziehen.«

Er stand ebenfalls auf, hatte das Bedürfnis, sie zum Abschied in den Arm zu nehmen, aber da war sie schon ein paar Schritte in Richtung Liegewiese gegangen und verschmolz mit den Schatten der Nacht. Wann war seine kleine Schwester so schmerzhaft weise geworden?

14

Bad Reichenhall, November 1939

Es war schon für Anna nicht einfach, Hertha aus dem Weg zu gehen. Wie schwierig musste es da erst für Leonhard sein, Begegnungen mit ihr zu vermeiden? Anna dachte dabei an Familienfeiern, Geburtstage und dergleichen. Dass sie selbst dauerhaft unerwünscht blieb, erschien ihr mittlerweile ein angenehmer Umstand. Ihr reichten die feindseligen Blicke, wenn sie einander zufällig begegneten, und die bösen Gerüchte, die natürlich nie offiziell von Hertha in Umlauf gebracht wurden. Was Anna ihr hingegen nachweisen konnte, da die Frau des Kreisleiters sich sogar damit brüstete, waren die andauernden Schikanen, denen das Grandhotel Schwarzenberg und seine Mitarbeiter ausgesetzt waren. Schon lange stieg niemand der hohen NSDAP-Funktionäre mehr bei ihnen ab. Darüber war Michael geradezu erleichtert. Jedoch mussten alle Angestellten, die keinen vorbildlich arischen Stammbaum vorzuweisen hatten, ihren Dienst quittieren. Um dies durchzusetzen, wurden seitens der Kreisleitung fortlaufend neue Gründe erfunden. Falsche politische Gesinnung. Falsche sexuelle Gesinnung. Falsche religiöse Gesinnung. Falsche soziale Gesinnung. Und wenn das nicht herhielt, wurden gefälschte Gästebeschwerden in Umlauf gebracht. Der Druck auf die Schwarzenbergs stieg. In den Augen der örtlichen SA konnten sie kaum mehr etwas richtig machen. Herthas Hass auf Anna und Michael kannte offenbar keine Grenzen, und Walter Loibl stand entweder unter der Fuchtel seiner Frau oder erfüllte ihre Wünsche von sich aus gern. Bestimmt hätte sie Leonhard

Achleitner ebenfalls schikaniert, wenn sich der Gatte nicht dagegen verwehren würde, dem Parteikollegen zu schaden. *Eine Krähe hackt eben der anderen kein Auge aus*, dachte Anna.

Warum ihr gerade an jenem kalten Morgen gleich nach dem Aufwachen ihr früherer Ehemann einfiel, konnte sie nicht sagen. Es war halb sechs Uhr und draußen stockfinster. Michael neben ihr schlief, ebenso wie das ganze Hotel. Das Deutsche Reich befand sich wieder einmal im Krieg. Seitdem raubte die Sorge Anna den Schlaf. Sie hatte gehofft, ihr möge ein zweiter großer Krieg erspart bleiben, aber wie die Dinge standen, würde der Führer seinen Vormarsch so lange nicht einstellen, bis ihn irgendjemand stoppte. Oder bis ihm die Soldaten ausgingen. Das war der Grund für Annas Ängste. Wann würde Georg eingezogen werden? Wie würde Franziska damit umgehen? Und Emma? Wie sicher saß Karl auf seinem Bürgermeisterposten? Konnte es vielleicht selbst ihm passieren, dass er einrücken musste? Gedanken krabbelten unaufhörlich durch ihren Kopf wie Ameisen.

Anna stand auf und trat hinaus auf den Balkon der Wohnung. Die Morgenluft war köstlich und von besonderer Klarheit, doch auch noch so tiefe Atemzüge konnten das Chaos in Annas Innerem nicht beruhigen. Die Welt um sie herum war dabei, sich derart rasend schnell zu verändern, dass sie das Gefühl hatte, die Übersicht zu verlieren. Und das mochte sie nicht. Anna brauchte eine gewisse Ordnung, eine Routine, um sich sicher zu fühlen. Der Albtraum des letzten Krieges hatte ihr vor Augen geführt, was es bedeutete, hilflos zu sein, und sie fürchtete nichts mehr als diesen Zustand und dass er gerade im Begriff war, sie erneut heimzusuchen.

Sie musste sich bewegen. Am besten, sie machte einen Spaziergang, um den Kopf freizubekommen. Leise kleidete sie sich an, schlüpfte in ihren Mantel und ging hinunter zur Rezeption, wo sie sich vom Nachtportier den Schlüssel geben ließ. Kurz überlegte sie, ob sie nach rechts in den Kurpark gehen sollte, doch dann wandte sie sich entschlossen nach links und schlug den Weg durch die Stadt ein. Nur ein paar Minuten die Beine vertreten, danach würde sie umkehren und im Hotel bei den Frühstücksvorbereitungen helfen. Zwar gab es immer weniger Gäste und kaum mehr Angestellte, aber es war wichtig, die täglichen Abläufe aufrechtzuerhalten.

Anfangs begegnete ihr keine Menschenseele auf der Straße. Erst auf Höhe des Kurhotel Luisenbad sah sie eine Gestalt auf sich zukommen, die aussah, als trüge sie einen Bademantel. Mit Entsetzen stellte sie fest, dass dem tatsächlich so war und dass es sich dabei um ihren Sohn handelte. Sie rannte ihm entgegen.

»Karl!« Sie breitete die Arme aus und brachte ihn so zum Stehen. Er wirkte verwirrt. Sie flüsterte, um die Menschen in den umliegenden Häusern nicht zu wecken. »Was um Himmels willen machst du hier in diesem Aufzug?«

Er starrte sie aus weit aufgerissenen Augen an und brauchte eine Weile, um sie wahrzunehmen. »Mama. Ich wollte zu dir. Papa ist tot.«

»Was sagst du da?«

Er schwankte. Sie griff nach seinem Arm und zog ihn zu einer Bank an der Gartenmauer des Luisenbads. »Setz dich. Aber nur kurz, damit du dich nicht erkältest. Und nun sag mir, was geschehen ist.«

»Geschehen? Nichts, das ist es ja. Er ist einfach gestorben. In der Nacht. Krank war er ja schon länger, das konnte jeder sehen. Obwohl er es selbst nicht wahrhaben wollte. Immer dünner ist er geworden, und sooft ich ihn auch darauf angesprochen habe, hat er es mit irgendeiner blöden Ausrede abgetan. Wahrscheinlich war er nicht einmal bei einem Arzt, wie ich ihn kenne.« Mit hängenden Schultern saß Karl auf der Bank und starrte in die Ferne.

Anna schlug seinen Bademantel übereinander und verschloss ihn sorgfältig mit dem Gürtel.

»Das tut mir sehr leid, mein Schatz. Ich weiß, du hattest ihn lieb.« Ihr Blick fiel nach unten. »Du bist barfuß. Komm, ich bring dich heim.«

»Karl! Karl? Karl!« Grethes lautes Rufen hallte durch die Straße. Hinter den ersten Fenstern ging das Licht an.

»Du kannst doch nicht einfach aus dem Haus rennen!«, herrschte sie ihn an, als sie die beiden erreichte. »Was denkst du dir nur?«

»Er ist durcheinander wegen Leonhard«, warf Anna sanft ein.

»Ich habe dich nicht um deine Meinung gebeten. Was machst du überhaupt hier, zu dieser Uhrzeit?« Grethe hörte sich immer mehr an wie ihre Mutter.

Ohne eine Antwort abzuwarten, zog sie Karl am Arm von der Bank hoch. »Komm schon, stell dich nicht so an.«

»Grethe, rede bitte ein wenig leiser«, sagte Anna ruhig, aber bestimmt. »Es muss nicht gleich ganz Bad Reichenhall mitbekommen, was passiert ist. Und es wäre nett, wenn du deinem Mann zugestehst, dass ihn der Tod seines Vaters aus der Bahn wirft.«

»Ihn? Was sollte ich denn sagen? Immerhin war ich es, die ihn gefunden hat. Um kurz nach drei höre ich auf einmal, wie er im Zimmer über uns herumrumort, und plötzlich scheppert es. Karl schläft ja wie ein Stein, bis der in die Gänge kam, war ich längst oben. Neben seinem Bett lag er, umgefallen. Tot.«

Als Anna später Michael, Franziska und Georg davon berichtete, wusste sie nicht, was sie mehr schockierte: Leonhards Ableben oder Grethes Benehmen. Auch konnte sie nicht sagen, wie sie sich wegen dieses Todesfalls fühlte, der zwar plötzlich, aber nicht wirklich überraschend eingetreten war. Was spürte sie? Trauer? Gleichgültigkeit? Erleichterung? Sie überlegte lange, ob sie zu Leonhards Beerdigung gehen sollte, entschied sich mehrfach um, bis der Tag gekommen war. Doch dann schlüpfte sie in ein schwarzes Kleid und rang sich dazu durch, ihm die letzte Ehre zu erweisen.

»Ich werde nicht mitgehen«, sagte Michael. »Aber ich finde es gut, dass du es machst. Verdient hat er dich nie, und es spricht für dich, wenn du diesen Gang auf dich nimmst. Es wird sicher nicht leicht.«

»Ich tue das nicht für Leo, sondern für Karl. Weil ich meinem Sohn in einer schweren Stunde zur Seite stehen möchte. Auch wenn er mich nicht braucht, weil er eine Frau hat, die über ihn bestimmt.«

Er lächelte sie an. »Ich warte hier auf dich. Mit Kaffee, Kuchen und einem doppelten Enzian.«

*

In den folgenden Monaten hatte es den Anschein, als würde Karl sich noch weiter von den Schwarzenbergs entfernen. Durch den Krieg kam der Hotelbetrieb erneut mehr und mehr zum Erliegen. Etwas, das Anna schon kannte und wovor ihr graute. Der Moment, indem niemand mehr ein Hotelzimmer reservierte, bedeutete, dass das normale Leben wieder aus den Angeln gehoben worden war. Es gab keine Reisenden mehr, nur noch Soldaten. Einer nach dem anderen wurden die männlichen Angestellten eingezogen, und auch ihr Schwiegersohn bildete keine Ausnahme.

Emmas herzzerreißendes Weinen, als sie sich von ihrem Vater verabschieden musste, brannte sich in Annas Erinnerung. Erst nachdem er weg war, fiel ihr auf, für wie viele fröhliche Augenblicke er gesorgt hatte. Georg war ein positiver Mensch, der es verstand, andere mit seiner guten Laune anzustecken. Besonders auf Franziska wirkte er ausgleichend und belebend zugleich, das war Anna vorher nie klar gewesen. Sie hatte ihn unterschätzt. Ohne ihren Georg erschien Franziska haltlos, das Leuchten verschwand aus ihren Augen, und sie stürzte sich in Arbeit, um nicht in ihren Sorgen zu ersticken.

»Er kommt wieder«, beruhigte sie Anna. »Ich bin mir absolut sicher, Franzi. Dein Mann wird zu dir zurückkommen, du darfst nicht verzagen. Du musst für Emma da sein. Es ist vollkommen egal, ob die Vorhänge gewaschen oder die Gläser poliert sind, wir haben sowieso keine Gäste. Kümmere dich um dein Kind, und hör auf herumzuräumen.«

»Besteck«, brummte Franziska. »Ich poliere das Besteck. Denn wenn ich das nicht mache, fange ich an zu schreien. Wie hast du es eigentlich damals ohne Papa ausgehalten? Die Ungewissheit, ob er noch am Leben ist oder schon irgendwo tot in der Fremde liegt, überfällt mich tausendmal am Tag. Ich kann nichts dagegen tun … es macht mich wahnsinnig.«

Auch Anna griff nach einer Gabel und nahm sich ein zweites Poliertuch. »Ich wünschte wirklich, ich könnte dir sagen, man gewöhnt sich dran, es wird leichter. Aber das stimmt nicht. Ehrlich, es wird jeden Tag schlimmer, bis zu dem Moment, in dem er wieder vor dir steht.«

Franziska ließ das Besteck sinken. »Danke, Mama. Das hilft überhaupt nicht.«

»Was willst du? Dass ich dich anlüge, oder dir die Wahrheit sage?«

»Tut mir leid. Aber irgendwie fühle ich mich total allein.«

»Das bist du nicht, Franzi, ich bin immer für dich da.«

Sie schluchzte. »Genau die beiden Menschen, die mir eben das immer wieder versprochen haben, haben mich im Stich gelassen. Georg ist Gott weiß wo. Und Karl ist eine Marionette der Loibls und eine große Enttäuschung.«

Anna wusste, worauf ihre Tochter anspielte. Auf den neuesten Skandal. Wolf Bahlow war mit einer SS-Abordnung ins Rathaus marschiert und hatte sich dort eingenistet. Karl hatte ihm sogar sein Büro zur Verfügung stellen müssen, weil es das größte und schönste war. Woraufhin Walter Loibl einen Wutanfall bekommen und seinen Schwiegersohn vor dessen Sekretärin angebrüllt hatte. Denn die SA hätte keine Räume im Rathaus erhalten, und die Bevorzugung der SS wäre unerhört.

»Es ist schwer, mehreren Herren gleichzeitig zu dienen«, meinte Anna. »Dein Bruder ist gerade dabei, diese Lektion zu lernen. Aber im Moment kann er nicht viel machen, er muss Befehlen folgen, wenn er seine Position behalten möchte. Und da sieht es leider so aus, als säße der abscheuliche, infame Wolf Bahlow an einem unangenehm langen Hebel.«

Als hätten sie ihn heraufbeschworen, kam dieser in die Küche marschiert, die Stiefel ebenso auf Hochglanz poliert wie die Uniformknöpfe.

»Heil Hitler, die Damen.«

Franziska fuhr zusammen, so sehr erschrak sie über sein plötzliches Auftauchen.

»An der Rezeption hat man mir gesagt, die Chefinnen wären hier zu finden, daher war ich so frei ...«

Warum wollte er einen Film produzieren, anstatt darin mitzuspielen? Als Schauspieler hätte er möglicherweise viel erfolgreicher werden können als in der Funktion des Regisseurs, schoss es Anna durch den Kopf. *Was für ein lächerlich wichtiger, aufgeblasener Depp.*

»Grüß Gott, Herr Bahlow. Was führt Sie zu uns?«

Er hob eine der Gabeln auf, hielt sie gegen das Licht, als würde er sie inspizieren, dann legte er sie wieder zurück. »Ich sehe, Sie reinigen das Besteck. Das passt ja, denn Sie werden es brauchen. Ich möchte in Ihren Räumlichkeiten ein Abendessen veranstalten.«

In Franziskas Augen stand Ungläubigkeit. »Wieso? Ich meine, wieso bei uns?«

Er lächelte dünn. »Nun, ich wurde befördert, ich bin jetzt Obersturmführer. Und meine Totenkopfstandarte rückt aus.« Er beugte sich zu ihr und flüsterte so laut, dass auch Anna es gut hören konnte: »Wohin, darf ich dir nicht sagen. Geheimsache.« Dann richtete er sich wieder auf. »Jedenfalls, morgen Abend will ich mit meinen Kameraden hier gebührend Abschied feiern, und du und deine Frau Mutter werdet dafür sorgen, dass es uns an nichts mangelt. Das Schwarzenberg ist nach wie vor das beste Haus am Platz, und ich gebe mich nicht mit etwas Zweitklassigem zufrieden. Schon gar nicht für unsere Elitetruppe.«

Mit einem weiteren »Heil Hitler«, zackig ausgestoßen und den Arm hochgerissen, marschierte er aus der Küche.

Anna und Franziska kam die Sache merkwürdig vor. Berechtigterweise, doch sie konnten die Reservierung schlecht ablehnen, Wolf würde sonst sicher Schwierigkeiten machen.

Der folgende Abend begann erst recht manierlich, artete dann aber in ein Besäufnis aus. Bahlow und seine Kameraden begrapschten die Kellnerinnen, bis Anna und Michael einschritten.

Die Stimmung kippte, Wolf schubste Michael, der sich das nicht gefallen ließ. Innerhalb kürzester Zeit verwüsteten die SS-Männer nicht nur die Karkopfstube, sondern schlugen Michael so zusammen, dass er blutend auf dem Boden liegen blieb und nicht mehr aufstehen konnte.

Bis ein krachender Schuss den Putz von der Decke rieseln ließ. Franziska stand in der Tür, senkte den Revolver und zielte damit direkt auf Wolf. Schlagartig hielten alle inne, der Lärm verstummte.

»Bist du wahnsinnig?« Wolf lachte. »Du kannst doch einen Obersturmführer der SS nicht mit einer Waffe bedrohen. Leg sie sofort weg.«

Anna half Michael auf die Beine und stützte ihn, brachte ihn hinter Franziska in Sicherheit.

»Ihr schert euch jetzt raus hier«, zischte Franziska.

»Oh, du kannst ja einen richtigen Kommandoton anschlagen.« Nicht nur Wolf lachte, auch die anderen stimmten ein.

Franziska feuerte einen weiteren Schuss in die Decke, der ihm das Grinsen aus dem Gesicht wischte.

»Du würdest es nicht wagen …«

»Willst du es darauf ankommen lassen?«

»Franziska, du weißt nicht, welche Schwierigkeiten ich dir machen kann.«

»Du bist nicht allmächtig. Und ich fordere dich zum letzten Mal auf zu gehen.«

Zu Annas großer Erleichterung nickte er seinen Kollegen zu, und die Männer trollten sich. Erst als alle das Hotel verlassen hatten, ließ Franziska die Waffe sinken. Sie zitterte am ganzen Körper.

»Ist das mein Colt?«, stieß Michael hervor.

Sie nickte. »Was machen wir, wenn sie wiederkommen und mich holen?«

Die Angestellten waren mittlerweile vollzählig herbeigeeilt und betrachteten das Chaos und den verletzten Hotelchef mit Fassungslosigkeit.

»Das können sie nicht. So ein hohes Tier, dass er tun darf, was er will, ist der Bahlow nicht. Und das weiß er auch. Ich vermute, er hatte von Anfang an vor zu randalieren. Und morgen früh verlässt er die Stadt und zieht sich aus der Affäre.« Anna empfand nichts als Verachtung. »Er wird sich allerdings seinen Abgang souveräner vorgestellt haben. Mit deiner Gegenwehr hat er wohl nicht gerechnet.«

Noch in derselben Nacht ließ Anna einen Arzt kommen, der Michael eine gebrochene Rippe und mehrere Blutergüsse attestierte. Sie erzählten ihm haarklein, wer das zu verantworten hatte. Und dann verfassten sie eine schriftliche Beschwerde gegen Wolf Bahlow und schickten sie am folgenden Morgen an seinen Vorgesetzten. Selbstverständlich wusste sie, dass dies sinnlos war. Lebensmittelkarten und die Reichkleiderkarte waren nur die Vorboten dessen gewesen, was geschehen würde. Eine Abkehr von der Normalität. Der Verfall der alten Ordnung. Das Verschwinden von Recht und Gesetz, an deren Stelle Chaos und Gewalt treten würden. Sie hatte es schon einmal gesehen, hautnah miterlebt. Wenn erst noch Hunger und Verzweiflung dazukamen, waren ihre Leben keinen Pfifferling mehr wert. Und dass dies geschehen würde, davon war Anna überzeugt. Der Krieg musste nur lange genug andauern, dann würde er sie auch hier in der Heimat erreichen, auf die eine oder andere Weise.

Bad Reichenhall,
Königlich Bayerisches Staatsbad
1944 – 1945

15

Bad Reichenhall, Juni 1944

Die Schmerzensschreie waren bis vor an die Rezeption zu hören. Franziska versuchte, sie auszublenden, während sie dabei half, neu ankommende Patienten aufzunehmen. Ihre Augen brannten, weil sie seit Tagen nicht richtig geschlafen hatte. Pausenlos dachte sie an Georg, wartete auf einen Brief von ihm. Mit einem Klemmbrett in der Hand stieg sie die ersten beiden Stufen der Treppe hoch, um eine bessere Übersicht zu haben.

»Im großen Ballsaal sind zwanzig Betten frei«, rief sie dem Sanitäter zu, der die Tür aufhielt, um seine Kollegen mit den Bahren hereinzulassen. Sie zählte laut mit.

»Jetzt bitte fünf Personen in den Saal Hochkönig, danach acht in den Saal Watzmann, und für den Rest habe ich hier einen Zimmerplan, auf dem steht, wo noch Platz ist.«

»Wird schon recht werden, Frau Fischer, wie immer. Sie haben ja alles unter Kontrolle.« Der Sanitäter nickte ihr freundlich zu.

Sie kannten einander von zahlreichen Krankentransporten, seitdem das Grandhotel Schwarzenberg zum Ausweichkrankenhaus erklärt geworden war. Während sie im letzten Jahr ausschließlich Zivilisten aus Münchener Krankenhäusern überstellt bekommen hatten, die wegen der Bombardierungen sicherer untergebracht werden mussten, lagen nun auch verwundete Soldaten hier. Ebenso wie in den anderen Bad Reichenhaller Kurvillen, dem Predigtstuhlhotel, Schulen, Hotels,

Pensionen und Sanatorien, die zu Lazaretten umfunktioniert worden waren.

»Was ist denn hier los?« Grethes Stimme übertönte das Chaos, sie rümpfte die Nase und drängte sich vor Karl her durch die wartenden Menschen.

Franziska stemmte die Hände in die Hüften. »So geht es zu, wenn ein Lazarettzug angekommen ist«, informierte sie die Schwägerin. »Und was stinkt, ist Desinfektionsmittel, Blut und Eiter und der verzweifelte Versuch der Aushilfsköchin, für alle eine anständige Suppe zu fabrizieren, obwohl kaum mehr was da ist, was sie reingeben könnte.« Genervt blies sie eine Haarsträhne aus der Stirn. »Kommt ihr, um Frieda abzuholen? Sie ist irgendwo hinten.«

»Allein?«

»Nein, natürlich nicht. Mama und Emma sind bei ihr.« Was dachte Grethe eigentlich? Dass sie die Kinder sich selbst überlassen würde? Erst in den letzten Wochen hatte es sich ergeben – und wie Franziska gehört hatte, lediglich auf andauerndes Drängen von Frieda –, dass die beiden Cousinen Kontakt zueinander haben durften. Wobei Emma nicht gern ins Achleitner-Haus ging und Frieda ohnehin wesentlich lieber ins Hotel zum Spielen kam. Wer konnte es ihr verdenken? Innerlich verdrehte Franzi die Augen. Die immer noch brannten. Sie brauchte dringend eine Pause. Karl betrachtete das Chaos mit Entsetzen, als ob er noch nie Verwundete gesehen hätte, denen Körperteile fehlten.

Es wurden täglich mehr. Das Grandhotel platzte aus allen Nähten.

»Was ist mit der Erklärung zur Lazarettstadt?«, wollte sie von ihm wissen. »Geht das endlich durch?«

Er nahm seinen Hut ab und schüttelte den Kopf. »Nein. Du weißt doch, solange das Oberkommando des Heeres in Bad Reichenhall ist, wird nichts daraus.«

»Dann sollen die Soldaten abziehen.«

»So einfach funktioniert es nicht, Franzi.«

»Da spricht wieder der Politiker, oder? Weißt du eigentlich, wie viele provisorische Krankenhäuser es mittlerweile in Bad Reichenhall gibt? Und wie viele Kinder in den Kinderlandverschickungsheimen hier wohnen, weil ihre Eltern meinen, dass sie bei uns sicherer aufgehoben wären als in ihren Städten? Offiziell dürfen wir keine roten Kreuze auf die Dächer malen, da wir ja keine Lazarettstadt sind, und wenn die Bomber kommen, sind alle Kranken und Verwundeten schutzlos und die Kinder auch. Und sie werden kommen.«

Grethe warf in einer theatralischen Geste die Arme in die Luft. »Ich mache mich auf die Suche nach meiner Tochter in diesem Tohuwabohu. Ihr beide redet immer nur von denselben Sachen.« Damit marschierte sie in Richtung Küche.

»Mir sind die Hände gebunden«, lamentierte Karl.

Franziska konnte es nicht mehr hören. Sie zog ihre blutbefleckte Schürze aus und nahm sich eine frische. Kurze Zeit später kam Grethe mit Frieda zurück.

»Servus, Tante Franzi.« Die Neunjährige drückte sie. »Darf ich morgen wiederkommen?«

»Wenn deine Eltern es erlauben. Von mir aus jederzeit gern. Allerdings wird morgen hier nicht weniger Trubel sein als heute.«

»Bitte, Mama.«

Grethe verdrehte die Augen. »Das entscheide ich nicht jetzt. Was ist eigentlich mit Emma? Hat die denn Zeit? Muss sie nicht langsam zum Jungmädelbund? Immerhin ist sie längst zehn.«

»Kümmert sich da überhaupt noch einer drum? Die Männer sind weg, und wir haben wirklich anderes zu tun, als mit den Kindern um Lagerfeuer herumzusitzen.«

Grethes unvermeidliche Erwiderung und ihren lobenden Abgesang über den Jungmädelbund und den BDM blendete Franziska aus, sah knapp an ihrer Schulter vorbei zum Fenster hinaus und wartete, bis es vorüber war. In der Ferne schoben sich die Berge wie immer dem Himmel entgegen, Krieg oder nicht, sie standen unerschütterlich und wirkten tröstlich unverrückbar. Weil sie nicht aufpasste, bekam Franziska zunächst nicht richtig mit, dass Grethe den alten Mann erkannte, der auf einer Bahre hereingetragen wurde. Erst als sie sich den beiden Sanitätern in den Weg stellte, merkte sie, dass etwas nicht stimmte.

»Das ist Sepp Steiner!« Aufgeregt deutete sie mit dem Finger. »Aus Berchtesgaden. Den kenn ich von früher. Ein Kommunist ist der! War jahrelang verschwunden, hat sich wahrscheinlich irgendwo versteckt, der feige Hund, und jetzt schwindelt er sich in dieses Krankenhaus herein.«

»Beruhige dich, Grethe«, schritt Karl ein. »Sicher irrst du dich.«

»Das tu ich nicht!«

»Was hat der Mann?«, fragte Franziska.

Der Sanitäter schüttelte den Kopf. »Kann ich Ihnen nicht sagen. Wir haben keine Unterlagen über ihn, und seit ich ihn betreue, ist er ohne Bewusstsein. Es wäre gut, wenn ihn sich möglichst schnell ein Arzt anschaut.«

»Eingesperrt gehört der! So einer hat hier nichts verloren, der nimmt den anderen nur den Platz weg.«

»Nun reicht es aber, Grethe! Unter meinem Dach ist ein jeder willkommen, der Hilfe braucht. Was mischst du dich überhaupt ein?«

»Soll das bedeuten, du versorgst hier Vaterlandsverräter und Verbrecher? Am End auch noch Juden?«

»Wir gehen jetzt. Sofort.« Karl nahm Frieda an der Hand und schob seine Frau vor sich her in Richtung Tür. Kurz drehte er sich nach seiner Schwester um und warf ihr einen gequälten Blick zu.

Dem sie standhielt, während sie, ohne auf ihren Plan zu

schauen, die Sanitäter anwies: »Bringt ihn in den ersten Stock. Zimmer einhundertneun, da gibt es ein freies Bett.«

»Was war hier los?«

Mit einem Augenrollen drückte Franziska der dazukommenden Anna das Klemmbrett in die Hand und schlüpfte erneut aus der Schürze. »Karls Frau hat sich aufgeführt wie eine Furie. Sie behauptet, wir beherbergen Staatsfeinde. Zum Beispiel diesen bewusstlosen alten Mann, den sie gerade nach oben tragen. Der sieht wahnsinnig gefährlich aus, findest du nicht?«

»Stimmt das denn? Was hat er verbrochen?«

»Ach, Mama, mach dir doch nicht über alles Sorgen. Kannst du kurz für mich übernehmen? Ich brauche eine Pause, sonst werde ich hier drin noch wahnsinnig.« Sie musste das Hotel verlassen, woanders hingehen, nur für ein paar Minuten.

Gegenüber im Kurpark fand sie eine leere Bank auf der Rückseite des Kurmittelhauses der Moderne. Mit zitternden Fingern rauchte Franziska eine Zigarette, inhalierte hastig. Danach zog sie Georgs letzten Brief aus ihrer Tasche und las ihn noch einmal. Bis sie neue Nachrichten von ihm erhielt, war er ihre einzige Verbindung zu ihm. Aus den Karpaten hatte er geschrieben, aber erwähnt, dass sie nach Griechenland versetzt würden und kurz vor dem Abmarsch stünden. Wo genau war er? Was machte er? Ging es ihm gut?

Tränen stiegen in ihr auf, doch dafür war keine Zeit. Sie blinzelte sie weg und kehrte zurück ins Hotel. Es gab so viel zu tun.

Am späten Nachmittag, kurz nach fünf, kam die Gestapo und holte den Mann ab, den Grethe Sepp Steiner genannt hatte. Er war noch immer nicht zu sich gekommen, und Franziska hatte keine Ahnung, wohin sie den Kranken brachten. Es ging alles sehr schnell. Sie überzog ein Stockwerk höher die Betten, als eines der Zimmermädchen zu ihr kam und aufgeregt erzählte, was passierte. Obwohl sie sich beeilte, sah sie nur noch, wie zwei Gestapo-Beamte Herrn Steiner draußen in ein wartendes Auto stopften und davonfuhren.

Schwer atmend starrte sie ihnen hinterher. Ihr Blut rauschte in den Ohren, so wütend war sie, und bevor sie es sich anders überlegte, rannte sie mit fliegendem Rock die Ludwigstraße hinunter zu Grethes Haus und hämmerte wild an die Tür.

Bereits im Hausflur schrie sie die Schwägerin an. »Abtransportiert haben sie den armen Kerl, und du hast ihn auf dem Gewissen! Der hätte doch niemandem was getan. Aber du konntest den Mund nicht halten und musstest gleich zu deinem Herrn Papa laufen, damit er entfernt wird. Was bist du für ein grässlicher Mensch, schämen solltest du dich!«

Am Abend dämmerte Franziska langsam, dass ihr Verhalten Konsequenzen haben könnte. Emma schlief, und sie saß mit den Eltern bei Kerzenschein im Wohnzimmer. Alle Fensterläden waren fest geschlossen, die Vorhänge zugezogen, nur das nötigste Licht gestattet. Tags zuvor hatten sie die Motoren unzähliger Flugzeuge in der Ferne gehört. Ob es die Amerikaner oder die Engländer waren, die Richtung München flogen, wusste sie nicht. Es herrschte Luftschutzalarm mit Verdunkelungspflicht.

»Ich habe die Kontrolle verloren, bin geplatzt wegen dieser Ungerechtigkeit und habe Grethe angebrüllt.«

Ihre Mutter, die an einem Strickjäckchen für Emma arbeitete, ließ die Nadeln sinken.

»Bestimmt sagst du mir jetzt gleich, wie unbeherrscht das war, Mama, und dass ich mich damit selbst in Gefahr gebracht habe. Es tut mir leid.«

Michael betrachtete seine Frau eindringlich. Er schwieg.

»Du hast nichts Unrechtes getan«, sagte ihre Mutter. »Es ist Grethe, die sich versündigt hat, und dass du ihr die Meinung gegeigt hast, ist großartig, Franzi. Ich bin stolz auf dich. Es gibt nicht mehr viele, die sich angesichts von Ungerechtigkeiten trauen, die Stimme zu erheben.«

»Danke.«

Der Vater pflichtete ihr bei. »Wir haben uns bemüht, dich zu einem Menschen zu erziehen, der Richtig von Falsch unterscheiden kann, und ich sehe jeden Tag, wie unglaublich du bist. Gerade jetzt, wo dein Mann weg ist, verlangt dir das Leben viel ab. Die Geschichte wiederholt sich. Es kommt mir vor, als wäre es erst gestern gewesen, dass deine Mutter ohne mich das Hotel leiten musste und wir beide in der Ungewissheit lebten, ob wir einander je wiedersehen würden. Gern hätten wir der nächsten Generation diese Verzweiflung erspart, aber irgendwas ist schiefgelaufen«, er verzog das Gesicht, »und die Welt ist grausamer als je zuvor.«

»Wenigstens bin ich nicht allein mit meinem Kind, wie Mama damals. Ich habe euch.«

»Auf uns kannst du immer zählen.«

»Das weiß ich, Papa.«

Ihr Vater reichte Franziska seine gesunde Hand und verschränkte die Finger mit den ihren.

»Ich sage das nicht ohne Grund. In einem Punkt hattest du vorhin recht, es könnte gefährlich werden. Wie ich Grethe einschätze, hat sie dich bereits bei ihren Eltern angeschwärzt, und wie Hertha und Walter reagieren werden, können wir uns alle gut vorstellen.«

Wie zur Bestätigung klopfte es an der Tür. Franziska fuhr zusammen, Angst im Bauch. Was hatte sie getan? Mit Erleichterung hörten sie Karls Stimme. »Wo seid ihr? Es ist stockfinster hier.«

Ihr Vater ging ihm entgegen und brachte ihn mit ins Wohnzimmer.

»Ich komme wegen Franziska.« Er war außer Atem, blieb vor seiner Schwester stehen. »Dieses Mal hast du es übertrieben. Grethe ist fuchsteufelswild, und ihre Eltern sind außer sich. ‚So lässt sich eine Loibl nicht behandeln', hat Hertha gebrüllt. Konntest du denn nicht ein einziges Mal den Mund halten?«

»Du meinst, so wie du es seit Jahren machst? Zuschauen, wenn Menschen einfach verschwinden und nie wieder auftauchen? Schläfst du nachts eigentlich noch gut, Karl? Schaust nicht so aus, blass und erschüttert wirkst du.«

»Wegen dir!«

Er sank neben Franziska auf die Couch und zog sie in seine Arme. Sie ließ es reglos geschehen, machte sich zuerst steif wie ein Brett. Dann löste sich der Kloß in ihrem Hals, und sie fing an zu schluchzen, weinte, bis Karls Hemd nass von ihren Tränen war.

»Was haben sie vor?« Die Stimme ihres Vaters klang wie drohendes Donnergrollen. Er hatte den Arm um seine Frau gelegt, über deren Wangen ebenfalls Tränen liefen.

»Ich dürfte überhaupt nicht hier sein. Hoffentlich haben sie meine Ausrede geglaubt, warum ich noch mal wegmusste. Walter will veranlassen, dass Franziska abgeholt wird.«

»Nein!« Ihre Mutter schluchzte laut auf. »Wohin soll sie gebracht werden?«

»Dachau, glaube ich. Oder in irgendein Außenlager zur Zwangsarbeit.«

»Das kann er nicht machen!«

»Ich fürchte doch.« Karl streichelte seiner Schwester übers Haar. »Es ist nur eine Frage der Zeit, bis sie kommen. Alles, was er braucht, ist eine Unterschrift aus München … und die wird er problemlos kriegen.«

In Franziskas Kopf schwirrten die Gedanken durcheinander. Sie durfte Emma nicht allein lassen. Was, wenn Georg zurückkam und sie war nicht da? Was sollte aus den Eltern werden? Um die Gesundheit ihres Vaters stand es seit Längerem nicht zum Besten, und ihre Mutter hatte in ihrem Leben genug durchgemacht. Außerdem wurde sie im Krankenhaus gebraucht. Eine Überlegung jagte die andere, bis ihr schwindlig wurde.

»Du musst deiner Schwester helfen«, verlangte ihre Mutter.

Karl erhob sich, steckte die Hände in die Hosentaschen. »Das kann ich nicht. Wie denkt ihr euch das? Ich bin nur der Bürgermeister und kann gegen den Kreisleiter nichts ausrichten. Ich riskiere sowieso schon einiges, weil ich es euch erzählt habe.«

Mit einem Schlag war Franziska nicht mehr verzweifelt. Nur noch ernüchtert. Ungläubig stand sie ebenfalls auf. »Dann rennst du jetzt am besten ganz schnell nach Hause zu deiner Frau und ziehst dir die Decke über den Kopf, wie bisher auch. Nicht, dass du am Ende mitbekommst, was draußen in der Welt Schreckliches passiert. Verhüte Gott, dass der Herr Bürgermeister eine unbequeme Entscheidung treffen muss, nein, das wollen wir nicht.«

»Dein Sarkasmus ist unangebracht. Immerhin bin ich gekommen, um dich zu warnen.«

»Dafür bin ich dir dankbar. Und nun scher dich raus!« Erneut begann die Wut in Franziska zu brodeln. Sie musste das unter Kontrolle bekommen, durfte sich nicht ständig von ihren Gefühlen leiten lassen.

»Was mache ich jetzt?«, fragte sie ratlos ihren Vater, nachdem Karl weg war. »Soll ich rauf in die Berge gehen? Vielleicht bin ich zu unwichtig, als dass sie mich suchen werden?«

»Versuch zu schlafen, und überlass alles Weitere mir. Wir sind nicht angewiesen auf die Unterstützung anderer. Wir Schwarzenbergs haben uns schon immer selbst geholfen und werden es auch dieses Mal tun.« Er wandte sich an seine Frau.

»Anna, wir beide fahren morgen früh nach München, gleich nach Sonnenaufgang. Und vorher gibt es etwas, über das ich mit dir reden muss.«

16

Bad Reichenhall, Juni 1944

Sie machte sich keinerlei Illusionen darüber, dass Franziska eine schlaflose Nacht verbrachte. Auch Anna würde kein Auge zutun können. Das Leben ihrer Tochter war in Gefahr.

Nachdem sie in ihr Nachthemd geschlüpft war, legte sie sich zu Michael ins Bett und schmiegte sich an ihn. Seine Gegenwart gab ihr Kraft, obwohl die Angst sich langsam in ihrem Inneren auszubreiten begann wie kalter Nebel. Ein Gefühl, das sie verabscheute.

»Bitte sag mir, dass du einen Ausweg weißt«, flüsterte sie.

»Das tue ich. Aber er wird uns einiges abverlangen.«

»Alles, wenn es sein muss. Es gibt nichts, dass ich nicht tun würde, um mein Kind zu schützen.«

»Bist du dazu bereit, dich deinem größten Feind zu stellen?«

Sie sog scharf die Luft ein. Im Raum war es absolut dunkel, aber sie wusste, dass ein kleiner Strauß Maiglöckchen auf ihrem Frisiertisch stand. Bildete sie es sich ein, oder roch sie ihren Duft tatsächlich bis hierher? In der Geborgenheit ihres Schlafzimmers, des Hotels, der Familie, fühlte sie sich sicher. Anna ahnte, von wem Michael sprach.

»Wenn du an meiner Seite bist, fürchte ich selbst einen Friedrich Bahlow nicht.«

Er drehte sich zu ihr, legte eine Hand an ihre Wange, wie um durch die Berührung die Dringlichkeit seiner Worte zu verstärken. »Er sitzt in der Gestapo-Zentrale im Wittelsbacher Palais und ist dort ein hohes Tier.«

»Also könnte er eine Verhaftung verhindern?«

»Davon müssen wir ihn überzeugen.« Michael hauchte einen Kuss auf Annas Lippen.

»Das werden wir.«

Als sie sich frühmorgens am nächsten Tag ihren Weg durch die Trümmer der Münchner Innenstadt bahnten, verließ Anna der Mut. Wer sollte sich angesichts dieser Zerstörung dafür interessieren, was mit Franziska Fischer aus Bad Reichenhall geschah? Würde es überhaupt jemand zur Kenntnis nehmen, falls sie einfach verschwand? Oder war der Untergang einer Einzelperson im Chaos des Krieges nicht mehr als eine Bagatelle? Michael schien ihre Verzweiflung zu ahnen, denn er drückte aufmunternd Annas Hand, bevor sie das beeindruckende Gebäude betraten, dessen Eingang von zwei steinernen Löwen flankiert wurde. Im Keller befand sich das Gestapo-Gefängnis, das wusste jeder. Herrschte deshalb eine beklemmende Atmosphäre in den Gängen, oder lag das an den zahllosen Grausamkeiten, die hier an den Schreibtischen beschlossen wurden?

Wie hatte Michael es geschafft, dass der stellvertretende Leiter der Zentrale sie kurzfristig empfing? Sicher nicht, indem er unter seinem richtigen Namen um einen Termin angesucht hatte. Annas Verdacht bestätigte sich, als sie Bahlows Büro betraten und sich seine Augen bei ihrem Anblick überrascht weiteten. Natürlich erkannte er sie.

Forsch schritt ihr Mann voran über das knarzende, antike Parkett durch einen großen Raum mit hohen Stuckdecken, in dem die Büroeinrichtung seltsam deplatziert wirkte. In ihrer Panik, dem Monster näher zu kommen, fielen Anna unwichtige Kleinigkeiten auf. Staub auf den Büchern im Regal, ein Tintenfleck auf Bahlows Daumen und schließlich sein Gesicht, dem die vergangenen achtunddreißig Jahre keinerlei Wärme geschenkt hatten. Sein Haar war schütter und weiß geworden, die markanten Wangenkonturen schlaff. Der kalte Ausdruck in seinem verbleibenden hellen Auge erinnerten sie an ein Reptil. Er musste an die fünfundsechzig sein und hatte es weit gebracht in der Hierarchie der Gestapo.

Auf seinen Wink hin schloss die Sekretärin die Tür, die in unerreichbar scheinender Ferne hinter ihnen am anderen Ende des lang gezogenen Zimmers lag. Er stand nicht auf und bot ihnen keinen Platz an.

»Sie wissen, wer wir sind?« Michael hielt sich nicht mit Floskeln auf.

»Zumindest nicht mein eigentlich eingetragener Neun-Uhr-Termin. Und Sie habe ich in meinem Leben noch nie gesehen. An Sie jedoch«, er wies mit ausgestrecktem Zeigefinger auf Anna, als wäre sie ein Möbelstück, »habe ich eine vage Erinnerung.«

»So vage, dass sie dir sogar nach all der Zeit für alle sichtbar ins Gesicht geschrieben steht.« Sie deutete ebenfalls ungeniert mit dem Finger. Auf die Klappe, die Bahlows linkes Auge bedeckte.

»Das kleine Küchenmädchen. Immer noch eine Wildkatze, wie mir scheint. Da haben Sie sicher viel Spaß mit ihr, guter Mann. Auch wenn sie ein wenig in die Jahre gekommen ist.« Er grinste dreist, doch weder Anna noch Michael ließen sich provozieren, starrten ihn lediglich stumm an, bis er fragte: »Was wollt ihr?«

»Sie werden veranlassen, dass eine Person, deren Namen wir Ihnen nennen, nicht durch Ihre Schergen verhaftet wird. Darüber hinaus stellen Sie uns ein amtliches Dokument aus, in dem dasselbe nochmals bestätigt steht, nur für den Fall, dass es Schwierigkeiten gibt.«

Bahlow lachte laut auf. »Warum sollte ich das tun? Wenn ich genauso gut den Wachdienst rufen kann, um Sie beide entfernen zu lassen?«

»Weil Sie ansonsten große Probleme mit Ihrem Vorgesetzten bekommen. Durch Informationen, die ich ihm geben werde. Und die an sicherer Stelle hinterlegt sind und weitergeleitet werden, sollte mir oder meiner Frau etwas zustoßen und wir nicht bis heute Mittag wohlbehalten zurück in Bad Reichenhall sein.«

»Mein lieber Schwan, Sie amüsieren mich.« Mit manikürten Fingern zog Bahlow eine Zigarette aus einem goldenen Etui. »Auch wenn ich Sie reichlich dreist finde.« Er steckte sie an, inhalierte den Rauch tief, stieß ihn in einer Wolke aus und machte sodann eine abfällige Handbewegung in Richtung Anna. »Falls Sie auf die Geschichte anspielen, die sich Ihre Gattin dazumal zurechtgesponnen hat – wäre sie tatsächlich wahr, wäre sie mittlerweile längst verjährt. Und würde zudem meinen Vorgesetzten nicht interessieren. Für wen halten Sie sich?«

Anna zählte innerlich bis zehn. Sie war aufgewühlt, wollte es sich aber nicht anmerken lassen. Ihr Gegenüber reagierte genauso, wie Michael es gestern Nacht vorausgesagt hatte. Sie ließ Bahlow nicht aus den Augen, beobachtete jede seiner Regungen auf die nächsten Worte ihres Mannes.

»Für jemanden, der beweisen kann, dass Sie während Ihrer Karriere in der NSDAP und der Gestapo nicht nur die Partei um große Summen erleichtert haben, sondern auch die Sicherheitspolizei. Sie haben betrogen, ein Vermögen unterschlagen, und ich kann belegen, wann und wie viel, weil ich sie seit Jahrzehnten überwachen lasse. Ich weiß sogar, wo Sie das Geld versteckt haben. Falls Sie mir nicht glauben, werfen Sie bitte einen Blick auf diese Aufstellung.«

Er reichte ihm ein Blatt Papier. Beim Überfliegen verlor Bahlows Gesicht jegliche Farbe, er wirkte mit einem Schlag aschfahl.

»Sie Dreckskerl. Was wollen Sie?«

»Das sagte ich bereits.« Michael brachte sein Anliegen nochmals vor.

Bahlow tat, was er verlangte, stellte auch das gewünschte Schreiben aus, und am Ende schlug er einen anderen Ton an.

»Wer garantiert mir, dass Sie mich nicht trotzdem hinhängen?«

»Niemand. Aber ich gebe Ihnen mein Wort.«

»Bitte, Herr Schwarzenberg, darauf kann ich mich doch verlassen? Sie wissen ebenso gut wie ich, dass die Unterschlagung von Staatsmitteln ähnlich streng geahndet wird wie Hochverrat, da ist die Partei etwas kleinlich. Ich wäre ein toter Mann, wenn das rauskommt, mein Leben liegt in Ihren Händen.«

»Aus diesem Grund versichere ich Sie meiner Diskretion.«

»Dann danke ich Ihnen.« Nun erhob er sich tatsächlich und streckte Michael die Hand hin, die dieser ignorierte. Bevor der stellvertretende Gestapo-Chef auf die Idee kam, sie auch noch Anna hinzuhalten, machte sie ein paar Schritte zurück. Friedrich Bahlow würde sie nie wieder berühren.

Draußen vor dem Wittelsbacher Palais musste sie kurz innehalten. Ihr Atem ging stoßweise. »Mir ist schlecht, Michael.«

Er legte einen Arm um ihre Schultern und führte sie mit sich. »Du hast die Begegnung großartig gemeistert, mein Schatz. Es war wichtig, dass du dabei warst. Er musste dich sehen, und wir mussten ihm die Möglichkeit geben, endlich Reue zu zeigen. Es hätte schließlich sein können, dass er uns freiwillig beisteht, um Abbitte zu leisten. Weil er sein Verbrechen an dir bereut.«

»Das hat er nicht. Mit keinem einzigen Wort. Er ist erst zu Kreuze gekrochen, als klar war, dass du ihn in der Tasche hast.«

»Ich weiß, Anna. Ich weiß.«

Sie beeilten sich mit dem Rückweg, erleichtert, die Gefahr abgewendet zu haben. Doch als sie im Grandhotel ankamen, herrschte Chaos. Emma schluchzte hemmungslos in den Armen von Adele, die Zimmermädchen rannten wie aufgescheuchte Hühner herum. Allein Friedel Paul, Urgestein an der Rezeption und aufgrund Personalmangels vorübergehend aus dem Ruhestand zurückgeholt, wahrte die Fassung. An ihn wandte sich Michael.

»Was ist passiert?«

»Walter Loibl war hier und hat Franziska in Schutzhaft genommen.«

»Dazu war er nicht berechtigt!«, rief Anna. »Sicher hatte er keinen schriftlichen Befehl aus München erhalten, das ist absolut unmöglich. Er muss eigenmächtig gehandelt haben.« Sie hielt sich am Empfangstresen fest, weil ihr schwindlig wurde. War alles umsonst gewesen? Waren sie zu spät gekommen? Oder hatte Friedrich Bahlow es gewagt, sie zu hintergehen?

»Wo haben sie sie hingebracht?«

»Rüber in die Poststraße, Herr Schwarzenberg. Aufs Präsidium.«

Er hatte kaum geendet, da rannten Anna und Michael bereits davon. Zur Poststraße war es nur ein Katzensprung. Walter Loibl stand hinter dem Schalter der Polizeiwache, als wäre er der Inspektor persönlich. Am liebsten hätte ihn Anna körperlich angegriffen, so wütend war sie auf ihn, aber sie riss sich zusammen. Zu ihrer großen Überraschung war Karl bei ihm und redete auf ihn ein, dabei gestikulierte er wild.

»Das kannst du nicht machen. Ich lasse es nicht zu!« Derart außer sich hatte sie ihren Sohn noch nie erlebt. Er packte seinen Schwiegervater am Hemdkragen und schüttelte ihn. Doch der lachte ihn aus.

»Siehst ja, dass ich es kann. Wenn du nicht sofort nach Hause verschwindest oder in dein Büro oder wo auch immer du dich ständig hin verdrückst, bekommst du Schwierigkeiten, das verspreche ich dir. Wie konntest du es zulassen, dass diese Fischer derart mit meiner Grethe umspringt? Eigentlich hättest du den Vorfall melden müssen. Aber wie Grethe immer sagt: ‚Der Karl ist ein richtiger Versager, der macht gar nix, was man ihm nicht vorher anschafft.'«

»Das reicht.« Michael schien deutlich beherrschter als sie, Anna wusste jedoch, dass seine ruhige Stimme nichts darüber verriet, wie es in ihm aussah. »Wir sind gekommen, um unsere Tochter abzuholen.«

Loibl grinste so breit, dass es seinen Schnauzbart auseinanderzog. »Das glaub ich nicht. Da könnt ja jeder kommen. Frau Fischer wird mit dem nächsten Transport nach Dachau verbracht und von dort aus weiter in ein Außenlager, über das ich nicht berechtigt bin, Sie zu informieren.«

»Dafür brauchst du einen offiziellen Bescheid. Kann ich den sehen?«

»Nein.«

»Weil du keinen hast!«

»Ich erwarte ihn zur Stunde aus München.«

Anna schlug mit beiden Händen auf den hölzernen Tresen. »Du lässt sie sofort frei! Was glaubst du eigentlich, wer du bist?«

»Derjenige, der hier das Sagen hat. Und wenn du nicht zusammen mit deiner Tochter ins Arbeitslager fahren willst, hältst du jetzt den Mund. Hertha erzählt mir andauernd, was für ein unverschämtes Weibsbild du bist. Bildest dir wohl allerhand ein, was?«

»Depesche aus München!« Ein dünner junger Mann in SA-Uniform, mit einem schlimmen Pickelrasen auf den roten Wangen, brachte einen Zettel herein, den ihm der Kreisleiter sofort aus der Hand riss.

»Da haben wir es ja. Lassen Sie schon mal den Wagen an, Schachthuber, die Gefangene wird gleich herausgeführt. Und sagen Sie vorher unten Bescheid, dass sie Frau Fischer Handschellen anlegen sollen.«

Anna schnappte nach Luft.

Mit gelüpften Brauen überflog er das Schreiben, dann zerbröckelte sein triumphierender Gesichtsausdruck, und eine tiefe Röte stieg vom Hemdkragen bis hinauf an seine Stirnglatze. »Das kann nicht sein!«, brüllte er. »Das ist ein Irrtum. Abtransportieren!« Er zerknüllte es und warf es auf den Boden. Karl hob es auf und las es ebenfalls.

»Hier steht, dass gegen Franziska Fischer kein Haftbefehl ausgestellt werden darf, weil die Anschuldigungen gegen sie haltlos sind und eine Deportation nicht rechtfertigen.«

»Das interessiert mich nicht!«, stieß Loibl hervor.

»Sollte es aber«, entgegnete Michael schneidend. Er hielt ihm das zweite Schreiben unter die Nase. »Der stellvertretende Leiter der Gestapo München hat mir persönlich diesen Brief mitgegeben. Sein Vertrauen in die örtliche SA, was das Umsetzen von Anordnungen betrifft, ist nicht das beste, wie er mir verraten hat. Ehrlich gesagt, hat er mich sogar explizit gefragt, was ich von dir halte und ob die Kompetenz in Bad Reichenhall nicht besser in fähigere Hände gelegt werden sollte. Wahrscheinlich denkt er dabei an seinen Sohn, der zwar mit der SS abgerückt ist, aber ganz schnell wieder hier sein kann, sollte sein Herr Vater das für notwendig erachten. Wolf Bahlow, ich glaube, du kennst ihn.«

Schweißperlen traten auf Loibls kahle Stirn, die nicht an den Temperaturen liegen konnten, sondern sichtbares Zeugnis dafür waren, dass er kurz vor dem Explodieren stand. Anna fragte sich, was nötig war, ihn noch einen Schritt weiter zu bringen. So weit, dass er sich vergaß. Er war ein zorniger kleiner Kerl. Jemand, dem es leichtfiel, Grausamkeiten in Auftrag zu geben und vielleicht auch, sie selbst auszuführen. Sie hatte von einigen Personen gehört, die Walter Loibl nicht leiden konnte und die im Rahmen dubioser Nacht-und-Nebel-Aktionen verschwunden waren. Wie er es mit Franzi vorgehabt hatte.

»Herr Schachthuber!«, rief Karl laut, und der junge Mann

kam die Treppe herauf, die zu den Arrestzellen führte. »Es handelt sich um einen Irrtum. Frau Fischer wird umgehend freigelassen. Sowohl im Telegramm aus München als auch im persönlichen Schreiben von der Gestapo steht ausdrücklich, dass sie nicht festgenommen werden darf. Der Herr Kreisleiter hat da etwas missverstanden. Bringen Sie Frau Fischer zu uns.«

»Jawohl, Herr Bürgermeister.«

»Das werdet ihr bereuen«, zischte Loibl hasserfüllt. »Und du«, sein Finger schnellte in Richtung Karl, »bist ein heimtückischer Verräter. Wirst schon sehen, wohin dich das bringt.«

Niemand erwiderte etwas auf die Tiraden, denn in diesem Moment erblickten sie Franziska.

»Du lieber Gott, Kind!«, rief Anna. »Was haben sie dir angetan?«

»Sie ist hingefallen. Die Treppe in den Keller runter ist steil«, bemerkte Walter Loibl sarkastisch. »Schert euch raus hier, alle miteinander.«

Franziskas Nase blutete, die Haut über ihrem Wangenknochen schimmerte dunkelrot und war dabei anzuschwellen. Am Hals hatte sie Würgemale. Mit einer Hand hielt sie sich den Bauch, mit der anderen hakte sie sich bei ihrem Vater unter, der sie im Hinausgehen stützte. Sobald er sie festhielt, hörte sie auf zu zittern. Sie straffte die Schultern und warf Loibl einen Blick zu, in dem Verachtung lag.

»Ich habe das Auto da«, sagte Karl und öffnete die Beifahrertür. »Steig ein, du kannst unmöglich nach Hause laufen.«

Mit schmerzverzerrtem Gesicht glitt sie auf den Sitz.

»Wer hat dir das angetan?«, fragte Anna.

Tränen schimmerten in den Augen ihrer Tochter, und dunkle, kalte Wut. »Ich will nicht drüber reden.«

»Es war der Walter, oder?«

Sie presste die Lippen aufeinander und starrte geradeaus durch die Windschutzscheibe nach vorn, ohne zu antworten.

Franziska war womöglich gerade noch mit dem Leben davongekommen. Wer weiß, was mit ihr im Arbeitslager geschehen wäre. Aber Anna war klar, dass die Verhaftung sowie die erlebte Misshandlung sie dennoch verändern würde. Sie hatte Mitleid mit ihrer Tochter, die Finger des Bösen hatten sie berührt, gebrandmarkt. Wenn Anna die Augen schloss, spürte sie auch nach all den Jahren noch Friedrich Bahlows Hände um ihren Hals. So etwas ließ sich nicht vergessen, nur verdrängen, aber es ging nie ganz weg. Ein Verbrecher war lediglich durch das erpresste Zugeständnis eines anderen Verbrechers im Zaum gehalten worden. Die Loibls und Bahlows dieser Welt wurden immer stärker. Niemand gebot ihnen Einhalt.

Zurück im Grandhotel marschierte Michael sofort mit entschlossenem Gesichtsausdruck in sein Büro, während Anna und Adele sich um Franziska kümmerten. Karl schickten sie nach Hause. Zwar hatte er heute zum ersten Mal Rückgrat bewiesen, aber es war ihm anzumerken, wie er sich vor den Loibls fürchtete, Grethe eingeschlossen. Mit dieser Art von Schwäche vermochte Anna im Moment nicht umzugehen, Franziska brauchte ihren Beistand.

Später, als Michael aus dem Büro kam, war sie damit beschäftigt, den Essensplan für die kommende Woche zu schreiben. Sie konnte sich nur schwer konzentrieren, aber es musste getan werden. Die Kranken und Verwundeten mit anständiger Nahrung zu versorgen war mittlerweile fast unmöglich.

»Wie geht es dir?«, fragte er leise und küsste sie auf die Schläfe.

»Gut. Unser Kind ist in Sicherheit. Wir waren erfolgreich. Allerdings frage ich mich nach allem, was wir heute erlebt haben, wie viele Skrupel du hättest, dein Wort zu brechen, das du Bahlow gegeben hast?«

Ein grimmiges Lächeln umspielte seine Lippen. »Nicht die geringsten.«

Ob Friedrich Bahlow wegen Unterschlagung verhaftet wurde, nachdem Michael ihn noch am selben Tag anonym gemeldet hatte, oder ob er in den Trümmern des Wittelsbacher Palais starb, fanden sie nie heraus. Nur dass sich seine Spur im Juli 1944 verlor und er nie wieder auftauchte. Dass ein Bombergeschwader die Zentrale der Gestapo in München in Schutt und Asche legte, das sprach sich hingegen schnell herum. Angeblich war das Einzige, das davon übrig blieb, einer der beiden steinernen Löwen neben dem Portal.

Die Schwarzenbergs lebten täglich mit der Angst, dass Franziska wieder verhaftet werden könnte. Doch wo hätte sie sich verstecken sollen, wohin fliehen, wo alles um sie herum langsam im Chaos zu versinken drohte. Es war jedoch gerade der Zerfall des Deutschen Reiches, der ihnen ein klein wenig Hoffnung schenkte. Auf das Ende eines schrecklichen Krieges und darauf, dass die Macht von Walter Loibl und damit die andauernde Gefahr für ihre Tochter irgendwann vorbei sein möge.

Im Herbst, als es kalt wurde und die Nahrungsmittel noch knapper wurden, verließen die letzten männlichen Mitarbeiter das Hotel Schwarzenberg, die ganz jungen und die alten. Sie mussten sich dem Volkssturm anschließen, sogar die beiden Lehrlinge, die gerade einmal sechzehn waren. Zu Annas großer Erleichterung wurde Michael aufgrund seiner fehlenden Hand als unbrauchbar eingestuft und Karl als weiterhin unabkömmlich, da er kriegswichtige Arbeit verrichtete. Vermutlich hatte dabei sein Schwiegervater nachgeholfen, denn fast alle anderen Rathausmitarbeiter hatten weniger Glück. Damit hatte er ihn dann wohl vollständig in der Tasche. Walter Loibl selbst durfte mit seinen über sechzig Jahren daheim schalten und walten wie bisher, seiner Willkür waren keine Grenzen gesetzt.

17

Bad Reichenhall, Februar 1945

Der Hunger erzeugte eine Art von Schmerz, den Franziska kaum ertrug, ziehend, durchdringend und in ihren Kopf ausstrahlend, bis sie keinen vernünftigen Gedanken mehr fassen konnte. Ihren Eltern erging es vermutlich ähnlich. Die drei Erwachsenen teilten nämlich ihre Rationen mit Emma, damit wenigstens das Kind satt wurde. Gerade Michael war sichtlich abgemagert und erschien seiner Tochter zerbrechlich.

Zur allgemein aussichtslosen Ernährungslage kam der eisige Kriegswinter. Es war der sechste, er brachte Schnee und nicht enden wollende Flüchtlingstrecks aus Schlesien, Pommern und Ostpreußen. Georg kämpfte in Ungarn gegen die Rote Armee. Aus den wenigen Briefen, die Franziska erreichten, las sie Verzweiflung heraus.

Zusammen mit Anna lief sie sämtliche Höfe der Gegend ab, um Wertsachen gegen Lebensmittel zu tauschen. Viele Bauern zeigten sich unwillig, hatten selbst genug Münder zu füttern und kaum noch zu essen, außerdem waren die Schwarzenbergs nicht die Einzigen aus der Stadt, die etwas wollten. An einem düsteren Februartag schluckte Franziska ihren Stolz hinunter und stapfte mit ihrer Mutter den langen schneeverwehten Weg hinaus zum Erlenhofbauern. Der Wind erschwerte jeden ihrer Schritte, als wolle er sie daran hindern, an ihr Ziel zu gelangen.

»Wir haben nichts zu verschenken und schon gar nicht an

euch«, keifte die alte Bäuerin, bevor Helene sie zur Seite schob und aus der Tür des Hauses trat.

»Tut mir leid«, sagte sie. »Mama geht es nicht gut, seitdem Vater und auch noch mein jüngster Bruder gefallen sind. Das verkraftet sie nicht.«

»Mein Beileid. Das wusste ich nicht. Wir wollen nichts geschenkt, sondern hätten was zum Tauschen dabei.« Franziska klappte den Deckel ihres Korbes auf. »Schmuck oder zwei Pelzjacken.«

Helene zog die Tür hinter sich zu und schlang ein abgetragenes Wolltuch um ihre Schultern. »Gehen wir hinüber in den Stall. Dort ist es wärmer, und wir sind unter uns.«

Aus dem Stubenfenster starrten ihnen hohlwangige Gesichter nach.

Das Öffnen der Stalltür schreckte einige Vögel auf, die im Gebälk Schutz suchten. Bis auf eine Milchkuh, die letzte, waren sie die einzigen Tiere hier. Schweine, Pferde oder Geflügel gab es längst nicht mehr. Wenigstens waren die Frauen vor dem kalten Wind draußen geschützt und gleichzeitig umgeben von Erinnerungen an eine untergegangene Zeit, deren vertrauter Geruch hier noch in der Luft lag.

»Kartoffeln und Steckrüben kann ich euch anbieten. Dafür nehm ich die Jacken, den Schmuck behaltet mal, der hilft uns nicht weiter.« Violette Schatten lagen unter Helenes Augen, sie sah krank aus. Bellender Husten verstärkte diesen Eindruck.

Erleichtert, nicht mit leeren Händen heimzukommen, räumte Franziska die Sachen in den Korb und reichte ihr die Pelze.

»Beim Herkommen haben wir keinen Rauch aus eurem Kamin aufsteigen sehen und hatten schon befürchtet, ihr seid weg.«

»Uns ist das Feuerholz ausgegangen. Wie gesagt, Vater und Toni sind tot, der junge Adi ist schon vor drei Jahren gefallen. Es gibt keine Männer mehr auf dem Hof. Meine Schwestern, die Mutter und ich hatten Fieber, wir sind froh, das überlebt zu haben. Aber niemand von uns hat die Kraft, sich um Holz zu kümmern.«

Franziska legte eine Hand auf Helenes mageren Arm. »Das geht nicht, ihr braucht Wärme. Ich bringe euch einen Schlitten voller Scheite, heute noch, ich verspreche es.«

»Ausgerechnet du? Warum? Ich hatte nicht den Eindruck, dass du mich besonders gemocht hast, als der Karl und ich verlobt waren.«

»Ging mir mit dir genauso. Aber du gibst uns zu essen, und ich bringe dir Holz. Wenn wir uns nicht gegenseitig helfen, wer sonst? Anders schaffen wir es allesamt nicht. Dann lebt keiner mehr, wenn die Amis kommen.«

Helene nickte, wurde erneut von einem Hustenanfall geschüttelt.

»Und ich gebe Franzi was von meinem Kräutertee mit. Eine selbst gemachte Tinktur hab ich auch noch«, sagte Anna. »Das wird euren Husten kurieren.«

Kurz drückte Helene Franziskas Hand. »Scheint, als hätten wir einander falsch eingeschätzt damals, jung und dumm, wie wir waren. Ich danke euch.«

»Wir danken dir. Bis später.«

Auch die Brennholzvorräte im Grandhotel Schwarzenberg schmolzen dahin, da sie im Rahmen des Krankenhausbetriebs nicht nur zum Heizen, sondern ebenfalls zum Auskochen von Instrumenten und Wäsche gebraucht wurden. Trotzdem schichtete Franziska wie versprochen einen Schlitten derart voll, dass sie ihn gerade noch ziehen konnte. Ein Zimmermädchen half beim Anschieben, da sie es mit der schweren Last nicht allein durch den Schnee schaffte. Mühsam kämpften sie sich hinaus zum Erlenhof, wo Helene und ihre Schwestern die Holzscheite dankbar abluden. Die Aktion dauerte den ganzen Tag.

»Respekt, dass du nicht jammerst, Käthe«, lobte Franziska das Mädchen auf dem Rückweg.

»Unterwegs hatte ich keine Luft dafür, und wie ich dann gesehen hab, in welchem Eiskeller die Hubers hausen, ist es mir vergangen.«

»Ich hoffe, in der Stube wird es bald warm.«

»Ob Wärme allein der alten Bäuerin hilft, bezweifle ich. Die schaut aus wie der Leibhaftige.«

Zurück in Bad Reichenhall schickte Franziska Käthe umgehend nach Hause, damit sie wegen der Strapazen nicht auch noch krank wurde, dann zog sie den Schlitten in den Hinterhof des Hotels zum Geräteschuppen.

Es war reiner Zufall, dass sie ihn entdeckte, denn durch den starken Schneefall konnte sie kaum etwas sehen. Seitlich neben dem Schuppen, mit dem Rücken an der Wand, kauerte ein Soldat. Er trug keine Wehrmachtsuniform, so viel erkannte sie auf einen Blick. Auf seiner Jacke prangte die amerikanische Flagge. Nur sein Oberkörper war unter dem überstehenden Dach vor dem Wetter geschützt, auf den Beinen lag bereits eine Schneeschicht bis zu den Oberschenkeln.

Langsam trat Franziska einen Schritt zurück und spähte nach einer Waffe. Lediglich die Schneeschaufel stand in greifbarer Nähe. Erst jetzt fiel ihr im Zwielicht des Nachmittags auf, dass der Soldat die Augen geschlossen hatte und der Schnee unter ihm rot verfärbt war. Sie stupste ihn mit der Schaufel an, und er kippte lautlos zur Seite.

»Verdammt!«, fluchte Franziska. Sie schlüpfte aus einem ihrer Handschuhe, hielt die provisorische Waffe mit der anderen Hand fest umklammert und beugte sich vor, um nach dem Puls des Mannes zu tasten.

Seine Haut war eiskalt, aber unter ihren Fingerkuppen pochte es ganz leicht an seinem Hals.

»Mist, Mist, Mist! Was mache ich mit dir?«

Sie blinzelte zurück zum Haus. Die Fensterläden waren schon geschlossen, und niemand beobachtete sie. Sie musste eine Entscheidung treffen, sah zwischen der Schaufel und dem Verwundeten hin und her.

Sie fluchte wieder und warf das Werkzeug weg. Unter Aufbietung aller Kräfte, die ihr nach dem langen Marsch noch geblieben waren, zog sie den Mann auf den Schlitten. Sie legte eine alte Decke aus dem Schuppen über ihn und schob ihn zum Hintereingang des Hotels. Allein würde sie ihn niemals zur Kellertreppe befördern können. Anna kam ihr entgegen.

»Gut, dass du wieder da bist, es wird dunkel, mach schnell die Tür zu. Hast du die Käthe heimgeschickt?« Sie stutzte. »Was liegt da auf dem Schlitten?«

Franziska schlug die Decke zurück, und ihre Mutter gab einen erstickten Laut von sich.

»Pst, sonst hört uns jemand. Hilf mir, ihn in den Keller zu bringen.«

»Bist du wahnsinnig?«, zischte Anna. »Das ist ein Amerikaner! Ist er tot?«

»Nicht ganz. Er lag draußen am Schuppen, verwundet. Komm, beeilen wir uns.«

Nach einem prüfenden Blick in den Gang zur Küche und einem tiefen Seufzer von Anna schleppten sie ihn die Treppe hinunter in einen leeren Raum, in dem normalerweise Vorräte gelagert wurden.

»Meine Güte, der ist ja noch ein Bub! Nehmen sie bei den Amis auch schon Kinder, wie bei uns?«

»Stimmt, er sieht jung aus«, pflichtete Franziska ihr bei. »Warte hier, ich hole Kissen und Decken und eine Matratze.«

Der Verletzte gab ein Stöhnen von sich.

»Auf keinen Fall. Du hast ihn angeschleppt, du bewachst ihn. Ich bringe die Sachen.« Bevor Anna nach oben lief, reichte sie ihrer Tochter einen Hammer aus der Werkzeugkammer nebenan.

Bravo, dachte Franziska. *Soll ich ihm damit eins überbraten, falls er mich zu überwältigen versucht? Mama hat recht, er ist kaum mehr als ein Kind und so schwach, dass er niemandem schaden könnte, selbst wenn er wollte.* Trotzdem durchsuchte sie ihn rasch und nahm ihm seine Waffe ab. Sicher war sicher.

Sobald Anna zurück war, zogen sie ihm die blutige Uniform aus und untersuchten seine Wunde.

»Durchschuss. Anscheinend keine lebenswichtigen Organe verletzt, sonst wäre er längst tot. Wir waschen und verbinden ihn, betten ihn warm, und dann zweigen wir was von den Kartoffeln für ihn ab, Mama. Wenn er zu sich kommt, wird er Hunger haben.«

»Falls er zu sich kommt.«

Sie knieten neben ihm, beäugten besorgt die eiskalte, bläuliche Haut. Hoffentlich hatte er sich keine Erfrierungen geholt.

Im selben Moment, als ihr dies in den Sinn kam, rief sich Franziska zur Räson. Warum sollte sie so etwas hoffen? Es wäre für alle besser, wenn er nicht mehr aufwachte. Genau genommen wäre es am praktischsten gewesen, sie hätte ihn draußen sitzen lassen, dann hätte der Winter die Sache mittlerweile erledigt, und sie würden sich nicht des Verrats schuldig machen, indem sie den Feind beherbergten.

»Gefährlich sieht er nicht aus«, murmelte Anna, als könnte sie Gedanken lesen. »Bestimmt hat er irgendwo eine Mutter und einen Vater, die sich um ihn sorgen und hoffen, dass er gesund nach Hause kommt.«

»Du hättest ihn auch aus der Kälte geholt, oder?«

»Selbstverständlich, Kind.«

In den Tagen darauf kämpfte der junge Mann um sein Leben.

Er hatte viel Blut verloren, und nur Franziskas und Annas mittlerweile umfassender medizinischer Erfahrung und Pflege war es zu verdanken, dass er nicht starb. Es war nicht einfach, seine Anwesenheit geheim zu halten. Michael wusste natürlich davon, Adele auch, und eines Nachmittags kam Emma überraschend dazu, die im Hotel herumgeisterte.

»Wer ist das?«, fragte sie hinter Franziskas Rücken.

Erschrocken fuhr sie herum. »Kind! Was machst du hier? Du hast im Keller nichts verloren.«

»Mir war langweilig. Ich darf nicht raus, und keiner spielt mit mir. Die Frieda kommt nicht mehr, weil ihre Mutter sie nicht lässt. Lebt er noch?« Interessiert beugte sie sich über den Schlafenden, der just in diesem Augenblick die Augen aufschlug.

»*Little angel*«, murmelte er, bevor ihm die Stimme versagte.

Franziska schob Emma aus seinem Blickfeld. Sie verstand nicht viel Englisch, nur dass er Will Harrison hieß, angeblich neunzehn Jahre alt war, was sie bezweifelte, und aus Chicago kam, hatte er ihr bisher in gebrochenem Deutsch mitgeteilt. Auf die Idee, dass ihre Tochter ein kleiner Engel war, brauchte er gar nicht erst zu kommen.

Abends vor dem Zubettgehen ließ sie Emma schwören, mit niemandem über den Jungen zu reden, nicht einmal mit ihrer Cousine. Aber sie ahnte, dass die Tage gezählt waren, in denen er im Keller bleiben konnte – zu unsicher war die Lage.

Als es Will ein wenig besser ging, saß Michael bei ihm, der seine Sprache beherrschte und ihm Gesellschaft leistete. Freilich bekamen sie nie aus ihm heraus, was geschehen war, wie er mit einem Loch in der Seite zum Schuppen des Grandhotels gelangt war. Angeblich erinnerte er sich nicht daran. Das mochte stimmen oder nicht, für die Schwarzenbergs machte es keinen Unterschied. Irgendwie schenkte es ihnen allen eine Art trotziger Kraft, für ihn zu sorgen. Etwas Verbotenes zu tun, von dem sie wussten, dass es gut war. Franziska hoffte von Herzen, dass auch Georg Hilfe erfahren würde, wäre er in einer ähnlichen Situation.

Bestimmt war es nicht Emmas Absicht gewesen, ihrer Familie zu schaden, doch ein derart großes Geheimnis konnte nicht von einer Elfjährigen gewahrt werden, es drängte heraus.

Franziska ahnte, was geschehen war, als Karl wieder einmal überraschend vor ihr stand. Sie war im Waschhaus, kochte die Leintücher der Krankenbetten aus, eine anstrengende Arbeit, die sie bei der Kälte wenigstens warm hielt. Ihr Haar hatte sie mit einem Tuch aus dem Gesicht gebunden, trotzdem kräuselten sich ein paar gelöste Strähnen im feuchten Dampf und kitzelten sie an der Stirn. Mit einer unwirschen Handbewegung schob sie sie weg und rieb sich den schmerzenden Rücken. Dabei entdeckte sie Karl, der unbemerkt hereingekommen war, mit verschränkten Armen an der Tür stand und sie beobachtete.

»Seit wann bist du hier?«, fragte sie knapp.

»Eine Weile.«

»Was willst du?«

»Kannst du eine Pause machen? Ich muss mit dir reden. Bitte.«

Sie nickte, schlüpfte in ihren Mantel und trat vor die Tür. »Sollen wir hinüber ins Haus gehen?«

»Lieber nicht, hier hört uns keiner. Frieda meint, Emma behauptet, bei euch im Keller liege ein verwundeter Amerikaner. Sie will ihn sich unbedingt ansehen.«

Franziska holte tief Atem und stieß die Luft aus, die für einen Moment als kondensierter Nebel vor ihrem Mund waberte. »Wem hat das Kind noch davon erzählt? Grethe? Dann Gnade uns Gott, diesmal kann mir keiner helfen!«

»Es stimmt also?« Er fasste sie an den Schultern. »Himmelherrgott, Franzi, weißt du, was das bedeutet?«

Sie sah in sein Gesicht, das ihr vertraut war wie kaum ein anderes. Früher hatte sie geglaubt, ihn zu kennen, zu wissen, was er für ein Mensch war. Inzwischen war sie sich nicht mehr sicher.

»Ja. Dass durch unsere Hilfe vielleicht ein Junge weniger stirbt in diesem Wahnsinn.«

»Du weißt, was ich meine.«

»Nein! Was ist los mit dir?« Sie musste ihn einfach anschreien. »Steckt in dem rückgratlosen Politiker, den ich vor mir sehe, noch irgendwo mein Bruder, oder hat seine Frau ihn mittlerweile völlig gehirngewaschen?«

Sie schüttelte seine Hände ab, schlug mit den Fäusten gegen seine Brust, bis er einen Schritt zurücktrat.

Wütend funkelten sie einander an, auch Karls Atem ging stoßweise.

»Er kann nicht bei euch im Keller bleiben, es ist zu gefährlich.«

»Ich werde ihn unter gar keinen Umständen melden.«

»Das wird nicht nötig sein. Vermutlich wird Grethe das übernehmen oder ihre Mutter. Es ist nur eine Frage der Zeit, bis die beiden rausfinden, was los ist. Frieda ist ein lieber Spatz, aber sie kann absolut kein Geheimnis für sich behalten.«

Angst erfasste Franziska. Mit zitternden Fingern zog sie das Tuch vom Kopf und knetete es in ihren Händen. Was sollte sie tun? Dieses Mal würden sie es nicht dabei belassen, sie zusammenzuschlagen, sie würden sie erschießen. Und ihre Familie wahrscheinlich gleich dazu.

»Wir bringen ihn zu den Elefanten.«

Entgeistert starrte sie ihn an. »Was sagst du da, Karl?«

»In die Alte Saline. Ich habe uralte Pläne von Papa zu Hause, darauf sind stillgelegte Stollen und Kammern verzeichnet, von denen keiner mehr weiß. Niemand wird ihn dort finden, es ist ein Labyrinth. Was Besseres fällt mir auf die Schnelle auch nicht ein.«

Wegen der zahlreichen Bombenangriffe auf München waren die Elefanten des Zirkus Krone im Sommer nach Bad Reichenhall gekommen und unterirdisch in der Alten Saline untergebracht worden. Karls Idee war ein Hoffnungsschimmer. Dort wäre Will sicher. Und seine Versorgung weiterhin möglich, denn viele Leute besuchten die Tiere. Franziska würde nicht auffallen.

»Du willst uns helfen?«

»Zeit wird's, oder?«

Sie fiel ihm um den Hals, drückte ihn fest an sich und küsste seine Wange. »Das vergess ich dir nie, Karl.«

»Wird er den Transport schaffen? Wir müssen ihn gleich heute Nacht wegbringen, heimlich.« Er wirkte etwas verlegen, als hätte er Angst vor der eigenen Courage. »Es ist Neumond, da wäre es dunkel genug. Dein Vater wird uns nicht helfen können, mit seiner einen Hand, aber Mama vielleicht. Kein Wort zu Emma, hörst du?«

Aus ihm sprach der Praktiker, Franziska sah ihm an, dass er bereits überlegte, wie er die Sache umsetzen konnte. Er war Wills einzige Chance.

»Wir machen es allein«, flüsterte sie. »Nur du und ich. Nicht auszudenken, wenn sie uns erwischen, Mama bleibt daheim.«

Er nickte. »Ist gut. Ich gebe dir noch Bescheid, wann wir uns treffen. Sieh zu, dass der Ami wenigstens ein Stück laufen kann, damit wir ihn nicht die ganze Strecke schleppen müssen.«

»Karl?«

»Ja?«

»Bist du dir absolut sicher? Wenn du uns hilfst, gibt es für dich kein Zurück mehr.«

Verstand er, worauf sie anspielte? Eine Aktion wie diese

würde ihn seiner Frau und den Schwiegereltern endgültig entfremden, eine unüberbrückbare Kluft in seine Ehe reißen. Und Franziska wäre dafür verantwortlich.

Er nickte. »Es wird alles gut, wirst schon sehen.«

18

Bad Reichenhall, Februar 1945

Wie er es vorhergesagt hatte, war die Nacht pechschwarz. Bad Reichenhall lag aufgrund der Ausgangssperre menschenleer vor Karl, die Ludwigstraße, die Salzburger Straße, die sie beide nicht betreten würden. Er hatte sich für die kleinen Gassen hinter den Hauptwegen entschieden. Normalerweise lief man zu Fuß vom Grandhotel zur Alten Saline in weniger als eine Viertelstunde. Mit dem verletzten Amerikaner würden sie länger brauchen. Will hielt sich tapfer für jemandem, dem man durch den Körper geschossen hatte, das musste Karl ihm lassen, er schien ein zäher junger Bursche zu sein. Auf der einen Seite stützte ihn Franziska, die andere hielt er sich mit schmerzverzerrtem Gesicht. Karl selbst pirschte ein paar Schritte voraus, um zu sehen, ob die Luft rein war.

Es roch frisch nach Neuschnee. Von der Rückseite des Hotels schlichen sie durch Hinterhöfe und Fußwege, kreuzten die Wisbacher Straße und machten eine Pause an einem Gartenzaun in der Rosengasse. Aus dem Augenwinkel sah Karl, wie die Haustür geöffnet wurde. Hastig gab er Franziska ein Zeichen, die sofort neben ihm auf die Knie sank und den Amerikaner mit sich zog. Zusammengekauert verharrten sie hinter dem Zaun. Ein Hündchen lief in den Garten, ein Dackel, dem Anschein nach. Arge Kläffer, wie Karl wusste. Er verrichtete sein Geschäft und näherte sich schnuppernd der Grundstücksgrenze. Falls er anfing zu bellen, wären sie verloren. Doch ein leiser Pfiff seines Besitzers ließ das Tier umkehren, bevor es sie erreicht hatte, und es verschwand im Haus. Erleichtert atmeten die drei auf.

»*That was close*«, flüsterte der Amerikaner.

»Ja, das war ziemlich knapp. *Let's go.*«

Franziska zupfte ihren Bruder am Ärmel. »Mir war nicht klar, dass du Englisch sprichst.«

»Internatserziehung in der Schweiz. Ich habe viele Talente, von denen du nichts weißt.«

»Für die nächste Zeit reicht es mir mit den Überraschungen. Ich muss immer noch verarbeiten, dass du all deine Prinzipien über Bord geworfen hast, um uns zu helfen.«

Er schüttelte den Kopf. Wofür hielt sie ihn? Für einen Feigling? Einen Wendehals?

»Man macht eben dumme Sachen aus Liebe«, brummte er.

Nun hatten sie die Alte Saline erreicht, drückten sich an die Wand eines der ehemaligen Sudhäuser, und Franziska hielt ihn an der Schulter fest. »Meinst du damit, dass du bisher alles getan hast, um es Grethe recht zu machen, oder dass du deiner verrückten kleinen Schwester bei einem Himmelfahrtskommando beistehst?«

»Such dir was aus. Und jetzt halt den Mund, wir müssen leise sein.« Mit einem alten Schlüssel seines Vaters, den dieser nie zurückgegeben hatte, schloss er eine Seitentür auf. *Ich bin der Salzmeier, Karl, ich habe ein Recht darauf, stets Zutritt zu meiner Saline zu haben*, war die Rechtfertigung gewesen, als er ihn einmal auf seine umfassende Schlüsselsammlung angesprochen hatte. Mit einem Tropfen Wehmut im Herzen dachte er an Leonhard. Wie hätte er sich in einer Situation wie dieser verhalten? Dann konzentrierte er sich wieder.

Im Hauptbrunnhaus war es nur unwesentlich wärmer als draußen. Hinter dem zweiten Wasserrad befand sich ein steinerner Torbogen in der Wand, mit einer verschlossenen schweren Holztür. Auch für diese fand Karl nach einigem Suchen den richtigen Schlüssel an seinem Bund. Über eine steile Treppe stiegen sie nach unten ins Stollensystem ein.

Erst an ihrem Fuß wagten sie es, Licht zu machen. Franziska hatte einen Karton voller Kerzen mitgenommen, dazu zwei Öllampen und einen Kanister zum Nachfüllen. Sie hatte Bedenken geäußert, Will könnte unter Tage im Dunklen sitzen und die Nerven verlieren, wogegen sie wohl vorsorgten. Karl schaltete eine Wehrmachtstaschenlampe ein, die sie auch für den Rückweg brauchten. Auf keinen Fall würde er sie dem Amerikaner überlassen. Für ihn war der Gedanke, sich im pechschwarzen Stollengewirr zu verirren, ebenfalls unerträglich. Er atmete durch. Die herrschenden zwölf Grad fühlten sich gegenüber der Außentemperatur geradezu angenehm an.

Über vierhundert Jahre alten Marmorboden, den die Schritte zahlloser Füße glatt poliert hatten und unter dem der Grabenbach dahingurgelte, ging es tiefer hinein in den Berg. Die Luft war feucht. An einer Kreuzung kontrollierte Karl die Richtung auf der mitgebrachten Karte.

»Nach links«, murmelte er.

An der Karl-Theodor-Quelle zweigten sie in einen niedrigen Gang ab, in dem sie nur gebückt vorwärtskamen, danach änderten sie die Richtung noch mehrere Male, bis Karl zufrieden war.

»Hier. Dieser Bereich wurde lediglich grob ausgehauen. Er ist auf keinem der aktuellen Pläne verzeichnet, wird nicht genutzt, und hierher kommt niemand. Besser wird es nicht.«

Der Amerikaner sah sich um. »*All right*«, sagte er, die Erschöpfung war ihm deutlich anzumerken.

Franziska richtete ihm aus mitgebrachten Decken ein provisorisches Lager.

Daneben stellte sie Kerzen und Lampen. »Das muss für eine Weile reichen. Er soll mit dem Licht sparen, erklär ihm das. Immer nur eine Kerze brennen lassen. Essen bringe ich ihm in zwei Tagen wieder. Hier im Korb sind Lebensmittel. Und aufs Klo …«

»… kann er in den Stollen nebenan ein Stück weiter nach hinten gehen«, fiel Karl ein. »Da kommt auch niemand hin.«

»Wo sind die Elefanten?«, flüsterte Franziska.

»Keine Ahnung. Hier mit Sicherheit nicht, es ist viel zu niedrig. Danach erkundige ich mich morgen, damit wir einen Weg von dort bis hierher finden können. Runzel die Stirn nicht so, Franzi, das kriegen wir schon hin. Hier ist der Ami besser aufgehoben als im Hotel.«

»Will«, korrigierte sie. »Sein Name ist Will.«

Mit gemischten Gefühlen ließen sie ihn zurück. Hoffentlich machte er keine Dummheiten, kam nicht auf die Idee, im Labyrinth der Stollen herumzugeistern, sonst wäre er tatsächlich für immer verschwunden. Allerdings war er dazu körperlich ohnehin nicht in der Verfassung. Viel größere Sorgen bereitete es Karl, ihn unauffällig versorgen zu können. So einfach, wie er vor Franziska getan hatte, würde es nicht werden.

Am darauffolgenden Nachmittag stattete er den Zirkuselefanten einen Besuch in seiner offiziellen Funktion als Bürgermeister ab. Niemand wunderte sich darüber, obwohl ihn die Dickhäuter bisher wenig interessiert hatten. Hinterher brütete er eine Weile über dem alten Stollenplan, bis ihm klar wurde, dass er seine Schwester auf keinen Fall allein losschicken konnte, um Will zu verpflegen. Sie würde sich verirren und wahrscheinlich nie gefunden werden. Entweder sie gingen zusammen, oder er machte es eben selbst. Worauf hatte er sich da eingelassen?

Abends warteten neben Grethe auch Walter und Hertha zu Hause auf ihn. Auf dem Tisch standen dampfende Kartoffelknödel und sogar ein Stück gepökeltes Fleisch.

»Was ist der Anlass für dieses Festmahl?« Erstaunt blickte er sich im Kreis der Familie um.

Seine Frau lächelte ihn an. »Kein besonderer. Mama und ich haben Frieda beigebracht, wie man Knödel macht. Wir hatten einen kurzweiligen Nachmittag in der Küche zusammen, haben viel geratscht dabei.«

Ein unangenehmes Ziehen durchfuhr Karl, das nicht vom Hunger stammte, sondern von einer bösen Vorahnung. Er befürchtete, die Richtung zu kennen, die das Gespräch nehmen würde. Zunächst jedoch zelebrierte Grethe das Familienessen, etwas, worauf sie großen Wert legte. Ihren Kochkünsten musste gehuldigt werden, sie wollte Dankbarkeit spüren. Leonhard hatte sich stets leichtgetan damit, sie zu bauchpinseln. Wahrscheinlich hatte sie ihn deshalb so gemocht und auf den gemeinsamen Mahlzeiten bestanden. Auch Karl gab sich Mühe, sagte, was sie zu hören wünschte.

»Vielen Dank, das hat köstlich geschmeckt. Besonders die Knödel, die Frieda gerollt hat. Ausgezeichnet.«

Das Mädchen gähnte.

»Ich bringe meine Enkelin ins Bett«, bestimmte Hertha. »Es war ein langer Tag.«

»Und ein besonders ereignisreicher«, meinte Grethe, sobald die beiden die Tür hinter sich geschlossen hatten. »Das Kind hat uns eine abenteuerliche Geschichte erzählt, von einem jungen Ausländer, der bei den Schwarzenbergs im Vorratsraum liegt und nur englisch spricht. Mit einem Loch im Bauch und einer Fahne mit Streifen und Sternen auf seiner Jacke.«

»Was für ein Unsinn!«

Walter setzte sich kerzengrade hin und sah ihn streng an. »Möglicherweise. Allerdings ist es unwahrscheinlich, dass Frieda sich so was ausdenkt. Angeblich hat ihre Cousine ihr davon erzählt.«

»Und ich sage euch, an der Sache ist nichts dran. Ihr wisst

doch, was sich kleine Mädchen so alles zusammenspinnen. Ihnen ist langweilig, sie denken sich Geschichten aus, erfinden Personen, das ist nur ein Spiel.«

Mit einem spitzen »Hm« erhob sich Grethe und begann den Tisch abzuräumen. »Das ließe sich leicht überprüfen.«

»Was genau meinst du mit überprüfen?«

Sie hob vielsagend die Augenbrauen. Ihr Vater antwortete. »Man könnte mit ein paar Männern von der Sicherheitspolizei im Grandhotel vorbeischauen.«

Es war egal, was er erwiderte. Ob er sie nun darauf hinwies, dass sie dabei waren, die Vernichtung der Schwarzenbergs billigend in Kauf zu nehmen. Ob er ihnen sagte, wie verletzend er es fand, dass sie seiner Mutter und Schwester bei jeder Gelegenheit etwas anhängen wollten. Ob er den tiefen moralischen Graben erwähnte, der sich in den letzten Jahren zwischen ihnen aufgetan hatte. Vollkommen egal. Noch ehe er sich mit ihnen an den Tisch gesetzt hatte – zum allerletzten Mal, beschloss er –, hatten sie bereits entschieden, was sie tun würden.

»Ich wette alles, was ich besitze, darauf, dass das genau in diesem Augenblick geschieht, während wir hier noch darüber reden und ihr so tut, als würde euch meine Meinung interessieren. Nicht wahr?«

Grethe vermied es, seinem Blick zu begegnen.

»Was soll dieser aufsässige Ton, Karl?« Walter hingegen grinste ihn süffisant an. »Willst du uns kritisieren, weil wir unserer Bürgerpflicht nachkommen? So wie beim letzten Mal, als du mir in den Rücken gefallen bist?«

»Gott bewahre.« Er stand auf und ging hinüber ins Schlafzimmer, nahm eine Tasche aus dem Schrank und räumte Hosen, Hemden und Unterwäsche hinein.

Grethe kam ihm nach. »Was machst du da?«

»Wonach sieht es aus?«

»Bist du beleidigt, weil wir bei deiner ach so tollen Schwester kontrollieren lassen?«

Er hielt nicht inne im Packen, musste seine Hände beschäftigen, um sie am Zittern zu hindern, so zornig war er. »Ich versichere dir, dass die Schwarzenbergs keinen Fremden verstecken und nichts dran ist am Geschnatter von Kindern. Aber du und deine Eltern, ihr müsst veranlassen, dass im Grandhotel einmarschiert wird wie vor einigen Jahren in Polen. Als wären sie Feinde. Mein Wort zählt in dieser Familie nichts, ich zähle nichts, und ich bin es leid, euer Hanswurst zu sein. Wir sind fertig miteinander.« Er schloss die Tasche und schulterte sie.

»Du Mistkerl. Wenn du jetzt gehst, wirst du deine Tochter nie wiedersehen. Niemand verlässt ungestraft eine Loibl.«

Mit einem Schlag waren Karls Erinnerungen zurück. An eine Kindheit, in der er sich verlassen und ungeliebt gefühlt hatte. Als wäre der Zerfall der Familie seine Schuld. Er spürte den Schmerz der Einsamkeit, das Nichtverstehen, warum die Mutter nicht bei ihm war, die Sticheleien des Vaters, die sein Herz vergifteten. War er dabei, seiner Tochter dasselbe anzutun, was ihm widerfahren war? Hatte er das Recht, ihr Grundvertrauen in ihn zu zerstören? Zögernd setzte er die Tasche zurück aufs Bett.

»Schick deine Eltern weg, ich kann sie nicht mehr ertragen.«

»Dann bleibst du?«

»Ich schlafe heute auf der Couch.«

Lächelnd trat sie auf ihn zu. »Guter, Karl. Wir kriegen das wieder hin. Bis morgen hast du dich beruhigt und eingesehen, dass unser Einschreiten richtig ist.«

Sie stellte sich auf die Zehenspitzen und küsste ihn auf die Lippen. Er musste sich beherrschen, um sie nicht von sich zu stoßen.

Am nächsten Morgen fuhr er hinauf auf den Predigtstuhl, um weg von ihr zu kommen. Alle Betten seines Hotels waren von Kranken und Verletzten besetzt, auch im Restaurant standen Reihen von Feldbetten. Der patente Geschäftsführer war längst an der Ostfront gefallen, zusammen mit dem Sommelier und dem Lehrling. Der eine von einer Granate zerfetzt, der andere verhungert und der Dritte erfroren, erzählten die Leute unten im Ort. Lediglich das Reinigungspersonal kannte er noch von früher. Es tat gut, vertraute Gesichter zu sehen.

Karl schnappte sich die Schneeschuhe und stapfte hinüber zur Schlegelmulde, wo er sich in den Schnee setzte und in die Ferne schaute, bis sich der Sturm in seinem Inneren legte. Er durfte nicht bei Grethe bleiben, das war nicht richtig. Sie raubte ihm die Luft zum Atmen. Er wollte weder mit ihr noch mit ihren Eltern irgendetwas zu tun haben. Ihn mit dem Kind zu erpressen war erbärmlich. Dafür würde er eine Lösung finden. Doch zunächst musste er weg von den Loibls, auch wenn dies bedeutete, Frieda für eine Weile nicht zu sehen. Langsam verstand er die herzzerreißende Pein, in der seine Mutter jahrelang gelebt hatte.

Zurück am Berghotel tauschte er die Schneeschuhe gegen ein Paar Skier und nahm die gefährliche Abfahrt ins Tal. Der Wind blies ihm eisig ins Gesicht. Vielleicht tränten seine Augen deswegen und nicht aus Verzweiflung über seine Machtlosigkeit. Er war allein in der Natur, es gab keine anderen Skifahrer mehr. Alles, was Spaß machte, war dem Krieg zum Opfer gefallen. Vor ihm lag unberührt glitzernder Schnee, der ihm beim Darüberfahren um die Beine stob. Ein Gefühl von Freiheit pulsierte durch seinen Körper, für einen wertvollen, unvergesslichen Moment.

An der Talstation schulterte er die Skier und schlug den Weg zurück zum Grandhotel ein.

Seine Schwester stand auf der großen Terrasse und rauchte

eine Zigarette, dabei sah sie in den menschenleeren Hotelpark hinaus, in dem sich schon lange keine Gäste mehr tummelten. Sie trug einen dunkelblauen Wollmantel mit Gürtel, in dem sie erschreckend dünn aussah.

Er trat neben sie. »Was schaust du dir an?«

»Gar nichts. Ich stelle mir vor, wie es damals war, damit ich es nicht vergesse.«

»Irgendwann wird es wieder wie früher.«

»Es wird nie wieder wie früher, Karl.«

Seine Mutter kam dazu, Besorgnis im Blick. »Was machst du hier, Bub? Am helllichten Tag. Musst du nicht im Rathaus sein?«

Er zuckte die Schultern. »Wieso? Was soll ich dort? Der Loibl hat das Sagen hier, nicht der Bürgermeister.«

»Seine Leute sind durchs ganze Hotel getrampelt gestern, dabei haben sie eine Menge kaputt gemacht. Mutwillig, natürlich. Am Ende waren sie richtig sauer, weil sie niemanden gefunden haben, den sie verhaften konnten. Eigentlich dachte ich, dass Wolf Bahlow und die SS sich damals schrecklich aufgeführt haben. Aber der Loibl und seine SA sind keinen Deut besser. Hirnlose Schläger, alle miteinander.« Franziska warf Anna einen kurzen Blick zu, bevor sie wieder in den Garten starrte. »Du solltest reingehen, Mama. Ohne Mantel ist es zu kalt.«

Wortlos schlüpfte Karl aus seiner Jacke und legte sie seiner Mutter um die Schultern. »Ich würde gern erst mal hierbleiben, wenn euch das recht ist.«

Anna zuckte zusammen. »Du hast Grethe verlassen? Endlich! Dem Himmel sei Dank. Was ist mit Frieda, bleibt sie bei ihr?«

Er nickte stumm.

»Oh, Karl, das tut mir leid.« Sie drückte ihn, gab ihm seine Jacke zurück. Er sah, dass sie weinte. »Ich kümmere mich darum, dass Mathias' Zimmer für dich hergerichtet wird. Du wohnst oben bei uns.«

Leichter Schneefall setzte ein, und die Dämmerung streckte ihre Finger nach ihnen aus. Schweigend standen die Geschwister Schulter an Schulter, bis die Kälte an ihren Beinen emporkroch. Endlich sah Franziska ihn an.

»So. Hast du dich also losgesagt von Grethe und dem allmächtigen Herrn Kreisleiter. Das wird sich langfristig auf jeden Fall positiv für dich auswirken. Wenn die Amis hier sind. Oder die Engländer, die Franzosen oder wer immer.«

Mit einem empörten Schnauben trat er einen Schritt von ihr weg. »Für wen hältst du mich? Meinst du, das war Kalkül? Es war eine rein persönliche Entscheidung, ich kann diese Sippschaft nicht mehr ertragen! Am liebsten würde ich auch gleich als Bürgermeister zurücktreten.«

»Mach das nicht. Bevor du dich versiehst, wärst du beim Volkssturm, die nehmen noch bis zum allerletzten Tag Kanonenfutter für den Endsieg.«

»Langsam ist mir alles egal.«

Er erschrak vor dem Schmerz in Franziskas Augen.

»Das darf es nicht. Du bist Vater und trägst Verantwortung für dein Kind. Und für einen verwundeten Jungen in der Saline, der heute Nacht auf Essen wartet. Reiß dich zusammen, Karl. Noch dürfen wir uns nicht gehen lassen.«

19

Bad Reichenhall, April 1945

An einem Mittwoch Ende April kletterte die Sonne an den Bad Reichenhaller Bergen empor und lockte mit der Verheißung eines milden Frühlingstags. Kleine Freuden in einer bitteren Zeit. Anna stand auf, weckte Franziska und Emma, die wegen der frühen Morgenstunde lamentierte, und zusammen machten sie sich auf den Weg zum Erlenhof.

Helene Huber hatte einen Rehbock in den Wäldern geschossen. Gewildert, wie Michael nicht ohne Bewunderung verbessert hatte, bevor er sich mit einer Tasse Zichorienkaffee an seinen Schreibtisch zurückzog.

Die Schwarzenbergs würden beim Zerlegen des Tieres helfen, auch Emma wurde gebraucht, denn es musste schnell gehen, immerhin war die ganze Sache illegal. Dafür wollte Helene das Fleisch mit ihnen teilen. Die Aussicht auf eine nahrhafte Mahlzeit beflügelte sie allesamt.

Auf dem Weg durch die Felder grüßten sie die Frauen, Alten und Kinder, die schon zur Arbeit ausgerückt waren. Nach dem harten Winter hofften alle, das wenige noch verbleibende Saatgut möge austreiben. Die Menschen hungerten, und nur eine gute Ernte konnte sie retten.

Helene erwartete sie bereits, stand neben der offenen Scheunentür und schärfte die schmale Klinge eines Ausbeinmessers. Drinnen war das junge Rehwild mit den Hinterläufen an einem Balken aufgehängt, unter seinem Kopf hatte sich eine kleine Blutlache auf dem Boden gebildet. Aus Emmas Mund drang ein Würgelaut.

»Geh raus und pass auf, dass keiner kommt.« Anscheinend hatte Helene Mitleid mit ihr. »Meine Schwestern sind auf dem Feld, Mutter ist bettlägerig, es ist niemand sonst hier, und so soll es auch bleiben, Emma, hörst du? Sobald sich irgendjemand dem Hof nähert, holst du mich, ja? Also los, wir müssen das Tier zuerst aufbrechen, dann können wir es zerwirken.«

Erleichtert aufatmend, der blutigen Arbeit zu entkommen, trollte sich das Mädchen.

»Ich wollte sie nicht daheim lassen«, erklärte Franziska. »Mein Vater hat heute keine Zeit, um auf sie aufzupassen, zu ihrer Cousine kann sie nicht mehr, und ich dachte mir, vielleicht mag sie uns ein wenig zur Hand gehen.«

»Später. Aber selbst wenn sie nicht dabei sein will, ist das in Ordnung. Sie ist noch ein Kind.« Anna griff nach dem geschärften Messer und löste mit einem Hautschnitt das Fell des Tieres an einer Stelle zwischen den Hinterläufen, um anschließend die Bauchdecke zu öffnen.

Helene sah genau zu. »Ich bin froh, dass du das machst. Mit Federvieh weiß ich umzugehen, aber Wild hab ich noch nie zerteilt. Gut, dass du Erfahrung hast.«

Unter den Augen von Franziska und Helene räumte Anna Gedärme und Innereien aus der Bauchhöhle und häutete den Rehbock. Während sie mit geübten Handgriffen arbeitete, erinnerte sie sich an das erste Mal, als sie ihrem Vater bei dieser Arbeit geholfen hatte. In dem kleinen Anwesen an der Saalach. Kaum älter als Emma war sie gewesen, und natürlich war auch das Tier damals gewildert gewesen. Christoph hatte es erlegt, ihr Bruder. Mächtig stolz war er damit heimgekommen. Sie hatten nur einen geringen Teil des Fleisches behalten und das meiste an einen Gastwirt in der Stadt verkauft. Das Ereignis lag so lange zurück, als wäre es in einem anderen Leben geschehen. Einmal war die Welt in der Zwischenzeit untergegangen, und gerade geschah es ein zweites Mal.

Nach dem Häuten und Ausweiden zerteilten die Frauen mit vereinten Kräften den Kadaver.

Als Anna schließlich ihre blutigen Hände draußen am Brunnen wusch, platzte das Aufkreischen des Luftschutzalarms in die Stille. Es war noch nicht einmal neun Uhr. Erstaunlich, wie laut es von der Stadt herübertönte.

Emma kam gelaufen. »Fliegeralarm!«, rief sie. »Wo sollen wir hin?«

Das wollte auch Anna gern wissen. Einen Luftschutzbunker gab es hier draußen nicht.

»Nirgends.« Helene blieb ruhig, kniff die Augen zusammen und starrte hinauf in den Himmel. »Die werfen keine Bomben auf alleinstehende Bauernhöfe. Dafür interessieren sich die Amis nicht. Hört ihr? Sie kommen von da drüben.«

Tatsächlich war ein anschwellendes Dröhnen zu vernehmen, lange bevor sie die ersten Maschinen sahen.

»Es sind die Engländer.« Franziska beschirmte ihre Augen mit der Hand, um gegen die Sonne besser sehen zu können. »Die kommen nicht zu uns, schaut, sie fliegen rüber nach Berchtesgaden. Und zum Obersalzberg.«

Sogar aus der Ferne schickten die explodierenden Bomben und der aufsteigende schwarze Rauch eine Gänsehaut über Annas Rücken. Bisher waren sie davongekommen. Auch heute? Sie warteten ab. Es geschah nichts mehr, keine weiteren Flugzeuge kamen in Sicht. Es wurde vorläufige Entwarnung signalisiert, und die Frauen teilten das Fleisch auf und verpackten es.

»Daraus werde ich Michael später ein Hirschgulasch kochen«, sagte Anna. »So was hat er seit Jahren nicht gegessen. Es wird ihm guttun, er kommt mir in letzter Zeit ein wenig angeschlagen vor.«

»Eine ordentliche Mahlzeit brauchen wir alle. Meiner Mutter geht es auch nicht gut, seit Monaten kämpft sie gegen den Husten. Wie soll sie sich erholen, wenn es nie was Richtiges zu essen …«

Helene wurde von einer neuerlichen Sirene unterbrochen. Wiederum liefen sie aus der Scheune und spähten in den Himmel. Anders als vorhin zog dieses Mal eine große Anzahl an Flugzeugen über sie hinweg, der Motorenlärm schwoll an zu beängstigendem Donnergrollen, und sie drehten nicht ab. Machtlos mussten die Frauen zusehen, wie aus einem wolkenlosen Frühlingshimmel unzählige Bomben auf Bad Reichenhall niederregneten. Stabbrandbomben und Sprengbomben pfiffen und zischten auf ihrem tödlichen Weg zur Erde.

Die Explosionen versetzten Anna in eine nie gekannte Panik. Franziska riss Emma an sich, barg den Kopf des Kindes an ihrer Brust, damit sie nicht mit ansehen musste, wie Rauchsäule um Rauchsäule am Horizont aufstieg und zu einer schwarzen Todeswolke verschmolz. Bad Reichenhall brannte. Nach wenigen Minuten war der Angriff vorüber. Erschüttert verharrten die vier in einer Schockstarre, die sich erst löste, als Emma laut schrie: »Wir müssen zu Opa!«

Je näher sie der Stadt kamen, desto deutlicher hörten sie das Prasseln der vielen Feuer und die Schreie der Menschen.

Feuerwehren mit Motorspritzen aus dem gesamten Umkreis rückten an, zumeist Frauen, denn die ehemaligen Feuerwehrmänner dienten in Wehrmacht oder Volkssturm.

In der Kammerbotenstraße stand kein einziges Haus mehr. Wo Adele gewohnt hatte, befanden sich ein gigantischer Haufen Schutt und Ziegelsteine, ihre Wohnung gab es nicht mehr.

»Jesus Maria!«, stieß Anna hervor. »Gut, dass sie nicht zu Hause war, sondern im Hotel.«

Franziska nahm ihren Arm und zog sie weiter. Überall um sie herum rannten Menschen, versuchten zu helfen, zu löschen, oder suchten nach Angehörigen. Auch die Poststraße war völlig zerstört, und je näher sie dem Grandhotel kamen, desto mehr wuchs Annas Angst.

Ihre schlimmsten Befürchtungen bestätigten sich, als die Überreste des Gebäudes vor ihnen aus dem Rauch auftauchten. Der komplette Mitteltrakt lag in Schutt und Asche.

Adele entdeckte sie, kam auf sie zugerannt, das Gesicht rußverschmiert. Auf ihrer Stirn klaffte eine blutende Wunde, die sie nicht zu bemerken schien. Ihre Augen waren weit aufgerissen. »Gott sei Dank, ihr lebt!«, rief sie über den Lärm hinweg. Sie fiel Anna um den Hals, und diese spürte, wie ihre Wangen feucht von ihrem Blut wurden.

»Wo ist Michael?« Vom Eingangsbereich, der Rezeption sowie den Büros stand nichts mehr. All das hatte sich in einen schwelenden Schutthaufen verwandelt.

»Es tut mir so leid. Wir sind in den Keller, sobald der Alarm losging, haben die Patienten runtergetragen. Aber als die vorläufige Entwarnung kam und keine Bomber mehr am Himmel zu sehen waren, weit und breit nicht, da wollte Michael zurück an seinen Schreibtisch. Er meinte, es gäbe so viel zu tun und er hätte keine Zeit, um rumzusitzen. Danach ging alles unfassbar schnell, der zweite Fliegeralarm ertönte, und dann brach schon die Hölle los.«

»Wir müssen ihn rausholen!« Anna wollte hineinlaufen, aber Franziska und Adele hielten sie fest.

»Das geht nicht, Mama, solange es brennt.«

»Wo ist die Feuerwehr? Wieso sind sie noch nicht hier?«

Über Adeles Wangen liefen Tränen, die eine Spur im Ruß hinterließen. »Eine der Bomben hat die Hauptwasserleitung getroffen, von den Hydranten funktioniert kaum einer. Und durch die Zerstörung kommen die Fahrzeuge schlecht durch. Vorn am Beamtenstock löschen sie mit Sole. Zuerst die Großbrände, danach die kleineren.«

»Michael!«, schrie Anna noch einmal verzweifelt. Sie konnte doch nicht einfach dastehen und nichts tun, wenn er womöglich unter Ziegeln begraben lag und ihre Hilfe brauchte.

Adele zog die weinende Emma ein paar Schritte weg, Franziska nahm Annas Gesicht behutsam in beide Hände und zwang sie zuzuhören. »Mama, der komplette Mittelteil ist eingestürzt. Falls Papa im Büro war, hatte er keine Chance. Es ist hoffnungslos.« Der Schmerz in den Augen der Tochter spiegelte ihren eigenen wider. Anna wusste, dass Franziska recht hatte, und wollte es dennoch nicht wahrhaben. Innerhalb weniger Minuten hatte sich ihr Leben in ein Inferno verwandelt. Und Michael lag unter Tonnen von Schutt begraben.

»Wo ist Karl?«

In der folgenden Stille flehte Anna zum Himmel, dass nicht auch noch ihrem Sohn etwas zugestoßen war. Dann bemerkte sie, dass Adele sich suchend umsah und schließlich auf eine über und über mit Staub und Ruß bedeckte Gestalt wies, die dabei half, die Kranken und Verletzten in Sicherheit zu bringen. Eine weitere Hauswand konnte jederzeit einstürzen. Schluchzend rannte Anna auf Karl zu und stürzte sich in seine Arme. Er hielt sie fest umschlossen, als ob er ihren Schmerz damit übernehmen könnte.

Bad Reichenhall brannte den ganzen Tag. Gegen sechs Uhr am Abend waren die etwa fünfzig Großfeuer unter Kontrolle. Bis der letzte Brand gelöscht war, dauerte es fünf Tage. Besonders das Bahnhofsviertel hatte es schwer erwischt. Unter den zahlreichen Opfern befanden sich Katharina und Wolf Bahlow, wie sie später erfuhren. Wolf war zusammen mit einer SS-Abordnung nach Bad Reichenhall zurückgekehrt, um Widerstand gegen eine Kapitulation zu leisten. Er hatte sich zum Zeitpunkt des Bombardements zu Besuch in der Wohnung seiner Mutter aufgehalten. Katharina hatte sich geweigert, einen Luftschutzkeller aufzusuchen, weil sie sich nicht traute, das Haus zu verlassen. Anna bekam dies lediglich am Rande mit. Die Information prallte an ihr ab, ohne sie wirklich zu berühren. In ihrem Leid konnte sie keinerlei andere Ereignisse an sich heranlassen. Der Tod ihres Mannes riss Wunden der Trauer in ihre Seele, von denen sie wusste, sie würden nie mehr heilen.

Tagelang hatten sie nach ihm gesucht, Schutt und Ziegelsteine fortgeschleppt, bis die Hände bluteten. Karl hatte ihn schließlich gefunden.

»Es ist besser, wenn du ihn nicht siehst, Mama«, hatte er geflüstert. »Behalte ihn in Erinnerung, wie er war. Das würde auch er so wollen, da bin ich mir sicher.«

Michael Schwarzenberg hatte sein Leben in den Trümmern seines Grandhotels verloren, das er einst erbaut hatte, und ließ eine verzweifelte Anna zurück, die sich von Gott verlassen fühlte. Über zweihundert Menschenleben, vor allem Frauen und Kinder, hatte der Luftangriff gekostet, und die zerstörte Stadt würde noch Jahre davon zeugen.

»Wir haben uns und werden aufeinander Acht geben, wie wir das schon immer tun«, versuchte Adele, sie zu trösten. »Deine Tochter und Enkeltochter brauchen dich, und dein Sohn braucht dich auch. Für sie musst du stark sein, Anna. Ich weiß, dass du es kannst.«

Auf dem Friedhof von St. Zeno, wo Michael neben Mathias zur letzten Ruhe gebettet wurde, führten die vielen frischen Grabhügel den Reichenhallern vor Augen, was sie verloren hatten. Anna war es leid, stark sein zu müssen. Sie war müde, wollte sich zu ihren Lieben legen und für immer schlafen. Doch solange es keinen Frieden gab, würde auch sie keinen finden, das wusste sie. Daher sammelte sie ein weiteres Mal alle Körnchen ihrer verbleibenden Kraft und hoffte, dass es zum Weitermachen reichen würde. Wenigstens noch für eine Weile.

»Es muss ein Ende haben«, sprach Karl dumpf aus, was die

meisten empfanden. »Die Soldaten müssen weg, damit wir uns endlich ergeben können.« Auch Tage nach der Bombardierung hustete er noch eingeatmeten Ruß und Staub. Anna merkte ihm an, wie kurzatmig er war.

Bis zum Sonnenuntergang hatten sie vor dem Grandhotel Stein um Stein weggeräumt, ohne dass der Schuttberg sichtbar kleiner geworden wäre. Es würde eine Ewigkeit dauern, bis wieder aufgebaut werden konnte. Die Kranken und Verletzten waren in andere Flügel des Gebäudes verbracht worden, bei denen die Einsturzgefahr geringer war. Ihre Verpflegung war ein Problem, das jeden Tag aufs Neue gelöst werden wollte. Das Fleisch des Rehbocks war längst aufgebraucht.

Nach der Bombardierung des Obersalzbergs, die am selben Tag wie die von Bad Reichenhall stattgefunden hatte, ließ der Landrat dort gebunkerte Lebensmittel bergen und an die Bevölkerung verteilen, bevor alles geplündert wurde. Die Masse an Vorräten half für eine Weile.

»Ich treffe mich heute mit dem Chefarzt vom Mirabell-Reservelazarett, Franziskas Schwiegervater und ein paar anderen Männern, um zu planen, wie wir die restlichen Truppenteile in der Stadt möglichst schnell zum Abzug bewegen können. Normalerweise hätte ich Michael gebeten, dabei zu sein. Würdest du statt seiner mitkommen, Mama?«

Es kostete sie alle Überwindung, die sie aufbringen konnte, um sich aus dem tiefen Tal ihrer Schwermut zu lösen und dem Augenblick zu stellen, der ihre Aufmerksamkeit forderte, aber Anna nickte. Solange noch Einheiten von Waffen-SS und Hitlerjugend Widerstand leiteten, konnte die Wehrmacht keine friedliche Kapitulation einleiten, und mehr Menschen würden sinnlos sterben. In der Stadt hielten sich so viele Verwundete und Kinder auf, dass jegliche Kampfhandlungen verheerend wären.

»Natürlich wird der Kreisleiter versuchen, alles zu verhindern, was für Frieden sorgen könnte«, gab Karl zu bedenken.

»Vielleicht wird es gefährlich. Wahrscheinlich sogar. Wenn du also lieber nicht …«

»Ich werde dabei sein, mein Junge. Michael hätte es gewollt. Und die Tage, in denen der Loibl etwas zu sagen hatte und Angst und Schrecken verbreiten konnte, sind vorüber.«

In der Tat setzte sich Walter Loibl ab, noch bevor Bad Reichenhall Anfang Mai kampflos an die Amerikaner übergeben wurde. Ohne Frau und Tochter verschwand er in die Berge, klammheimlich und feige, wie viele Nationalsozialisten, die sich durch Flucht den Konsequenzen ihres Handelns entziehen wollten. Für die wenigsten ging dieser Plan auf.

Bekanntmachung
Die Besatzungskommission hat Folgendes angeordnet:
1. Die Bevölkerung der Stadt Bad Reichenhall bleibt heute, den 04. Mai 1945, zu Hause. Ämter, Betriebe, Geschäftshäuser und Gaststätten haben geschlossen zu halten.
2. Die im Besitz der Bevölkerung und Wehrmacht befindlichen Waffen einschließlich Munition sind sofort auf der Polizeiwache (Altes Rathaus) abzuliefern.
3. Die Ausgangserlaubnis ist morgen, den 05. Mai 1945, in der Zeit von 9 Uhr bis 17 Uhr festgesetzt.
4. Alle nicht verwundeten und nicht kranken Wehrmachtsangehörigen haben sich sofort auf dem Rathausplatz einzufinden.
Bad Reichenhall, 04. Mai 1945
Der Bürgermeister

Überall im Ort hingen diese Plakate. Zusammen mit zahllosen gehissten weißen Fahnen zeugten sie vom Ende eines Krieges, der noch lange nachwirkte. Die Übergabe von Bad Reichenhall an die amerikanische Armee fand ohne Blutvergießen statt und ohne dass ein einziger Schuss fiel, nachdem SS und Hitlerjugend zum Abziehen bewegt werden konnten. Ströme von Vertriebenen zogen bei Tag und Nacht durch die zerbombten Straßen auf ihrem Weg in einen ungewissen Neuanfang. Die Besatzungsmächte lieferten sich ein Wettrennen den Obersalzberg hinauf, um Hitlers Berghof als Erste in Besitz zu nehmen. Sie suchten nach der sagenhaften Alpenfestung, die es nie gegeben hatte. Tage des absoluten Chaos, der Orientierungslosigkeit brachen an. Anna zog sich von allem schnell zurück.

Zusammen mit Franziska, Emma, Karl und Adele lebte sie in den Resten ihres Hotels, Michaels Hotels, dessen verbleibende Zimmer von einer Zeit erzählten, die auf immer in den Rauchschwaden des Krieges untergegangen war.

Als die ersten Gebirgsjäger aus der Gefangenschaft nach Hause kamen, stand Franziska Stunden ohne Unterlass am Fenster und sah hinab auf die Straße, ob Georg unter ihnen war.

»Wann kommt Papa?«, fragte Emma jeden Tag.

»Bald. Er ist noch im Lager in Mauerkirchen, aber sie werden ihn demnächst bestimmt auch gehen lassen.«

»Bist du sicher, Mama?«

»Ja, absolut. Erst gestern habe ich mit einem Heimkehrer geredet, der ihn gesehen hat. Es geht ihm gut.«

Eine barmherzige Lüge für das Kind. Anna musste ihrer Tochter nur in die Augen sehen, um zu wissen, dass dem nicht so sein konnte. Wie sollte es ihm in Kriegsgefangenschaft anders als entsetzlich gehen?

Im Frühsommer starteten die Amerikaner ein pragmatisches Entnazifizierungsprogramm. Jeder Erwachsene hatte einen Bogen mit einhunderteinunddreißig Fragen auszufüllen. Für die Schwarzenbergs war die Sache damit erledigt. Dass sie nie etwas mit dem System zu schaffen gehabt hatten, war eindeutig feststellbar. Für Karl dagegen sah es nicht gut aus.

»Ich bin früh in die NSDAP eingetreten, weil Papa das damals so wollte. Wisst ihr noch? Wegen des Geschäfts. Und dann habe ich die Tochter des Kreisleiters geheiratet, eines Mannes, der ein berüchtigter Nazi, ein Feigling und ein Flüchtiger ist. Das Leumundszeugnis meiner Familie wird nicht ausreichen für einen Persilschein.«

Für den kommenden Tag war er vorgeladen worden zur persönlichen Befragung durch irgendein hohes Tier der Amerikaner. Anna machte sich Sorgen.

»Du hast dich von deiner Frau getrennt und von den Loibls distanziert, das ist allgemein bekannt, und wir werden es denen genau erzählen. Wie der Kreisleiter getobt hat, als du es gewagt hast, seine Grethe zu verlassen, und vor allem, weil du nicht mehr getan hast, was er wollte. Die Amerikaner können nicht alle Deutschen über einen Kamm scheren. Wir gehen mit dir, Franzi, ich, sogar die Leni will kommen.«

Da die Wohnung im obersten Stockwerk zerstört war, hatte sich die Familie in einer Suite im unbeschädigten Westflügel eingerichtet. Anna und Adele teilten sich ein Zimmer, Franziska schlief bei Emma, Karl im Raum daneben. Er saß auf seinem Bett und wirkte äußerst deprimiert. »Helene Huber? Das kann ich mir kaum vorstellen, was will sie Gutes über mich sagen? Ich habe ihr keinerlei Grund dazu gegeben. Außerdem war ihr Vater ein Nazi.«

»Sie nicht. Vielleicht ist es dir entgangen, aber sie ist ein rechtschaffener Mensch, nicht mehr das oberflächliche Mädel von damals. Du hast dir nichts zuschulden kommen lassen, das müssen die Amis auch einsehen.«

»Das wird nicht reichen.«

Sie sah ihn mitleidig an. »Daran hättest du vielleicht früher denken sollen, Karl.« Er nickte, erwiderte nichts.

Wie versprochen begleiteten sie ihn zur Befragung. Die Sache dauerte Stunden. Annas Mut sank. Falls sie Karl verhafteten, falls sie ihn fortbrachten und sie einen weiteren geliebten

Menschen verlor, würde sie zerbrechen. Ihre Lippen bewegten sich zu einem stummen Gebet, alles wollte sie versprechen, alles tun, wenn sie nur einsahen, dass ihr Sohn nichts verbrochen hatte.

Sie saß zwischen Franziska und Helene auf einer Holzbank vor dem Büro, in dem er verhört wurde. Nur einige wenige Fragen waren ihnen von einem Übersetzer gestellt worden. Ob das ausreichte? Draußen regnete es, die Tropfen plätscherten gleichmäßig gegen die Fensterscheiben. Anna fühlte sich alt, sie spürte jeden Knochen im Körper. Eine tief greifende Erschöpfung breitete sich in ihr aus, in die sie sich nicht ergeben durfte.

Am Ende des Ganges öffnete sich eine Tür, und ein junger Mann in US-Uniform kam auf sie zu.

»Will!«, rief Franziska und sprang auf. Er hatte seine Zeit im Berg gut überstanden, ebenso wie die Zirkuselefanten, die allesamt unter großem Hallo herausgeführt worden waren. Dank Franziskas und Karls Verpflegung war Will zu Kräften gekommen, seine Wunde geheilt. »Wie geht es dir?«, fragte sie und deutete auf seine Seite.

»*Very good.*« Er reckte einen Daumen nach oben.

»Aber dünn bist du schon noch arg, du musst mehr essen.« Sie unterstrich ihre Worte mit Gesten, und er schüttelte lächelnd den Kopf.

»*I'm okay. Is Karl in there? I'm going in, don't worry, everything will be fine.*«

Als Anna verstand, dass der Amerikaner sich für ihren Sohn einsetzen wollte, erhob sie sich ebenfalls und griff nach seiner Hand. »*Thank you.*«

»*Not at all. Thank* you.«

Mit einem aufmunternden Nicken verabschiedete er sich, klopfte an die Tür und betrat das Büro.

»Wer war das?«, wollte Helene wissen.

»Sein Name ist Will. Er ist ein guter Junge. Sehr zäh, lässt sich nicht einfach unterkriegen.«

Als Karl schließlich herauskam, hielt er seinen amtlich abgestempelten Nachweis der Unbedenklichkeit in Händen. Mit einem erleichterten Aufschluchzen fiel Anna ihm um den Hals.

»Gott sei Dank! Das ist deine zweite Chance, Bub, mach was draus.«

»Sie haben gemeint, es wäre erstaunlich, welch unterschiedliche Leumundszeugen für mich ausgesagt haben. Dass eine ehemalige Verlobte sich für jemanden einsetzt, der sie für eine andere verlassen hat, wäre ihnen noch nie untergekommen. Danke, Helene, das vergess ich dir nie.«

Anna schickte ein letztes Stoßgebet zum Himmel und hakte sich bei ihrem Sohn auf dem Heimweg ein.

»Wusstet ihr, dass der Will mit seinem Alter gelogen hat? Er ist erst siebzehn, hätte überhaupt nicht zur Armee dürfen.«

»Das war doch offensichtlich.« Franziska schnalzte mit der Zunge. »Von wegen neunzehn. Trotzdem ist er recht reif. Es war fair von ihm, für dich auszusagen. Hätte er nicht machen müssen.«

»Ich weiß. Hier, das hat er mir für Emma mitgegeben. Und das für dich.« Er zog eine Tafel Schokolade und eine Packung Zigaretten aus der Tasche und reichte sie seiner Schwester. »Und er fragt, ob er uns besuchen darf.«

Anna blieb stehen und sah zwischen ihren Kindern hin und her. »Will ist jederzeit bei uns willkommen, ich hoffe, das hast du ihm gesagt.«

Es sprach sich herum, dass der Bürgermeister von den Amerikanern für unbedenklich erklärt worden war, dennoch legte Karl sein Amt nieder. Das machte Anna stolz. Jede Entscheidung, die er aus seinem Herzen traf und nicht, weil er von irgendjemandem dazu manipuliert wurde, unterstützte sie.

Für eine große Überraschung sorgte Grethe. Sie stand mit Frieda an der einen und einem Koffer in der anderen Hand am nicht zerstörten Hintereingang des Hotels.

»Ich möchte, dass das Kind vorerst bei dir bleibt«, eröffnete sie Karl. Obwohl Anna sich nie hatte für die Schwiegertochter erwärmen können, bedauerte sie deren zerbrochene Beziehung. Für Frieda. Sie bot ihnen an hineinzugehen, doch Grethe schüttelte den Kopf, verharrte unschlüssig draußen auf dem Treppenabsatz, sodass Karl nichts anderes übrig blieb, als herauszutreten. Anna fuhr damit fort, den Hof mit einem Reisigbesen zu fegen, hörte mit einem Ohr zu, was sie redeten, wollte jedoch nicht aufdringlich wirken.

»Mama und ich müssen für eine Weile weg. Du weißt ja, dass der Papa abgehauen ist, eine blöde Situation für uns. Unterwegs wäre es für Frieda zu unsicher, aber ich habe gehört, dass dich die Amis offiziell von sämtlichen Makeln reingewaschen haben.«

Das klang spitz, und sie hätte sich diesen Tonfall eigentlich sparen können. Immerhin wollte sie etwas von ihm. Doch sie konnte nicht aus ihrer Haut. Verbitterung drang aus jeder ihrer Poren, lag in ihrer Körperhaltung, ihrer Stimme und den nach unten gezogenen Mundwinkeln. Was hatte Karl nur jemals in ihr gesehen?

»Bis ich irgendwo neu angefangen habe, muss das Kind eben bleiben, später hole ich es nach.«

Karl lächelte seine Tochter an. »Was möchtest du denn, Frieda?«

»Bei dir sein.« Diese Antwort kam so schnell und aus tiefstem Herzen, dass sie der Mutter ein abfälliges Schnauben entlockte. Anna legte den Besen weg, nahm Grethe den Koffer ab und sagte zu ihrer Enkelin: »Komm, mein Kind. Wir gehen schon mal rein, dann können Mama und Papa sich noch ein wenig unterhalten. Ich glaube, Emma hat eine Tafel Schokolade, von der gibt sie dir sicher was ab.«

»Bestechung von den Amis, was?«, zischte Grethe.

Im Hineingehen hörte Anna, wie sie Karl vorwarf, ein Wendehals zu sein, keinen eigenen Willen zu haben und dass er ein Versager wäre. So schnell wie möglich brachte sie ihre Enkeltochter weg von den verletzenden Worten und dem Gift, das Grethe versprühte. In der mittlerweile wieder halbwegs funktionierenden Hotelküche gab sie Frieda ein Schälchen Himbeeren aus dem Garten und etwas zu trinken. Als Emma hereinkam, gingen die beiden Mädchen nach oben, um sich die restliche Schokolade schmecken zu lassen, die noch übrig war.

Kurz darauf erschien Karl. »Normalerweise bräuchte ich jetzt einen Schnaps«, verkündete er. »Wenn wir einen hätten.«

»So schlimm?«

»Grethe wird ihrer Mutter immer ähnlicher. Nichts als Nörgelei und Neid, und an allem sind die anderen schuld. Ich mache mir keinerlei Illusion darüber, dass sie mir Frieda vorenthalten würde, wenn es irgendwie ginge. Aber anscheinend hat sie keine Wahl. Die Loibl-Frauen suchen das Weite, ihnen wird es hier wohl zu unsicher. Und so ein Kind ist auf der Flucht ein Klotz am Bein.«

»Sie wird unsere Frieda niemals nachholen.«

Er nickte grimmig. »Da kannst du dir aber sicher sein.«

20

Bad Reichenhall, Juli 1945

Georg Fischer war unter den letzten Gebirgsjägern, die aus amerikanischer Kriegsgefangenschaft entlassen wurden. Mitte Juli kehrte er nach Bad Reichenhall zurück.

Franziska genoss den Moment, als sie ihren Mann endlich in die Arme schließen durfte, voller Dankbarkeit. Er fühlte sich vertraut und gleichzeitig fremd an. Seine Stimme klang wie immer, tief und sonor, obwohl sie an Kraft verloren hatte. Seine Uniform schien ihm zu groß zu sein, zerschlissen war sie und zeugte von einem zu langen und aussichtslosen Kampf. Er war ausgemergelt und krank, aber unverletzt, und sie würde alles daransetzen, dass er so schnell wie möglich wieder der Alte wurde. In der ersten Nacht daheim warf er sich im Bett herum und schrie Unverständliches im Schlaf, bis sie ihn behutsam weckte.

»Es ist gut, mein Schatz. Du bist zu Hause, in Sicherheit.«

Er setzte sich auf, strich sich das Haar aus der erhitzten Stirn, dann sank er zurück in die Kissen. »Ich weiß. Es ist nur … ich kann mich nicht daran erinnern, wann ich zuletzt in einem richtigen Bett gelegen habe, es ist ungewohnt. Und die Erinnerungen …«

»Du musst nicht darüber reden, wenn du nicht willst. Ruh dich aus. Wir haben Zeit.«

Anna hatte sie davor gewarnt, dass er nicht mehr derselbe sein würde, und bei den anderen Heimkehrern hatte Franziska bemerkt, wie verändert sie waren. Als läge ein Schatten über ihnen, der sie davon abhielt, sich wieder auf das Leben einzulassen. An ihrem geliebten Georg zu sehen, in welch zerrissenem Zustand er innerlich gefangen war, erschütterte sie zutiefst.

Getragen von Mondlicht und Stille, strömte frische Bergluft durch das geöffnete Fenster herein. Er atmete tief ein und aus. »Erzähl mir von euch«, flüsterte er. »Emma ist so groß geworden.«

»Sie hat jeden Tag von dir gesprochen. Und bis vor Kurzem noch bei mir im Bett geschlafen. Aber seit Frieda bei uns ist, teilen sich die Mädchen ein Zimmer. Das Zusammensein tut ihnen gut, und auch Karl blüht auf, weil seine Tochter bei ihm ist.«

»Er wohnt hier im Hotel?«

»Na ja, zurück auf den Predigtstuhl kann er momentan nicht. Die Amerikaner haben seine Gebäude beschlagnahmt und dort oben ein Lazarett für ihre Soldaten eingerichtet. Wegen der guten Luft. Und das Stadthaus ist aufgrund der Bombardierung unbewohnbar. Außerdem habe ich den Eindruck, Mama ist es lieber, einen Mann im Haus zu haben, seit Papa …«

»Es tut mir leid. Michaels Tod war ein schwerer Schlag für die Familie. Aber nun bin ich wieder hier, und der ehemalige Herr Bürgermeister, der den Krieg bequem daheim ausgesessen hat, könnte zur Abwechslung mal auf eigenen Beinen stehen.«

»Georg!« Die Bitterkeit erschreckte Franziska. »Es stört dich doch nicht, wenn er hier ist, oder?«

Er drehte den Kopf zu ihr und flüsterte. »Im Moment gibt es schlimmere Dinge, die mich beschäftigen, und ich will niemanden vertreiben.«

Sie fragte nicht nach, weil sie wusste, dass er noch nicht darüber sprechen konnte, was wirklich an ihm nagte. Aber ihr wurde klar, dass die Anwesenheit der beiden Männer unter dem Dach des Grandhotels kein Dauerzustand werden sollte.

Sanft streichelte sie Georgs Wange, schmiegte sich an ihn und küsste ihn. Unter der zarten Berührung ihrer Finger entspannte er sich und ließ eine Nähe zu, nach der Franziska sich verzehrt hatte. Alles würde wieder gut werden. Es musste wieder gut werden.

Zunächst jedoch wuchsen neue Spannungen.

Mit düsterem Blick beobachtete Georg auf einem Liegestuhl von der Terrasse aus, wie Karl und Will durch den Hotelgarten spazierten. Die zwei unterhielten sich angeregt, gestikulierten und lachten. Als Franziska ihm eine Tasse Tee reichte, hob er abwehrend den Arm, ohne die Augen von den beiden abzuwenden.

»Was ist los mit dir?«, fragte sie ihn.

»Warum kommt der Amerikaner zu euch? Privat? Was habt ihr mit dem zu schaffen?«

»Mit Will? Er ist ein Freund.«

Erschrocken bemerkte sie, wie dieser leicht dahingesagte Satz Georgs Hände zum Zittern brachte, wie er sich an der Armlehne seines Stuhls festklammerte, um es zu unterbinden.

»Nein!«, presste er hervor. »Die Amerikaner können niemals unsere Freunde sein. Weißt du, wie sie uns behandelt haben, im Gefangenenlager? Die Leute reden immer nur von den Russen, aber die Amerikaner haben uns auch nicht gerade mit Barmherzigkeit überschüttet.«

Sie setzte sich neben ihn. »Es tut mir leid, wenn du Schlimmes erfahren musstest. Und gewiss habe ich keinerlei Vorstellung von dem, was du in den letzten Jahren erlebt hast. Aber glaub mir, Will ist ein guter Mensch. Wir sollten die Besatzer nicht alle über einen Kamm scheren, wenn wir nicht möchten, dass sie dasselbe mit uns tun. Wills Fürsprache hat Karl es zum Großteil zu verdanken, dass seine Entnazifizierung glimpflich verlief.«

»Warum? Woher kennst du ihn?«

»Ich habe den Jungen im Winter verwundet und halb erfroren im Hinterhof gefunden. Karl hat dabei geholfen, ihn in der Alten Saline zu verstecken und zu versorgen, bis der Krieg vorüber war.«

Georg riss die Augen auf. Wortlos erhob er sich, sah auf seine Frau hinunter, hinüber zu Karl und Will, dann drehte er sich um und ging hinein. Franziska biss sich auf die Lippen, bis sie Blut spürte. Sie hätte schreien mögen.

Immer wenn sie hoffte, die Distanz zwischen Georg und seiner unmittelbaren Umgebung würde sich verringern, rückte er wieder ein Stück weit ab. Es war, als ob er ein Fremder in der Heimat wäre, als ob es ihm unmöglich wäre, zu akzeptieren, wie sich die Welt verändert hatte. Sie alle mussten lernen, damit umzugehen, dass Bad Reichenhall nicht mehr ihnen gehörte und ihr Leben von neuen, unbekannten Mächten bestimmt wurde. Obwohl Franziska diesen Umstand dennoch befreiender empfand als die angstvollen Jahre zuvor, konnte sie bis zu einem gewissen Grad nachfühlen, dass Georg sich fragte, was für einen Sinn eigentlich alles gehabt hatte. Sie würde viel dafür geben, ihn glücklich zu sehen – allein, sie konnte es nicht erzwingen.

»Was ist mit deinem Mann?«

Karl war neben sie getreten. So tief war Franziska in Gedanken versunken gewesen, dass sie nicht bemerkt hatte, wie Will gegangen war. Sie seufzte. »Er kämpft mit seinen Dämonen.«

»Scheint, als würde er mich dazu zählen.«

»Unsinn, Karl, wie kommst du darauf?«

»Es ist offensichtlich, wie er mich meidet, er kann mir kaum in die Augen sehen. Ich habe schon mit Mama darüber gesprochen. Du weißt, es ist ihr Wunsch, dass du das Hotel nach dem Wiederaufbau allein weiterführst, mit Georg. Es ist dein Zuhause, nicht meines. Bis ich wieder zurück in mein Berghotel darf, was, ehrlich gesagt, noch Jahre dauern könnte, muss ich etwas anderes machen. Wir alle wissen, wie ungern ich in der Stadt lebe.«

Tränen schossen Franziska in die Augen, bevor sie es verhindern konnte. Sie ärgerte sich über sich selbst. »Du willst weg? Wohin?«

Er schenkte ihr ein schiefes Lächeln. »Helene hat vorgeschlagen, Frieda und ich sollen zu ihr auf den Hof ziehen.«

»Was? Auf den Erlenhof? Seid ihr wieder ein Paar? Du bist noch nicht mal geschieden, was würden die Leute reden?«

»Komm, komm, Franzi. Du klingst wie deine eigene Großmutter. Das interessiert doch niemanden. Ich habe es eben Will erzählt, er findet die Idee gut. Außerdem hat er mir angeboten, als Dolmetscher für seine Einheit zu arbeiten. Ich muss was tun, sonst werde ich wahnsinnig. Die extra Lebensmittelmarken können wir auch gebrauchen. Schau uns an, wir sind alle nur noch Haut und Knochen. Ist das Blut an deiner Lippe? Hast du dich gebissen?«

»Liebst du Helene?«

Er verschränkte die Arme vor der Brust, das war eigentlich Antwort genug, auch ohne dass er umständlich erklärte. »Es geht nicht immer nur um Gefühle, Franzi, sondern um einen Neuanfang, der Sinn macht. Ich mag Helene und sie mich. Sie braucht einen Mann auf dem Erlenhof, und ich brauche ein Dach über dem Kopf, unter dem ich das einzige männliche Wesen bin.«

»Du kannst ihr nicht noch einmal wehtun, das hat sie nicht verdient.«

»Nichts liegt mir ferner.«

Wollte er das wirklich? Sich mit etwas zufriedengeben, das ihn niemals mit dem Gefühl absoluten Glücks erfüllen würde? Augenscheinlich hatte er das für sich beschlossen.

Frustration breitete sich in Franziska aus … und nagende Einsamkeit. Sie stand vor einem schier nicht zu bewältigenden Berg Schutt, bevor überhaupt daran gedacht werden konnte, die Schäden am Hotel vernünftig abzuschätzen. Woher die Mittel für einen Wiederaufbau stammen sollten, darüber konnte sie im Moment noch nicht einmal nachdenken. Ihr Vater war tot, ihr Mann traumatisiert. Ihre Mutter ebenfalls, auf ihre Weise. Zudem ging Anna auf die sechzig zu und hatte vollkommen recht damit, dass es nun an Franziska war, sich um den Familienbetrieb zu kümmern. Karl würde einen anderen Weg einschlagen, sie allein lassen, und Georg hatte sich bereits so weit von ihr entfernt, dass sie nur hoffen konnte, er würde irgendwann zurückfinden. Der Großteil des männlichen Hotelpersonals war im Krieg gefallen. Die Amerikaner bestimmten das öffentliche Leben in Bad Reichenhall. Franziska war dreiunddreißig Jahre alt, fühlte sich manchmal wie hundert und hatte zu wenig Zeit für ihr einziges Kind. Am liebsten wäre sie schreiend davongelaufen. Doch wohin? Niemand konnte ihre Last für sie tragen, sie musste sie allein schultern.

»Also schön, Karl. Fangen wir wieder bei null an. Ich hier und du auf dem Erlenhof. Aber wenn ich dich brauche …«

»… kannst du auf mich zählen. Du weißt ja, Blut ist dicker als Wasser, wir beide halten zusammen.«

Helene holte Karl und Frieda mit einem Pferdewagen ab. Sie hatte es irgendwie geschafft, ein Pferd für die Feldarbeit zu organisieren, und versprach, es Franziska zum Schuttwegräumen auszuleihen. Es hatte den Anschein, als würde Karl gern mit ihr fahren. Schwer zu sagen, ob die beiden eine Chance hatten, nach allem, was vorgefallen war. Und noch weniger konnte Franziska beurteilen, was Frieda darüber dachte, von einer Familie zur nächsten zu wandern. Allzu viel Zeit konnte sie indes nicht mit derlei Gedanken verschwenden. Bis Georg wieder vollkommen der Alte sein würde, musste sie sich darum kümmern, dass das Leben weiterging.

Bad Reichenhall,
Königlich Bayerisches Staatsbad
1950

21

Bad Reichenhall, Februar 1950

Der Wintertag duftete nach der sorglosen Freiheit unschuldiger Tage, klar und köstlich. Skifahrer hatten Spuren in den Schnee gemalt, die in alle Richtungen den Berg hinunterliefen und davon zeugten, dass die Touristen nach Bad Reichenhall zurückkehrten. Sportler, Bergfreunde, Naturliebhaber. Sollten sie nur kommen und den lang ersehnten Aufschwung bringen, den die Stadt und ihre Menschen dringend benötigten.

Karl stand neben Will auf der Piste und sah Emma und Frieda hinterher, die mit geübten Schwüngen bis zu einer flachen Stelle fuhren, anhielten und sich auffordernd winkend zu ihnen umdrehten.

»Sie sind gut«, stellte der Amerikaner fest. Sein Deutsch war durchaus passabel geworden, auch wenn er seit ein paar Jahren wieder in den USA lebte und nur noch zu Besuch zurück nach Bayern kam.

»Kein Wunder. Die Mädchen machen den ganzen Winter über nichts anderes als Skifahren. Ich habe es ihnen beigebracht, und nun sind sie Feuer und Flamme.« Stolz schwang in seiner Stimme mit.

»Und du meinst, ich kann das auch lernen?«

Karl lachte. »Selbstverständlich. Du fährst doch schon ganz ordentlich. Komm, sonst werden die Damen ungeduldig.« Er hatte die Abfahrt nach Winkl gewählt, um Will ein Erfolgserlebnis zu bescheren, eine gemütliche Strecke, die in der Sonne lag und allen Spaß machte. Anschließend ging es wieder hinauf auf den Predigtstuhl. Der ehemalige US-Soldat stellte sich geschickt an, er war ein gelehriger Schüler. Darüber hinaus entging Karl nicht, wie er sich anstrengte, um Emma zu beeindrucken.

Aus dem Kind war eine hübsche Sechzehnjährige geworden, deren blonde Locken sich in brünette Wellen verwandelt hatten, auf denen eine von ihrer Großmutter gestrickte Bommelmütze saß. In den dunkelblauen Keilhosen wirkten ihre Beine endlos lang, und im Gegensatz zur ein Jahr jüngeren, eher burschikosen Frieda war sie bereits eine wohlgerundete Erscheinung. Kein Wunder, dass Will die Augen nicht von ihr lassen konnte. Karl rechnete nach. Sieben Jahre betrug der Altersunterschied zwischen den beiden. War das zu viel? Sie flirteten zart miteinander. Musste er als Onkel das unterbinden, oder sollte er so tun, als bemerke er es nicht, und ihnen den Spaß gönnen? Franziska und besonders Georg wären davon wenig begeistert. Glücklicherweise hatte seine eigene Tochter die Männerwelt noch nicht für sich entdeckt, und Karl war froh, dass Frieda wesentlich kindlicher war als Emma. Hoffentlich konnte sie sich dies noch lange bewahren. Sollte er seine Schwester darüber informieren, was sich zwischen den jungen Leuten anbahnte? Oder hielt er besser den Mund?

Die prickelnde Freude einer weiteren Abfahrt, die ihn innerlich jauchzen ließ, setzte dem Grübeln ein Ende. Nur auf dem Berg stellte sich bei Karl ein absolutes Glücksgefühl ein, das er bisher zwar auch in allen anderen Bereichen seines Lebens gesucht, aber nirgendwo sonst gefunden hatte.

»Onkel Karl«, verkündete Emma kurz darauf, »mir ist kalt.«

»Dann wärmen wir uns am besten auf und trinken einen heißen Tee.«

Auch Will hatte nichts gegen eine Pause. »Zum Bergrestaurant ist es nicht weit«, sagte er.

Sobald der Name erwähnt wurde, versetzte es Karl einen Stich. Noch immer hatte er den Betrieb nicht zurückerhalten.

Zwar hatte ihn damals der Unbedenklichkeitsschein von jeglichem Nazimakel reingewaschen, jedoch hatte man nicht versäumt, mehrfach auf seinen ungewöhnlich frühen Parteieintritt hinzuweisen. Der hielt letztendlich auch als Grund dafür her, dass die Alliierten sein Unternehmen bis auf Weiteres beschlagnahmten und für eigene Zwecke nutzten, ohne dass er eine Handhabe dagegen hatte. Er suchte nach einer diplomatischen Formulierung. »Wenn du hinmöchtest, holen wir dich später wieder ab.«

»Weshalb gehen wir nicht alle?«

»Weil wir nicht reindürfen.« Frieda sagte es ganz direkt. »Kein Zutritt für die einheimische Bevölkerung. Papa kann in seinem eigenen Lokal nicht mal aufs Klo.«

»Das wusste ich nicht.«

»Das Bergrestaurant, seine Benutzung und der Aufenthalt darin sind den amerikanischen Besatzern vorbehalten.«

Will wurde rot. »Tut mir leid.«

»Ach was, ist nicht dein Fehler. Man muss sich nur zu helfen wissen. Komm, mein Junge, wir fahren hinüber zur Wärmestube in der Schleglmulde, die wurde ganz neu gebaut.«

»Eine richtige Berghütte«, sagte Emma. »Für uns Bad Reichenhaller.«

Tatsächlich verströmte das traditionell erbaute Holzhaus mit seinem Almhüttencharme mehr Gemütlichkeit als das schicke Bergrestaurant. Es war gut besucht, zahlreiche Skifahrer saßen um den Kamin und auf Holzbänken und ließen sich ihre Brotzeit schmecken.

Leider war kein Tisch frei.

»Setzt euch zu uns, wir kennen uns eh«, sagte ein Mann mit roter Nase und geplatzten Äderchen auf den sonnengegerbten Wangen zu Karl, ohne jedoch seinen eigenen Namen zu nennen. »Ich hab mit deinem Vater in der Saline gearbeitet. Ist lange her.« Er und seine Begleiter rückten zusammen und machten eine Bank für die Neuankömmlinge frei.

»Für den ehemaligen Bürgermeister haben wir immer Platz«, fügte sein Freund ein wenig anzüglich hinzu.

Es war eine Art von Freizeitvertraulichkeit, welche die Herren an den Tag legten, die dem Skifahren und dem Umstand, dass sie sich einen Tisch teilten, geschuldet war. Möglicherweise lag es auch am Alter der Männer, dass sie ihn duzten, obwohl er über vierzig war. Karl war dieses Verhalten nicht neu. Selbst wenn er es jedes Mal wieder befremdlich fand, machte er gute Miene dazu. Im Laufe der Unterhaltung fiel den anderen Wills Akzent auf.

»Ist er Amerikaner?«, fragte der frühere Salinenarbeiter in einem Ton, der keinerlei Zweifel daran ließ, was er davon hielt. Gleichzeitig klappte er seine Ellenbogen aus, sodass der Platz etwas weniger wurde.

Emma knallte ihre Teetasse auf den Tisch, dass es schwappte. »Er kann euch sehr gut verstehen, ihr dürft ihn gern selber fragen. Auch wenn ihr die Antwort eh schon wisst.«

»Ich wundere mich nur, was er hier will, wo er doch drüben im Bergrestaurant viel vornehmer speisen könnte.«

»Vielleicht ist ihm das wurscht! Weil er lieber mit uns zusammen ist.«

»Ist ja gut, junge Dame. War nicht bös gemeint. Aber jeder Einzelne hier in der Hütte, einschließlich unseres vormaligen Bürgermeisters, wird mir recht geben, wenn ich sage, es wäre an der Zeit, dass die Amerikaner abziehen und uns zurückgeben, was …«

Karl stand ruckartig auf. »Wir fahren dann mal wieder. Aufgewärmt haben wir uns, und bevor es uns hier drin zu heiß wird, schwingen wir uns lieber auf die Bretter.«

»Ski heil!«, rief ihm der Rotnasige hinterher, und die Männer brachen in bellendes Gelächter aus.

Draußen schnallte sich Karl die Skier an und rammte die

Stöcke in den Schnee. »Ich bedauere, wie sich meine Landsleute benehmen, Will.«

»Keine Sorge. Ich weiß schließlich, wie es ist, habe es lange genug mitbekommen. Die Situation ist für alle nicht einfach.«

»So ein Depp«, grummelte Emma. »Seine dumme Bemerkung hätte der Kerl sich sparen können.«

»Er versteht halt nicht, warum die Amis in unsere Hütte dürfen, aber wir nicht in die ihre«, warf Frieda ein. Ihre Cousine bedachte sie daraufhin mit einem vernichtenden Blick und wandte sich Will zu. »Komm, wir fahren schon mal, bis die anderen so weit sind.«

Sobald sie außer Hörweite waren, schüttelte Frieda den Kopf. »Was ist denn mit der los?«

»Vermutlich schämt sie sich für die Burschen da drin.«

»Warum?«

»Weil sie ihr vor Will peinlich sind. Emma möchte, dass er sich bei uns wohlfühlt, er ist ihr wichtig.«

»Du meinst …« Erkenntnis dämmerte in ihrem Blick. »Echt? Das ist mir noch nicht aufgefallen. Wahrscheinlich, weil ich es bisher für unmöglich gehalten habe. Will ist total alt. Außerdem, in einen Amerikaner verliebt man sich nicht.«

»Manchmal lässt sich das nicht vermeiden.« Karl stieß sich mit den Stöcken ab und fuhr vor seiner Tochter her ins Tal.

»Weiß Onkel Georg davon?«, hörte er sie rufen und schüttelte als Antwort wild den Kopf.

»Auweh!«, tönte es hinter ihm und fasste auch sein eigenes Empfinden mit einem Wort perfekt zusammen.

An der Talstation verabschiedeten sich die vier voneinander. Während seines Aufenthaltes in Bad Reichenhall war Will im Grandhotel Schwarzenberg abgestiegen. Er und Emma schulterten die Ski und machten sich zu Fuß auf den Heimweg. Der würde eine Weile dauern, was ihnen vermutlich nichts ausmachte. Es gab Schlimmeres für junge Leute als einen langen Spaziergang zu zweit, und Karl war ein wenig neidisch, dass in seinem Leben derlei kleine Freuden keinerlei Rolle mehr spielten. Er und Frieda schnallten ihre Skier auf den schwarzen VW Käfer, den er kürzlich angeschafft hatte, und sie fuhren hinaus zum Erlenhof.

Nach dem Tod von Helenes Mutter im letzten Winter waren ihre Schwestern ausgezogen, bis auf Erika, die jüngste und noch unverheiratete. Im Bauernhaus war nun reichlich Platz für sämtliche Bewohner. Knechte und Mägde wie früher konnte sich Helene nicht leisten, daher mussten alle mit anpacken. Sobald die Achleitners sich umgezogen hatten, halfen sie bei der Arbeit, Frieda in der Küche, ihr Vater draußen im Stall, wo mittlerweile wieder drei Kühe und fünf Schweine standen. Darüber hinaus gab es eine Anzahl Hühner, und Helene plante, weitere Tiere dazuzukaufen, sobald es ihre finanzielle Situation erlaubte.

Karl war dennoch sicher, der Erlenhof würde nie mehr zu alter Größe anwachsen. Sein Einkommen hielt die Familie über Wasser. Er übersetzte nach wie vor für die Amerikaner und verdiente nebenher im Winter als Skilehrer dazu. Im Sommer wollte er sich um die Schlegelmuldenhütte bewerben, sollte er bis dahin sein Bergrestaurant und das Hotel noch immer nicht zurückerhalten haben. In jedem Fall musste er wieder auf den Berg. Er war kein Bauer, mochte auch keiner sein, wenngleich ihn die schwere Arbeit nicht störte. Frieda war einverstanden, ihr hatte er sich anvertraut, sie würde mit ihm kommen. Helene wiederum hatte keine Ahnung davon. Sie küsste ihn freudig, als er zu ihr in den Stall kam.

»Wie war's beim Skifahren?«

»Will stellt sich geschickt an. Und mit den Mädels macht das Fahren immer Spaß. Gib mir die Heugabel, ich übernehme das Einstreuen.«

Draußen dämmerte es bereits. Die Kühe käuten gleichmäßig ihr Heu wieder, es herrschte eine entspannte Stimmung.

Er ging in die Knie, um die Katze zu streicheln, die um seine Beine strich. Später dann, als alle in ihren Betten lagen und der Winterwind an den Fensterläden des Bauernhauses rüttelte, liebte er Helene. Es war angenehm, wenngleich unaufgeregt, und kam ihm vor wie ein Abschied auf Raten.

»Was ist mit dir?«, fragte sie in seinen Armen. »Du bist in letzter Zeit weit weg mit deinen Gedanken, stimmt's?«

»Ich denke über meine berufliche Zukunft nach. Mit dreiundvierzig Jahren habe ich nicht vor, weiterhin den Touristen jeden Winter das Skifahren beizubringen. Und wenn wir ehrlich sind, weiß keiner, wie lange die Amerikaner mein Lokal noch blockieren werden, und das wäre eigentlich meine Haupteinnahmequelle.«

»Aber du hast es doch gut bei mir.«

»Es ist dein Hof, Leni, nicht der meine. Ich will wieder auf eigenen Beinen stehen.«

Sie setzte sich auf. »Du weißt genau, dass du jederzeit der Bauer hier werden könntest.«

Im letzten Jahr war die Scheidung von Grethe endlich vollzogen worden. Es war nicht einfach gewesen, sie ausfindig zu machen, aber er hatte das dringende Bedürfnis verspürt, sich vollständig, offiziell und ein für alle Mal von der Familie Loibl loszusagen. Grethe lebte jetzt in Norddeutschland, mit einem neuen Mann, von dem sie ein Kind hatte, und war sofort einverstanden gewesen. Nach Frieda hatte sie sich nur einmal kurz am Telefon erkundigt. Sie schien erleichtert zu sein, dass die Tochter nicht zu ihr ziehen wollte und lieber beim Vater blieb.

Jeder wagte einen Neuanfang. War er der Einzige, der auf der Stelle trat? Tatenlos unter Helenes Dach auf bessere Zeiten wartete wie ein Murmeltier in seinem Erdloch, ohne selbst etwas dafür zu tun? Das konnte nicht die Lösung sein. Unzufrieden wälzte sich Karl stundenlang im Bett herum, bis ihn der erlösende Schlaf endlich fand.

Am nächsten Tag stand er frühmorgens auf. Noch immer drückte die Frustration auf sein Gemüt. War es das? War das sein Leben? Leidenschaftsloses Mittelmaß, ein Zufriedengeben mit Umständen, die bequem, aber nicht erfüllend waren? Sein Unternehmen hatte er verloren, die wirklich große Liebe nie gefunden. Und jetzt? Schlagartig spürte Karl eine arge Beklemmung, als würde ihm jemand die Luft abschnüren. Er stieg ins Auto und fuhr eine Weile ziellos durch die Gegend, bis er schließlich unweigerlich auf den Parkplatz des Grandhotels einbog.

Er fand seine Mutter hinter der Rezeption, sie war dabei, die Post zu öffnen. Ohne dass er etwas sagen musste, ließ sie die Briefe sinken und nahm ihn mit sich in die Küche.

»Hier, Karl, trink einen Kaffee. Du siehst mitgenommen aus, was ist passiert?«

Gemeinsam setzten sie sich in den leeren Personalaufenthaltsraum vor den Bollerofen. Den hatten sie unversehrt aus den Trümmern bergen können und nach dem Wiederaufbau an dieselbe Stelle gesetzt. Anna machte einen erschöpften, zerbrechlichen Eindruck. Sie nahm ihre eigene Tasse mit beiden Händen, als wolle sie damit ein inneres Frösteln bekämpfen, blies in das heiße Getränk und nippte daran. Dabei neigte sie den Kopf, und er bemerkte ihren grauen Haaransatz, der ihm vorher noch nie aufgefallen war. Normalerweise legte sie großen Wert auf ihre äußere Erscheinung. Eigentlich müsste er sie fragen, was los war, und nicht umgekehrt.

»Alles in Ordnung, Mama, kein Grund zur Sorge.«

Sie lächelte. »Mach mir nichts vor, Bub. Irgendetwas nagt an dir, das fühle ich.«

»Nur die Unentschlossenheit. Mein ewiger Feind.«

Nun wurde sie ernst. »Das stimmt nicht, Karl. Dein Problem war nie, dass du nicht wusstest, was du willst, sondern dass du nicht tust, was du willst. Was ist es dieses Mal? Traust du dich nicht, Helene ein zweites Mal zu verlassen?«

Er senkte den Blick. In dem Moment wurde die Tür aufgerissen, und Georg stolperte herein, offensichtlich betrunken. »Wo ist Franzi?«, lallte er.

Anna erhob sich und ging auf ihn zu. »Oben, in der Wohnung. Sie macht sich Sorgen, weil du nachts nicht heimgekommen bist. Emma ist bei ihr.«

»Ah. Dann ist wahrscheinlich auch der Amerikaner nicht weit.«

»Will ist im Moment dein geringstes Problem, Georg. Der reist sowieso bald ab.«

Er gab ein Schnauben von sich, machte kehrt und wankte hinaus.

»Hoffentlich nimmt er die Personalstiege. Nicht auszudenken, falls die Gäste ihn sehen.«

Perplex starrte Karl seinem Schwager hinterher. »Er kommt jetzt erst nach Hause? Völlig blau?« Ein Blick auf die Wanduhr verriet ihm, dass es halb elf am Vormittag war. »Und du lässt ihm das durchgehen?«

»Ich muss an die frische Luft. Komm mit.«

Anna schlüpfte in einen grauen Wollmantel und setzte einen passenden Hut auf. Dann ließ sie von der Rezeptionistin bei Franziska anrufen, sie möge umgehend herunterkommen.

»Geh ein Stück mit uns«, bat sie sodann ihre überraschte Tochter. »Der Georg muss erst einmal seinen Rausch ausschlafen«, flüsterte sie ihr zu, »und wenn du ihn jetzt nicht in Ruhe lässt, gibt es wieder Streit.« Sie griff nach ihren Handschuhen und hakte sich bei Karl und Franziska ein, nachdem alle drei durch die neue Drehtür des Hotels auf die Straße getreten waren.

»Wohin?«, fragte Karl.

»Zu deinem Auto, und dann fahren wir hinaus zum Sacherl.«

Damit meinte sie das kleine Anwesen ihrer Eltern, direkt an der Saalach. Als Franziska und Mathias noch Kinder gewesen waren, hatten die Schwarzenbergs hier ihre Freizeit verbracht, Karl kannte es lediglich aus Erzählungen. Irgendwann war die Arbeit zusehends mehr geworden, die Zeit mit der Familie immer weniger, und schließlich war das Haus wieder in einen einsamen Dornröschenschlaf gesunken. Mittlerweile war das Stalldach in der Mitte eingebrochen. Eines Winters hatte es der Last des Schnees nicht mehr standhalten können. Von den Fensterläden blätterte die Farbe ab. In Karls Augen verströmte das Ganze einerseits morbide Wehmut, auf der anderen Seite auch etwas Geheimnisvolles, das ihn neugierig machte und zum Verweilen einlud.

Die drei stapften durch den Schnee hinunter ans Flussufer, wo die Saalach an einem flachen Kiesbett vorbeigurgelte. Anna starrte ins Wasser, ohne ein Wort zu sprechen, und ihre Kinder warfen sich hinter ihrem Rücken einen vielsagenden Blick zu.

»Auf diesem Felsbrocken hab ich früher gern gesessen und auch oben auf der Kopfweide daneben«, sagte sie schließlich unvermittelt und deutete nach links.

»Das Grundstück, das Sacherl, der alte Gemüsegarten, all das gehört unserer Familie seit Generationen. Und hier an genau dieser Stelle habe ich eurem Großvater jeden Winter beim Holzfischen geholfen. Wir sind ins kalte Wasser gestiegen und haben Stämme aus der Saalach an Land gezogen. Für Feuerholz.«

»War das nicht gefährlich?«

»Schon, Franzi. Aber es war ein herrliches Gefühl, am Ende des Tages die geborgenen Holzstämme zu zählen und zu wissen, dass wir genug zum Heizen hatten. Es gab eine Zeit, in der wir uns allein versorgt haben, ohne auf andere angewiesen zu sein. Die Erinnerung daran ist in mir noch so lebendig, als wäre es gestern gewesen, obwohl alle Menschen, die darin vorkommen, längst unter der Erde liegen.«

»Mama …« Franziska legte Anna einen Arm um die

Schultern, sie machte jedoch einen Schritt nach vorn und schüttelte den Kopf.

»Wir sind nicht hier, um in der Vergangenheit zu schwelgen. Wasser, das den Fluss hinuntergeflossen ist, kommt nicht wieder. Aber an der Gegenwart müssen wir etwas ändern, Kinder. So geht es nicht weiter.«

»Was meinst du?«

Hinter Anna sprang die Saalach plätschernd über die Steine, die Äste der Uferbäume neigten sich unter ihrer Schneelast. Die Zeit schien stehen geblieben und gleichzeitig zu rasen. Karl prägte sich den Moment ein. Es war einer, der zählte.

»Die Familie ist dabei, auseinanderzubrechen, und das werde ich nicht zulassen.« Annas Stimme klang fest. »Nach allem, was geschehen ist, Kriege, Unglücke, Todesfälle, wird uns die neue Zeit nicht niederringen. Ich bin eine Gmeiner und habe gelernt, immer wieder aufzustehen, egal wie oft ich falle. Und ihr seid meine Kinder und werdet euch ebenfalls entsprechend verhalten. Wir sind aus einem harten Holz geschnitzt. Nicht wie die von Feils, die Bahlows und die Loibls, die sich durchs Leben mogeln, wetterwendisch wie ein Kirchturmhahn.«

Sie marschierte zum Haus zurück, Karl und Franziska hinterher, und schloss die Tür auf. Drinnen war es staubig und kalt. Dennoch stellte sich Anna mitten in die Stube, die Hände in den Manteltaschen.

»Ihr wisst nicht, wie viele Tränen ich hier drin vergossen habe. Es gab auch glückliche Momente, aber mehr, in denen ich kurz davor war, zu verzweifeln. Das habe ich nie getan. Ich erwarte dasselbe von euch.«

Mit der Hand wischte Karl über die Sitzfläche der Eckbank und ließ sich darauf nieder. Das Holz knarzte.

Annas Aufmerksamkeit richtete sich auf Franziska. Sie schien aus ihren Erinnerungen an die Vergangenheit aufzutauchen. »Dein Mann hat ein Problem, das er allein nicht bewältigen kann. Er braucht professionelle Hilfe.«

»Was meint Mama damit?«, fragte Karl.

Franziska seufzte. »Rutsch rüber«, sagte sie und setzte sich neben ihn. »Seitdem Georg zurück aus der Gefangenschaft ist, kämpft er gegen seine Dämonen und verliert zusehends an Boden. Was glaubst du, warum er nächtelang beim Kartenspielen sitzt, trinkt und sich selber hasst? Er erzählt mir nicht, was er Schreckliches erlebt hat. Aber allein wird er damit nicht fertig, und ich kann bald nicht mehr. Ich meine, ich bemühe mich um Verständnis, doch langsam merke ich, das etwas zwischen uns allmählich zerbricht.«

Ihre Offenheit überrumpelte ihn. »Bisher dachte ich, du hast alles im Griff, das Hotel, deine Ehe, Emma.«

Sie fuhr sich mit der Hand durchs Haar. »Auf mich muss niemand neidisch sein. Ich lebe am Rand eines Zusammenbruchs.«

»Was gäbe es für eine Lösung?«

Anna rückte sich einen Stuhl zurecht und nahm nun auch Platz. »Ich hätte nie gedacht, dass ich einmal mit meinen Kindern an diesem Tisch zusammensitze«, murmelte sie. Dann räusperte sie sich und sagte bestimmt: »Georg muss sich einem Psychiater anvertrauen.«

»Er geht doch regelmäßig zum Arzt«, warf Franziska ein.

»Zu seinem Hausarzt, der ihm irgendwelche Pillen verschreibt, mit denen er sich weiter betäubt. Das ist inakzeptabel.«

»Du kannst ihn nicht dazu zwingen, sich helfen zu lassen, wenn er nicht will.«

»Er ruiniert seine Gesundheit, seine Ehe und die Beziehung zu seiner Tochter. Davon, dass er im Geschäft nichts leistet, fange ich gar nicht erst an.«

»Ich weiß, Mama. Mir musst du das nicht sagen.«

Karl wagte einen Einwurf. »Soll ich mal mit ihm reden?«

Zwei helle Augenpaare musterten ihn intensiv.

»Das würde vermutlich wenig bringen. Georg hat nicht gerade den höchsten Respekt vor dir. Darüber hinaus hast du genügend eigene Probleme, Bub.«

Franziska horchte auf. »Was ist los, Karl?«

»Dein Bruder ist dabei, die Helene zum zweiten Mal zu verlassen und seiner Tochter eine weitere Entwurzelung zuzumuten, obwohl er selbst noch immer nicht herausgefunden hat, wo sein Platz in der Welt ist.«

Das klang niederschmetternd, vor allem, wenn man bedachte, wie alt er war. Karl schluckte.

»Und dann wäre da noch die bedauerliche Tatsache, dass das Hotel nicht profitabel läuft. Seit der Wiedereröffnung im Sommer kommt kaum genügend herein, um die Unkosten zu decken, geschweige denn, den Kredit für den Wiederaufbau zu bedienen. Es reisen zwar wieder Touristen nach Bad Reichenhall, aber nicht ausreichend viele. Diejenigen, die Geld haben, geben es anderswo aus. Italien steht derzeit hoch im Kurs, habe ich gehört. Anscheinend sind wir nicht *besonders* genug. Falls wir es nicht bald schaffen, den Umsatz zu steigern, müssen wir schließen. Und ich sage es euch ganz ehrlich, ich habe nicht mehr die Kraft dazu, das allein zu stemmen. Ich helfe gern, aber jetzt seid ihr dran.«

Stille senkte sich über die drei, sie ließen die Köpfe hängen, und ein jeder war in seinen Gedanken versunken. In einer Stube, aus der das Leben vor langer Zeit verschwunden war. Karl bemerkte Käfige unter der Eckbank, in der früher Hühner den Winter verbracht hatten. Neben dem Kachelofen lagen ein paar Holzscheite in einer Schütte, und auf der Trockenstange darüber hing ein Lappen.

Sie würden kämpfen müssen. Nicht gegen jemanden, der ihnen Übel wollte, sondern gegen die eigenen Ängste und Unzulänglichkeiten und für einen Aufschwung, der ihre Zukunft sicherte. Sonst würde das Grandhotel Schwarzenberg untergehen, und mit ihm die Familie.

Karl fragte sich, was er dazu beitragen könnte. Aus hartem Holz sollte er geschnitzt sein? Warum war sich seine Mutter so sicher, dass er sich den Herausforderungen stellen würde und nicht einfach auf eine Alm ging, weg von der Stadt? War ihr Vertrauen in seine Kraft gerechtfertigt? Oder hatte er außer Zaudern nichts zu bieten?

22

Bad Reichenhall, Februar 1950

Die Unterredung mit ihrer Mutter und Karl hatte Franziska aufgewühlt und ihr gleichzeitig zum ersten Mal seit langer Zeit wieder das Gefühl gegeben, Teil von etwas zu sein, auf das sie stolz sein konnte. Und für das es sich zu kämpfen lohnte. Anna hatte es geschafft, ihr ein Quäntchen Zuversicht zu schenken, und den Willen, an einer besseren Zukunft zu arbeiten. Das war sie nicht zuletzt Emma schuldig.

Anscheinend sind wir nicht besonders genug. Der Satz ging Franziska nicht mehr aus dem Kopf. Bad Reichenhall hatte es im Laufe seiner langen Geschichte stets fertiggebracht, der Welt etwas zu bieten, das sonst keiner hatte. Zuerst war es das Salz, welches den Bürgern Reichtum und Ansehen bescherte und den Grundstein für den Aufstieg lieferte. Dann die Solebäder, der Kurbetrieb, die Villen, die Parks und die rauschenden Bälle. Ein funkelndes Parkett für die Reichen und Mächtigen. Nach dem ersten großen Krieg waren sie wiederauferstanden als Sport- und Erholungszentrum, mit kristallklarer Bergluft, Freizeitmöglichkeiten und der Seilbahn. Und nun?

»Es war für alle die Stunde null, nicht nur für dich«, sagte sie am Nachmittag zu Georg, als dieser endlich erwachte. Er lag im Bett, mit zerknautschtem Gesicht und ganz sicher mit hämmernden Kopfschmerzen. Franziska saß am Bettrand und versuchte, in seinem Blick zu lesen. Sie griff nach seiner Hand und zog sie an ihre Lippen. »Du weißt, dass ich dich liebe. Deswegen wirst du verstehen, wenn ich dir sage, dass wir so nicht weitermachen können. Keiner von uns hat diesen Krieg unverletzt überstanden, wir müssen alle heilen. Und falls du es nicht allein schaffst, was absolut keine Schande ist, dann lass dir helfen.« Seine Finger spannten sich an, daher redete sie schnell weiter. »Die Familie braucht dich, Georg, ich brauche dich.«

Er schloss gequält die Augen. Unter seinen Lidern quollen Tränen hervor und liefen ihm über die Wangen. Stummes Weinen schüttelte seinen Körper, bis Franziska sich auf ihn warf und ihn mit ihren Armen umfing. Sie flüsterte ihm beruhigende Worte zu, streichelte sein Haar und küsste ihn. Zum ersten Mal ließ er sie seinen unendlichen Schmerz sehen. Sie fühlte ihn brennen, als wäre es ihr eigener.

Der Winter ging zu Ende. Krokusse und Märzenbecher bohrten sich mühsam ihren Weg durch firnartige Schneereste, und endlich blieb das Tageslicht wieder etwas länger. Georg gab sich Mühe, er kämpfte. Zwar war er nach wie vor nicht dazu bereit, einen Facharzt zu konsultieren, allerdings trank er nicht mehr exzessiv und schluckte weniger Tabletten. Eine spürbare Verbesserung seines Gemütszustandes stellte sich jedoch erst durch einen Zufall ein, durch jemanden, den der liebe Gott geschickt haben musste, wie Franziska es empfand.

An einem verregneten Nachmittag im April spazierte ein Herr ins Hotel, elegant gekleidet in Tagesanzug, Mantel und Hut. In der Hand hielt er einen tropfenden Regenschirm, der ihm sofort vom Portier abgenommen und in einen Schirmständer gestellt wurde.

»Herr Lund!«, rief Franziska überrascht. Mit einem Stapel Rechnungen kam sie auf dem Weg ins Büro die Treppe herunter. Er streckte ihr die Hand entgegen, die sie erfreut schüttelte. *Gut sehen Sie aus*, wollte sie sagen, doch die Worte blieben ihr im Hals stecken. Wegen der breiten Krempe hatte sie die Narben auf seiner rechten Wange nicht gleich bemerkt. Er nahm den Hut ab und lächelte sie an.

»Verbrennung. Kriegsandenken«, kommentierte er ihren Blick.

»Das tut mir leid. Ich fürchte, die meisten von uns sind irgendwie gebrandmarkt, manche sichtbar, andere unsichtbar.«

»Ich weiß. Nur in meinem Beruf macht sich so was nicht gut.« Er wies auf sein Gesicht.

»Sie sehen immer noch blendend aus«, versicherte sie und meinte es auch so. Früher war Sture Lund ein recht glatter Typ Mann gewesen, hübsch, aber ohne Ecken und Kanten. Die Narben entstellten ihn nicht, sondern gaben ihm etwas Verwegenes. »Ich könnte mir vorstellen, dass sich die Damen nach wie vor darum reißen, mit Ihnen übers Parkett zu schweben.«

»Danke, Frau Fischer. Sehen Sie, deswegen bin ich hier. Ich wollte fragen, ob ich wieder bei Ihnen arbeiten kann. Wenn nicht als Eintänzer, dann in irgendeinem anderen Bereich, ich mache alles.«

Franziska bedeutete ihm, mit hinüber in die Bar zu gehen. Sie setzten sich an einen kleinen runden Tisch, und der Kellner brachte jedem ein Kännchen Kaffee.

»Ein Stück Apfelstrudel dazu?«, fragte sie, und er nickte dankbar. Bei genauem Hinsehen fiel ihr auf, dass sein Anzug abgetragen, der Stoff an manchen Stellen dünn war.

»Wie geht es Ihnen, Herr Lund?«

Er versuchte sich an einem Lächeln. Die Beantwortung dieser Frage schien ihn mitzunehmen. Statt *Danke, gut* brachte er lediglich einen erstickten Laut zuwege.

»Ich hatte angenommen, dass Sie wieder in Schweden leben.«

»Dort gab es vor dem Krieg schon nichts mehr für mich, ich habe keinen Grund zurückzukehren.«

Sie erinnerte sich an die Gerüchte, die über ihn kursiert waren. Er wäre der verarmte Sohn eines Grafen, dessen Vater das Familienvermögen verspielt hatte, behaupteten die einen. Andere vermuteten gar, er wäre ein verstoßener Prinz. Franziska war immer davon ausgegangen, Herr Lund hätte diese Geschichten selbst in Umlauf gebracht, um sich für die Damenwelt interessanter zu machen. Ihr war es recht gewesen. Ein geheimnisvoller Exot als Gesellschaftstänzer war allemal besser fürs Geschäft als ein Bauernsohn aus dem Nachbarort. Der Name in seinen Papieren, Sture Lund, war vermutlich falsch. Auch das kümmerte sie nicht. Ebenso wenig, ob er ihr jemals seine wahre Lebensgeschichte offenbaren würde. Er war ein angenehmer Mitarbeiter gewesen, beliebt bei den Kollegen, und die Gäste waren verrückt nach ihm.

»Natürlich können Sie wieder bei uns anfangen. Allerdings muss ich Ihnen sagen, dass wir um unsere Existenz kämpfen. Ich könnte mir zwar vorstellen, wenn sich herumspricht, dass Sie wieder bei uns tanzen, wird sich das positiv auf die Gästezahlen auswirken. Leider ist es jedoch so, dass das Hotel durch die Bombardierung schwer beschädigt war und wir Jahre für den Wiederaufbau benötigt haben. Nach außen hin erstrahlt zwar alles in altem Glanz, aber hinter den Kulissen müssen wir knapsen.«

»Wir werden den Leuten schon den Glamour verkaufen, den sie haben wollen, Frau Fischer. Was in unserem wirklichen Leben vorgeht, brauchen wir ihnen nicht zu zeigen. Ich habe mit Bedauern gehört, dass Ihr Herr Vater beim Einsturz gestorben ist. Herr Schwarzenberg war ein bemerkenswerter Mann und sein Verlust sicher schwer für Sie und Frau Schwarzenberg. Ich gebe mich auch mit wenig Lohn zufrieden, bis das Hotel besser läuft, wenn Sie mir dafür Essen und ein Zimmer zur Verfügung stellen.«

Sie steckte ihm die Hand hin, und er schlug ein. »Dann

sind wir uns einig. Ich freue mich, dass sie wieder bei uns sind, Herr Lund.«

»Und ich danke Ihnen.«

In den Frühlingsmonaten äußerte Georg überraschend den Wunsch, sich um den Hotelgarten zu kümmern. Er sah sich außerstande, Verwaltungsaufgaben zu erfüllen, war aber gern draußen und wollte sich beschäftigen. Auf diese Weise konnten die Fischers die Dienste eines Gärtners einsparen. Erstaunlicherweise fragte der elegante Herr Lund, ob er Georg zur Hand gehen dürfe. Tagsüber war sein Tanzeinsatz ohnehin nicht gefragt, und wenn er dafür sorgte, sich seine Nägel allabendlich akribisch zu säubern, nachdem er in der Erde herumgewühlt hatte, war das für Franziska in Ordnung. Mit Erstaunen beobachtete sie aus der Ferne, wie die beiden unterschiedlichen Charaktere erst schweigsam nebeneinanderher arbeiteten, langsam ins Reden kamen und schließlich, in Gespräche vertieft, Beete bepflanzen, Hecken schnitten und Wege fegten. Was die Gäste davon hielten, dass der Hotelchef gleichzeitig als Gärtner fungierte, interessierte Franziska nicht. Sie empfand eine tiefe Erleichterung darüber, dass die beiden Männer endlich einen Zugang zu ihrem erlittenen Trauma fanden, sich austauschten und nach Jahren dazu in der Lage waren, über das zu sprechen, was ihnen auf der Seele brannte.

Im Frühsommer, als der alte Teepavillon frisch gestrichen in neuem Glanz erstrahlte, engagierte Franziska eine Kapelle und organisierte wieder sonntägliche Tanztees.

Zum ersten Konzert erschien auch Karl.

»Ich dachte mir schon, dass du darauf brennst, das Tanzbein zu schwingen«, neckte sie ihn.

Die Geschwister beobachteten das Geschehen aus dem Hintergrund und hatten ein Auge auf die Kellner, ob der Service reibungslos funktionierte. Von einem wolkenlosen Himmel schien mild die Sonne, die klaren Bergsilhouetten boten ein malerisches Hintergrundbild für die Veranstaltung. Es gab Erdbeertörtchen und Waldmeisterbowle, und Georg hatte bunte Papierlampions in die Bäume gehängt, für später, wenn es dämmerte. An diesem herrlichen Tag waren zahlreiche Gäste erschienen, allesamt hatten sich schick gemacht, und jeder der Tische war voll besetzt. Auf Herrn Lunds Anraten hin hatte sich Franziska für junge Musiker entschieden, die Swing und Blues spielten, weshalb auch viele konsumfreudige Amerikaner anwesend waren. Zusammen mit Emma hatte Herr Lund eine schmissige Tanzdarbietung einstudiert, die Leute applaudierten begeistert.

»Sie macht das gut.« Karl deutete auf seine Nichte. »Helfen ihr die Übungsstunden mit eurem Eintänzer über Will hinweg?«

»Ein wenig. Allerdings befürchte ich, dass es sich bei Will und Emma um mehr handelt als nur den ersten Schwarm. Es vergeht keine Woche, in der sie einander nicht schreiben. Sogar angerufen hat er schon einige Male. Und den kompletten August wird er wieder hier verbringen. Ich hoffe nur, dass er sie nicht irgendwann mit nach Amerika nehmen will.«

Karl zog die Augenbrauen hoch, kommentierte das jedoch nicht. »Weißt du noch den Tanztee damals, als ich das erste Mal zu euch gekommen bin?«, fragte er stattdessen.

»Natürlich. Du warst ziemlich überzeugt von dir.«

»Überhaupt nicht. Im Gegenteil. Ich musste mich überwinden, um mich hierherzutrauen. Und kam mir dabei vor wie ein Eindringling. Der Einzige, der mir freundlich gesonnen schien, war Mathias.«

Bittersüße Erinnerungen stiegen in Franziska auf. Eine warme Welle der Wehmut durchflutete sie, als sie an ihren Bruder dachte. Bis ihr Wolf Bahlow einfiel, der schon in jungen Jahren für Unfrieden gesorgt hatte.

»Das ist lange her, Karl.«

»Stimmt. Und sieh uns jetzt an. Wer hätte sich damals vorstellen können, dass wir zwei einmal für das hier verantwortlich sein würden?« Er wies um sich. Das Publikum klatschte, weil Emma und Herr Lund mit ihrer Darbietung fertig waren, und strömte sofort auf die Tanzfläche, als die beiden mit einer einladenden Handbewegung dazu aufforderten.

»Wie meinst du das?«

Wegen der lauten Musik bat er sie, mit hinüber ans Schwimmbad zu kommen, das ein Stück weit vom Pavillon entfernt lag. Sie trug ein hellgrünes Kleid mit schwingendem Rock, der die Liegestühle streifte, als sie durch die Reihen gingen, um sich auf eine Bank im Schatten zu setzen.

»Unser Gespräch mit Mama im Winter hat mich nicht mehr losgelassen«, begann er mit ernster Stimme. »Ich habe nachgedacht, und ich weiß, das hat eine ziemliche Weile gedauert. Aber nun bin ich auf eine Lösung gekommen, die für die Familie das Beste ist.«

»Wovon sprichst du, Karl?«

»Ich werde bei Helene auf dem Erlenhof bleiben und mich nicht in Selbstmitleid und Einsamkeit auf eine Almhütte zurückziehen. Allerdings müssen wir einiges umstellen. Wir möchten uns nicht mehr auf die Landwirtschaft allein beschränken, sondern Fremdenzimmer einbauen. Ferienwohnungen, du weißt schon. Für diejenigen, die sich das Grandhotel nicht leisten können, aber gern auf Sommerfrische in unsere Berge kommen. Es geht wieder aufwärts mit der Wirtschaft, Franzi, die Leute werden in den Urlaub fahren wollen. Ich bin davon überzeugt, dass sich eine Fremdenpension auf dem Land rechnen wird. Frieda ist glücklich darüber, sie wäre ohnehin widerstrebend und nur mir zuliebe mit auf die Alm gegangen. Und sie will Helene und ihrer Schwester bei der neuen Aufgabe helfen. Die drei verstehen sich gut, es wäre nicht richtig von mir, etwas auseinanderzureißen, das eine zweite Familie für meine Tochter geworden ist, das sehe ich nun ein. Auch wenn Frieda mittlerweile erwachsen ist.« Er lehnte sich zurück und verschränkte die Arme vor der Brust. Als er weitersprach, sah er Franziska nicht an. »Die Amerikaner werden das Bergrestaurant und das Hotel irgendwann wieder freigeben. Aber nicht mehr an mich. Ich habe es verkauft.«

Diese Nachricht versetzte ihr einen Stich ins Herz. Sie wusste, wie ihr Bruder daran hing.

»Warum?«, fragte sie leise.

»Weil es das einzig Richtige war. Ich mache dir einen Vorschlag. Was hältst du davon, wenn ich den Verkaufserlös in das Grandhotel Schwarzenberg investiere und Teilhaber werde? Wir führen es gemeinsam, du und ich.«

»Und Georg?«

»Franzi, wir wissen beide, dass es nie das war, was er wollte. In den letzten Monaten hat er sich zusehends erholt. Er wird bald so weit sein, sich anderen Dingen außer dem Garten widmen zu können, dann braucht er eine neue Aufgabe. Aber das Hotel war nie seines.«

Sie nickte nachdenklich. »Das stimmt. Aber was ist mit deinem Traum? Ein Leben in den Bergen, frei und unabhängig?«

»Ich werde auch nicht jünger. Was nützt es mir, allein auf einer Hütte zu sitzen, wenn ich Zipperlein bekomme, und niemand kümmert sich um mich.«

»Ist das dein Versuch, eine Vernunftentscheidung schönzureden?«

»Ja.« Er sah sie von der Seite an, zuckte die Schultern. »Also. Was sagst du dazu?«

Mit seinem Geld würden sie das Hotel wieder über Wasser halten können. Der wirtschaftliche Aufschwung würde kommen und mit ihm zahlungskräftige Gäste. Es wäre die unverhoffte Rettung, die sie herbeigesehnt hatte. Karl war ein erfahrener Gastronom, sie könnten die Aufgabenbereiche aufteilen. Franziska wusste, dass die Geschäftsführung mit ihnen beiden gut funktionieren konnte. Zudem würden sie mehr Zeit miteinander verbringen. Er hatte seinen Traum begraben, um den ihren und den seiner Mutter am Leben zu erhalten.

Langsam stand sie auf und strich sich den Rock glatt. Er erhob sich ebenfalls.

»Mama wird‘s freuen.«

»Was ist mit dir?«

»Mich auch, Karl. Danke.« Sie umarmte ihn, lehnte sich für einen Moment an ihn und ließ sich halten. Es wäre eine große Erleichterung, einen starken Partner an ihrer Seite zu haben.

»Störe ich?«

»Georg.« Franziska machte einen Schritt zurück und wischte sich eine Träne aus dem Augenwinkel. »Gar nicht. Es gibt wundervolle Neuigkeiten.«

Nachdem sie ihrem Mann davon erzählt hatte, schüttelte Georg nicht nur Karls Hand, sondern drückte ihn und stieß mit bewegter Stimme hervor: »Das vergess ich dir nie, vielen Dank. Du wirst es nicht bereuen.«

Obwohl Karl auf dem Erlenhof wohnen blieb, verbrachte er fortan die meiste Zeit im Grandhotel. Das Büro war nach dem Wiederaufbau mit modernen Möbeln ausgestattet worden. Es sollte anders aussehen als früher, weil Franziska sonst befürchtete, darin schwermütig zu werden. Die beiden Geschwister teilten es sich. An der Wand neben Franziskas Schreibtisch hing eine gerahmte Fotografie von Michael Schwarzenberg, und Anna sorgte dafür, dass auf dem Tischchen darunter stets frische Blumen standen. Sie zeigte sich erleichtert über Karls Entscheidung und sehr bewegt.

»Du weißt, dass er ein großes Opfer bringt«, sagte Franziska zu ihr.

»Das scheint momentan nur so. Abwarten. Du wirst sehen, dass es der einzige Weg für ihn war, bei denen zu sein, die er liebt. Und damit meine ich nicht nur Frieda, sondern dich. Die Beziehung zwischen euch war von der ersten Sekunde an etwas Besonderes, obwohl ihr euch so spät kennengelernt habt. Wäre Mathias noch unter uns, würde wahrscheinlich er das Hotel führen, und dein Leben hätte einen anderen Verlauf genommen, Franzi. Du wärst viel freier gewesen.«

»Ich bin zufrieden hier. Mama, wirklich.«

»Dein Vater wäre stolz auf dich.«

»Ich vermisse ihn.«

Anna hob den Blick und studierte die Fotografie. Dann nahm sie die alten Blumen aus der Vase.

»Wenn Will morgen kommt, sorg dafür, dass Georg nett zu ihm ist. Emma ist so verliebt, und es ist an der Zeit, dass er ihn endlich akzeptiert«, sagte sie unvermittelt, bevor sie fortfuhr. »Was für Blumen bringe ich dir heute?« Mit den Fingerspitzen fuhr sie zart über Michaels Porträt. Franziska bemerkte ein leichtes Zittern.

»Ach, ich weiß, ich fahre hinaus zum Sacherl und hole Rosen.«

»Mama, der Hotelpark quillt über vor Rosen, warum nimmst du nicht davon welche?«

»Weil die dunkelroten, die am Zaun des Gemüsegartens wachsen, am allerbesten duften. Früher, wenn dein Vater und ich uns voneinander verabschiedet haben, hat er mir oft eine gepflückt, damit ich an ihn denke, bis wir uns wiedertrafen.«

»Wenn du meinst.«

Lächelnd drückte Anna ihrer Tochter einen Kuss auf die Wange. »Mach nicht mehr zu lange mit der Buchhaltung, Kind. Es ist so ein schöner Tag heute.« Dann ging sie hinaus und ließ sich vom Portier den Wagen aus der Garage bringen. Anna fuhr gern selbst mit dem Auto. Sie war eine der ersten Frauen in Bad Reichenhall gewesen, die Fahrunterricht genommen und einen Führerschein gemacht hatten. Aus dem Bürofenster sah Franziska, wie ihre Mutter einstieg.

Sie hatte vollkommen recht, es war wirklich ein herrlicher Tag. Entschlossen klappte sie die Korrespondenzmappe zu, stand auf und streckte sich. Eigentlich hätte sie mit hinaus an die Saalach fahren und sich zusammen mit Anna ein wenig ans Ufer setzen und die Füße ins kühle Wasser baumeln lassen können. Zu spät. Stattdessen suchte sie nach Georg und fand ihn oben in der Wohnung.

»Lass uns ein Eis essen gehen«, schlug sie vor.

»Unten in der Küche?«

»Nein, im Park. Das haben wir lange nicht zusammen gemacht.«

Er legte das Buch weg, in dem er gerade gelesen hatte. »Gute Idee.«

Wenig später spazierten sie Arm in Arm, ein jeder mit einer Tüte Eis in der Hand, an der Gradierwand im Kurpark entlang. Das über die Reisigzweige plätschernde Wasser wirkte beruhigend aufs Gemüt, es machte die Luft frisch und angenehm. Am Ende der Wandelbahn bogen sie auf einen Kiesweg ab, der zwischen üppig bepflanzten Blumenbeeten hindurchführte. Auf einer Bank am Brunnen sahen sie für eine Weile den Kurgästen beim Flanieren zu. Bunte Sommerkleider und leichte Anzüge verströmten Urlaubsflair. Die Gäste kamen tatsächlich wieder. Später zogen sich Franziska und Georg in einen schattigen, mit Wein überwachsenen Laubengang zurück, weil ihnen die Sonne zu heiß wurde. Das Licht fiel milde durchs grüne Blattwerk und zauberte goldene Reflexe auf Georgs Gesicht. Er beugte sich vor, bis sich ihre Lippen trafen. Zuerst sanft, dann schloss er seine Hände um ihre Taille und zog sie eng an sich, vertiefte seinen Kuss.

»Ich liebe dich, Franziska.«

Freude ließ ihr Herz wild klopfen. »Du bist zu mir zurückgekehrt«, flüsterte sie, und beide wussten, was sie damit meinte. Er legte seine Wange an die ihre. »Weil du auf mich gewartet hast.«

Nachmittags stiegen die Temperaturen auf über dreißig Grad. Die meisten Hotelgäste hielten sich draußen am Schwimmbad auf. Nachdem sie aus dem Kurpark nach Hause kamen, schlichen sich Franziska und Georg über die Bedienstetenstiege hinauf in ihr Schlafzimmer. Sie liebten einander bei offenem Fenster, während die Sonne auf ihr Bett schien und den Schweiß auf ihren Körpern glitzern ließ. Das Haustelefon läutete zweimal, sie ignorierten es beide. Erst als sie erschöpft und glücklich nebeneinanderlagen und es ein drittes Mal wild schellte, nahm Franziska den Hörer ab.

»Ja«, sagte sie knapp, »kein Problem. Ich komme gleich runter. Nein, vorhin habe ich kein Klingeln gehört, komisch.«

»Karl?«

Sie zwinkerte ihrem Mann schelmisch zu. »Er will über eine Änderung des Menüs mit mir reden. Du kannst dich noch ein wenig erholen. Scheinst es zu brauchen.« Als er protestierend erneut nach ihr greifen wollte, sprang sie aus dem Bett und schlüpfte rasch in Rock und kurzärmelige Bluse. »Schlaf nicht ein, ich komme gleich wieder.«

23

Bad Reichenhall, August 1950

»Bei dieser Hitze sollten wir dringend auf ein kaltes Abendessen umstellen«, schlug Karl vor. Sie hatten sich in der Küche getroffen und standen über den Essensplan gebeugt.

»Suppe und Rollbraten, das scheint mir ein wenig heftig. Wie wäre es stattdessen mit einer Gurkenkaltschale, Roastbeef und Salat? Und als Dessert Götterspeise und Champagnersorbet? Ich denke, das wäre erfrischender für unsere Gäste.«

Sie hörte ihm nur mit halbem Ohr zu, dachte noch immer an Georgs Küsse und seine Leidenschaft. »Klingt herrlich.«

»Herrlich? Da ist aber jemand begeistert. In Ordnung, dann machen wir es so.« Er informierte den Chefkoch und den zweiten Küchenchef über die kurzfristigen Änderungen und kam zu Franziska zurück. Gemeinsam gingen sie ins Büro, wo die Blumenvase noch immer leer unter Michaels Porträt stand.

»Wo ist eigentlich Mama?«, fragte Karl.

Franziska runzelte die Stirn. »Das wollte ich dich auch gerade fragen. Sie ist am Vormittag hinaus in ihr altes Häuschen gefahren, um Rosen zu holen. Seitdem habe ich sie nicht gesehen.«

»Vielleicht bleibt sie länger. Draußen am Fluss ist es sicher angenehmer bei diesen Temperaturen als hier in der Stadt.«

»Wahrscheinlich. Sie kam mir sehr empfindsam vor heute, hat viel von Papa gesprochen. Vermutlich will sie tatsächlich eine Weile ihre Ruhe haben und in Erinnerungen schwelgen.

Wissen wir schon, wann Will morgen am Flughafen in München ankommt?«

»Da müsstest du Emma fragen. Die ist am Schwimmbad, hilft dort im Service.«

Leider hatte Franziska keine Zeit mehr, sich wieder an die Seite ihres Mannes ins Bett zurückzuziehen, denn Emma war mit den Getränkebestellungen heillos überfordert, sodass Franziska ihr dabei half. Es wurde erst leichter, als die Gäste sich zurückzogen, um sich für den Abend umzukleiden.

Zum Essen war Anna noch immer nicht zurück.

»Jetzt mache ich mir langsam Sorgen. In ihrem Zimmer ist sie nicht, und gehört habe ich auch den ganzen Tag nichts von ihr. Das ist ungewöhnlich für Mama. Ich fahre hinaus zum Sacherl. Kann ich dein Auto nehmen, Karl?«

»Natürlich.«

»Warte, Schatz, ich komme mit.« Georg griff nach dem Schlüssel, und sie machten sich gemeinsam auf den Weg. Es war noch nicht dunkel. Über den Bergen zeigte sich flammendes Abendrot, die Hitze des Tages war schwächer geworden. Links und rechts von der Straße wechselten sich abgemähte Wiesen, auf denen das Heu trocknete, mit Weizenfeldern ab, die kurz vor der Ernte standen. Es roch nach Sommer. Auch unten an der Saalach. In den Bäumen am Ufer zirpten die Zikaden um die Wette.

»Ihr Wagen steht im Hof, also scheint sie noch hier zu sein«, stellte Georg fest.

Er rüttelte an der Haustür. »Verschlossen. Drin ist sie nicht.«

»Mama!«, rief Franziska laut. »Wo bist du?«

»Wollte sie nicht Rosen schneiden? Lass uns nachsehen.«

Sie gingen hinüber zum ehemaligen Gemüsegarten. Annas Mutter hatte vor vielen Jahren Rosenstöcke entlang des Staketenzauns gepflanzt, die zwar mittlerweile verwildert waren, doch üppig blutrot blühten und dabei einen betörenden Duft verströmten.

Anna saß auf einer Decke auf dem Boden, mit dem Rücken an die hölzernen Latten des Zauns gelehnt. Auf ihrem Schoß lag ein Korb Rosen, in der Hand hielt sie eine Blumenschere. Sie hatte es sich im Schatten bequem gemacht, um die Stängel zu entblättern. Vielleicht war sie müde geworden und eingenickt. Ihre Augen waren geschlossen. Ein sanftes Lächeln umspielte ihre Lippen.

»Mama?« Franziska ging in die Knie und legte ihre Hand auf die der Mutter. Viel zu still saß sie, kein Atemzug hob ihre Brust, kein Flackern der Lider verriet ein Erwachen. Ein Marienkäfer krabbelte aus dem Korb und auf Annas Rock, verharrte dort kurz, dann breitete er die Flügel aus und flog davon. In diesem Moment wusste Franziska, dass sie für immer eingeschlafen war. Mit einem erstickten Laut zog sie die Hand zurück und presste sie vor ihren Mund. Georg fühlte nach einem Puls, schüttelte den Kopf. Er kniete sich neben seine Frau und legte einen Arm um ihre Schulter. Unbewegt saßen sie im Gras. Ein alles verzehrender Schmerz ergriff Besitz von Franziska. Er kroch ihre Beine hoch, durch den Bauch in die Brust und bis hinauf ins Gehirn, wo er jeden Gedanken auslöschte und sich in ein Pfeifen verwandelte, das ihren Kopf zu zersplittern drohte.

Ihre Mutter konnte doch nicht gegangen sein, nicht so, nicht ohne Abschied.

»Wieso?«, stieß Franziska schließlich hervor.

Georg strich ihr beruhigend übers Haar. »Ich weiß es nicht. Sie sieht friedlich aus, glücklich.«

»Zu früh, viel zu früh …«

»Das können wir uns nicht aussuchen, Liebes.«

Es wurde dunkel, während sie dasaßen. Der Himmel verwandelte sich in Sommernachtsblau, und die ersten Sterne blinkten. Behutsam half ihr Mann Franziska beim Aufstehen und dirigierte sie mit sanftem Nachdruck zurück zum Wagen. Plötzlich wurde ihr übel, und sie musste erbrechen. Sie fühlte sich unsicher auf den Beinen.

»Das ist der Schock.« Er ging zum Brunnen, tauchte sein Taschentuch ins kühle Wasser und reichte es ihr. »Hier. Wir müssen Anna von hier wegbringen, Franzi, bald ist es Nacht.«

»Wie?«

»Wir fahren zurück in die Stadt und rufen einen Krankenwagen.«

»Nein!«, rief sie laut. »Ich lasse sie nicht allein. Geh du. Ich warte bei ihr.«

»Bist du sicher?«

Außerhalb des Ortes war die Dunkelheit anders, tiefer. Georg schaltete die Scheinwerfer des zweiten Wagens ein, damit Franziska Licht hatte. Dann fuhr er mit dem Käfer zum nächstgelegenen Nachbarn.

Währenddessen setzte sich Franziska zu ihrer Mutter. Sie stellte den Korb mit den Rosen zur Seite und nahm die Schere weg. Vorsichtig schob sie ihre Hand unter Annas, legte den Kopf an ihre Schulter.

Dann ließ sie die Tränen zu. Sie strömten über ihre Wangen, benetzten den Kragen der Bluse und tropften auf den Rock. Den Tod ihres Vaters damals hatte Franziska zu akzeptieren gelernt. Er war ein Opfer der Bombardierung geworden. Aber warum starb ihre Mutter? Sie war weder krank noch alt, ihr Herz durfte doch nicht einfach aufhören zu schlagen.

»Wolltest du bei Papa sein?«, flüsterte sie mit tränenerstickter Stimme. »Fünf Jahre hast du es ohne ihn ausgehalten. War dir das zu lang?« Es war die einzige Erklärung, die sie finden konnte, und Franziska brauchte einen Grund. Dieser war wenigstens tröstlich. Nun waren die Eltern wieder vereint.

In der Ferne sah sie Scheinwerfer. Georg kam zurück und

hinter ihm der Krankenwagen. Gleich mussten sie sich voneinander verabschieden.

»Ich hab dich lieb, Mama«, flüsterte sie und küsste Anna auf die Wange. Sie stand auf und bemühte sich um Fassung. Die Sanitäter brachten eine Bahre, der Notarzt untersuchte Anna und stellte den Tod offiziell fest. Dann nahmen sie sie mit.

»Wohin?«, fragte Franziska. Zusammen mit Georg sah sie dem abfahrenden Krankenwagen hinterher.

Mit sanftem Druck und ohne zu antworten, schob er sie zu Karls Auto. »Setz dich. Den anderen Wagen lasse ich später holen. Ich werde mich jetzt um dich kümmern.«

Sie hörte seine Stimme wie durch einen Nebel. Der sich auch in den folgenden Tagen nicht lichtete. Vollkommen apathisch lag Franziska zu Hause im Bett, nahm das Kommen und Gehen ihrer Lieben kaum wahr und konnte sich nicht zum Aufstehen zwingen. Es war, als ob all ihre Kraft sie mit einem Schlag verlassen hätte, so sehr erschütterte sie der plötzliche Tod der Mutter.

Georg, Karl und Emma trafen die Arrangements für die Beerdigung und sorgten dafür, dass im Hotel alles weiterlief.

An die Beisetzung konnte sich Franziska in späteren Jahren kaum erinnern. Nur dass sie unbewegt am offenen Grab gestanden hatte, keine Hände schütteln wollte und keine Beileidsbezeugungen entgegennahm.

Weil sich ihr Zustand auch nach einiger Zeit nicht merklich besserte, nahm Georg sie mit sich fort. Sie fuhren über die Alpen nach Italien, bis hinunter nach Neapel und von dort mit einer Fähre auf die Insel Ischia.

Während in Bad Reichenhall der Herbst einkehrte, strahlte im Süden noch eine wärmende, milde Sonne, die ganz langsam bis zu Franziska durchdrang und in ihr einen Funken Lebenswillen entzündete. Georg zeigte sich in dieser Zeit stark. Er stand seiner Frau zur Seite, geduldig, ohne sie zu drängen.

Und nach einigen Wochen konnte sie sich tatsächlich Stück für Stück zurück ins Jetzt kämpfen. Das war sein Verdienst, und sie wusste es. Dafür liebte sie ihn umso mehr. Es schien, als würde er durch ihre Verletzlichkeit zu seiner alten Stärke zurückfinden. Weil sie ihn brauchte. Manchmal glaubte Franziska, das wäre Annas Abschiedsgeschenk und eine weitere Bestätigung dessen, was sie im Winter draußen an der Saalach gesagt hatte. Dass es sich lohnte, immer wieder aufzustehen, wie oft sie auch fiel.

Bad Reichenhall,
Königlich Bayerisches Staatsbad
1955 – 1956

24

Bad Reichenhall, September 1955

Das Grandhotel Schwarzenberg war nicht mehr dasselbe seit dem Tod ihrer Großmutter, da mochte noch so viel Zeit vergehen. Als wäre der Geist vergangener Tage aus den Gängen entschwebt, fühlte es sich leer an für Emma und irgendwie verblasst. Jeden Moment meinte sie, Anna die Treppe herunterkommen zu sehen oder sie hinter der Rezeption, in Küche oder Hotelpark zu finden. Sie fehlte. Statt Michaels Porträt im Büro hing dort nun ein Bild von ihm und Anna gemeinsam, Arm in Arm, und ihre Enkelin kümmerte sich darum, dass immer frische Blumen darunterstanden. Auch sonst hatte sie einige von Annas Aufgaben übernommen, und die Mitarbeiter bestätigten ihr oft, wie ähnlich sie ihrer Großmutter war.

Emma unterhielt sich gern mit Adele, wollte Geschichten aus den Anfängen des Hotels hören, über die vornehmen Gäste und Bälle. Die meisten davon kannte sie freilich von Anna, denn Emma war schon immer interessiert gewesen an der Vergangenheit des Hauses. Gerade die vertrauten Anekdoten, bei denen sie sogar oft stumm die Lippen mitbewegte, hielten die Erinnerungen an ihre Großeltern ebenso wach wie Adeles sanfte Stimme. Sollte Emma eines Tages selbst Kinder haben, würde sie ihnen ebendiese Geschichten erzählen. Sie vermisste ihre Großmutter schrecklich, auch wenn Wills Anwesenheit gegen ihre Wehmut half. Sooft er konnte, flog er über den Atlantik, um bei ihr zu sein, mal zwei Wochen, manchmal drei. Dann vergaß sie, dass sie eigentlich in unterschiedlichen Welten lebten. Sobald sie zusammen waren, fühlte Emma sich vollständig.

Erfreulicherweise schien sich Georg endlich damit abzufinden, dass der junge Mann einen festen Platz im Herzen der Tochter hatte, denn er behandelte ihn freundlicher als früher.

Nach der Rückkehr ihrer Eltern aus Italien vor fünf Jahren hatte Emma eine Veränderung an den beiden bemerkt. Der Ortswechsel hatte ihnen gutgetan, der Abstand zum Geschäft ebenso. Seither teilte sich Franziska bewusst jede Woche einen Tag ein, an dem sie nicht zur Verfügung stand, sondern mit Georg einen Spaziergang machte, essen ging oder Ausflüge unternahm und Emma das Ruder überließ. Ihr Vater wiederum überraschte sie am meisten. Er schien erfüllt von Tatendrang, brachte sich mehr im Grandhotel ein und verzückte sie wieder mit seinem Humor, den sie als Kind so an ihm geliebt und nach dem Krieg verloren geglaubt hatte.

»Letzte Woche waren meine Eltern ganze drei Tage weg. Ich weiß nicht einmal, wo. Es ist, als wären die beiden frisch verliebt, ständig hängen sie zusammen. Dabei bin ich mir nicht sicher, ob ich das Hotel schon leiten könnte, falls sie endgültig durchbrennen sollten.« Emma grinste. »Gut, dass Onkel Karl da ist, der hat alles im Griff. Und Adele und Herr Lund sind auch eine große Hilfe. Aber ich bin ja erst einundzwanzig, noch verlangt niemand von mir, Direktorin des Grandhotel Schwarzenberg zu sein.«

Es war Ende September, ein sonnig milder dazu, und Emma und Will fuhren hinüber an den Königssee. Mit ihrem neuen Wagen – einer bordeauxroten Borgward Isabella mit schneeweißem Dach –, den ihr Vater gekauft hatte. Sie ließ Will ans Steuer und genoss die Aussicht auf die Berge. Nirgendwo auf der Welt konnte es schöner sein als hier. Auf dem Ausflugsdampfer, der sie nach St. Bartholomä brachte, waren nur wenige andere Passagiere. Ein angenehmer Unterschied zu den Sommermonaten, in denen die Einheimischen den überlaufenen See mieden. Die beiden jungen Leute saßen händchenhaltend nebeneinander im Boot und sahen zu, wie dunkelgrüne Tiefen, Herbstwälder in Feuerfarben und steile Ufer an ihnen vorbeizogen.

»Aber eines Tages werde ich das Schwarzenberg leiten«, fügte sie hinzu.

Will nickte. »Ich weiß. Deine Zukunft liegt in Bad Reichenhall. Es wäre sinnlos, dich zu bitten, mit mir nach Amerika zu kommen.«

»Das wäre es.« Emma hatte einen Kloß im Hals. Waren sie nun also an jenem Punkt angelangt, vor dem sie sich seit Jahren fürchtete? Er musste es sagen, sie schaffte es nicht. Er würde ihr eröffnen, dass er zurück in seine Heimat ginge, weil er nicht ewig hierbleiben könne, und dass es keinen Sinn mache, sich nur während der Urlaubszeit zu sehen. Er würde ihr vorschlagen, dass sie die Sache beenden und jeder seiner eigenen Wege gehen solle. Weil er fast dreißig und es bestimmt leid war, auf ein kleines Mädchen zu warten, das nicht aus seinen Bergen wegwollte. Aber er sprach nicht weiter, und sie verlangte es nicht von ihm.

Auf der Halbinsel Hirschau gingen sie von Bord.

»*Wow!*« Will war beeindruckt. »Warum sind wir nicht schon früher hergekommen? Es ist absolut fantastisch, wie aus einem Märchen.«

»Stimmt, aber eben weil es so malerisch ist, zieht es bei schönem Wetter normalerweise derart viele Menschen an den See, dass es wuselt wie in einem Ameisenhaufen. So wie heute zeigt sich St. Bartholomä nur selten.«

Vor ihnen, auf einer flachen Landzunge, umrahmt von Wiesen, Bergen und Wasser, stand die weit über Bayerns Grenzen hinaus bekannte Wallfahrtskirche mit ihren roten Kuppeldächern und Zwiebeltürmen, die Emma jedes Mal an eine Geburtstagstorte erinnerte. Daneben die Schiffsanlegestelle, die Fischerei und das ehemalige Jagdschloss.

»Ich wollte, wir könnten hierbleiben. Nur du und ich.« Will nickte hinüber zur Gaststätte im Jagdschloss. »Vermieten die keine Zimmer?«

Emma grinste. »Oh nein. Sobald der letzte Ausflugsdampfer abgelegt hat, ist hier touristenfreie Zone. Eine einzige Ausnahme gibt es allerdings. Ein paar Fremde dürfen schon hier übernachten.«

»Siehst du, also lass uns das machen.« Er umfasste ihre Taille und küsste sie hingebungsvoll.

»So verlockend das klingt – wir dürfen nur dann über Nacht hierbleiben, wenn wir morgen auf die Watzmann-Ostwand steigen. Das wäre die dort drüben. Überleg es dir also gut.« Mit ausgestreckter Hand wies sie auf den gezackten Bergkamm, der sich steil, aber postkartenperfekt hinter der Wallfahrtskapelle in den blauen Himmel streckte.

Will lachte auf. »*Holy cow!* Das ist nur was für Fortgeschrittene. Das bedeutet, eine Liebesnacht mit dir würde mich mein Leben kosten?«

Nun zog Emma ihn an sich und küsste ihn so innig, als wären sie allein auf der Welt. Ein vorbeigehender Herr rief ihnen gar ein missbilligendes »Na, na, na!« zu.

»Das würde es so oder so«, flüsterte sie Will ins Ohr. »Allerdings wäre es mir lieber, wenn du dabei nicht von einer Bergwand fällst.«

Sie hatte ihn nur necken wollen, nicht damit gerechnet, dass er ernsthaft darauf einstieg.

Doch er ging vor ihr auf die Knie. »Dann heirate mich. Werde endlich meine Frau, und ich gehöre dir.«

Ein paar der anderen Inselbesucher spähten zu ihnen herüber.

»Ich liebe dich, Will. Aber ich kann nicht mit nach Amerika gehen.«

»Ich weiß. Das macht es ja so kompliziert.«

»Steh auf, die Leute schauen schon.«

»Ist mir egal.« Trotzdem erhob er sich. »War das nun ein Ja oder ein Nein?«

»Natürlich will ich dich heiraten! Was denkst du denn?«

Die Freude in seinen sanften braunen Augen und die bedingungslose Liebe darin ließen Emmas Knie weich werden. Sie lehnte sich gegen ihn.

»Dann werden wir eine Lösung finden, damit wir zusammen sein können.« Nun küsste er sie langsam und zärtlich, mit dem Versprechen auf mehr, wenn sie es ihm gestattete.

Auf der Rückfahrt über den See studierte sie ihn immer wieder von der Seite. Von Anfang an war es sein jungenhaftes Lächeln gewesen, das sie an ihm fasziniert hatte, die markanten Wangenknochen und die Hände, die sie stundenlang hätte ansehen können. Und seine tiefe Überzeugung, dass das Schicksal alles irgendwie richten würde. Aber wie sollten sie eine gemeinsame Zukunft haben, wenn ihr Leben auf zwei verschiedenen Kontinenten stattfand?

*

Georg war sich nicht sicher, ob seine Tochter nun tatsächlich verlobt war oder ob es sich dabei um verzweifelte Liebesschwüre zweier junger Leute handelte, die nicht zusammen sein konnten. Er hatte Mitleid mit Will. Der Amerikaner schlich im Hotel herum, als würde die Welt untergehen, weil der Tag seiner Abreise nahte. Emma war mit Frieda ins Kino gegangen. Sie sahen sich *Die Deutschmeister* an, den neuen Film mit Romy Schneider, der seit ein paar Wochen in den Park-Lichtspielen lief.

Seufzend erbarmte sich Georg. »Komm, Junge, hol deine Jacke, wir gehen ins Wirtshaus.«

Einmal im Monat traf er sich mit Freunden im St.-Aegidi-

Keller zum Stammtisch. Das Reichenhaller Lokal erstreckte sich tatsächlich als unterirdischer Weinkeller bis unter die Ägidikirche und war so alt wie das Gotteshaus. Der Stammtisch traf sich allerdings zumeist oben in der Gaststube, weil einige schon recht betagte Mitglieder darunter waren, denen die Stiege zu steil war. Zudem sprachen die Herren ohnehin lieber dem Bier zu als den edlen Tropfen unter der Kirche.

Zu Georgs Erleichterung begrüßten seine Freunde Will freundlich, obwohl er kein Mitglied war. Ausländer waren ihnen nicht fremd, auch Sture Lund gehörte seit einigen Jahren dazu. Aber der Amerikaner war eben ein Amerikaner und ein gutes Stück jünger als die Stammtischbrüder, daher war sich Georg vorab über die Reaktionen nicht sicher gewesen.

Zu essen gab es Selchfleisch mit Kraut und kleine, feste Knödel aus Roggenmehl, mit einer glatten, glänzenden Oberfläche, die Will so gut schmeckten, dass er ganze elf davon vertilgte. Das brach das Eis endgültig und bescherte ihm viele Sympathien. Danach wurde politisiert, diskutiert und geschwatzt, alles in tiefstem Bayerisch, das Will mittlerweile so gut verstand, dass er mitreden konnte und die letzten Stammtischmitglieder überzeugte. Was Georg wiederum ein wenig stolz auf ihn machte. Irgendwann landeten sie, wie jedes Mal, beim selben Thema.

»Ich weiß nicht, was man den Leuten noch bieten muss. Die spinnen doch langsam«, verkündete Beppo Schwarz, dem drei Sportgeschäfte in der Stadt gehörten. »Können eh alles machen hier bei uns, Skifahren, Baden, Wandern, was müssen sie da runter ans Meer zu den Italienern fahren?«

»Das Volk verlangt nach Attraktionen. So verhält sich das seit Urzeiten. Schon Tacitus referierte in seinen Historien über die Wankelmütigkeit der Plebs«, bemerkte Emil Ebermaier, ein früherer Lateinprofessor, der mit beinahe achtzig Jahren und als Einziger der Runde streng nach der Schrift redete.

»Äh, ja«, entgegnete Beppo Schwarz. »Du meinst, es muss dauernd was Neues her, Emil, oder?«

Der Professor hob die buschigen Augenbrauen und einen Zeigefinger. »Brot und Spiele. Spiele und Brot. Das funktioniert immer.«

Das Gespräch geriet ins Stocken, da die Herren zu überlegen schienen, was er damit sagen wollte.

»Bei uns in Amerika gibt es eine ganze Stadt in der Wüste, in der nur gespielt wird«, warf Will plötzlich ein. »In Las Vegas kann man alles machen, Roulette, Blackjack, Baccara, Spielautomaten.«

»Davon habe ich gehört. Da treten auch die großen Film- und Musikstars auf.« Sture Lund stupste Georg mit dem Ellenbogen an. »In Las Vegas verdienen sie unglaublich viel Geld mit Glücksspiel und Shows. Und die Gäste wohnen in riesigen Hoteltürmen, gerade hat ein neues eröffnet, habe ich gelesen. Ich glaube, es heißt *The Riviera.*«

»Geh!«, brummte Beppo Schwarz. »Roulette und Singerei, so was passt doch hier nicht hin, zu uns nach Bayern. Wen soll das interessieren?«

Das sah Will anders. »Warum nicht? Es muss ja nicht aussehen wie in Las Vegas, mit blinkenden Lichtern und grellen Schildern. Aber ein elegantes Casino, das wäre die perfekte Attraktion für ein anspruchsvolles Publikum in Bad Reichenhall.«

Georgs Herz schlug schneller. Er spürte ein aufgeregtes Prickeln im Bauch. Was für ein Glück, dass er den Jungen an diesem Abend mitgenommen hatte! Die Bedienung kam und fragte, ob die Herren einen Schnaps wollten, wurde jedoch wieder weggeschickt, was ungewöhnlich war. Alle diskutierten wild durcheinander, ob eine Spielbank das Interesse der Gäste an der Stadt wiederbeleben könnte. Georg wusste, dass es nur Gerede war, dass an diesem Abend sicher keine konstruktiven Ideen entstehen würden, aber auf dem Heimweg durch die nächtlichen Gassen sagte er zu Will: »Ich bin überzeugt davon, dass ein Casino eine sehr lukrative Sache für uns alle werden könnte.«

»Wen meinst du mit *uns?*« Seit der seltsamen Verlobung durfte Will Georg und Franziska duzen.

»Die Investorengruppe. Für einen allein ist die Geschichte zu groß, aber wenn sich ein paar Geldgeber zusammenfinden, wäre es ohne Probleme umsetzbar und zügig noch dazu. Stell dir vor, etwas, das, saisonal unabhängig, ganzjährig Gäste in die Stadt bringt. Will, das müssen wir machen!«

Sie waren vor dem Hotel angekommen, gingen aber noch nicht hinein, sondern blieben vor der Drehtür stehen.

»Man bräuchte zuerst einmal Räumlichkeiten«, sagte Will.

Georg sah hinüber auf die andere Straßenseite. Hinter den Bäumen lag das prächtige Alte Kurhaus, in dem seit Erbauung des Kurmittelhauses der Moderne einige Säle leer standen. Nur einen Steinwurf entfernt vom Grandhotel Schwarzenberg.

Er musste darüber schlafen. Sich alles genau überlegen. Keiner der Stammtischbrüder schien begriffen zu haben, was für eine sensationelle Idee Will in den Raum gestellt hatte.

Georgs Geschäftssinn war geweckt.

Am darauffolgenden Morgen fuhr er so früh hinaus zur Villa Augustine, dass seine Mutter erschrak, ihn zu sehen. »Ist was passiert?«, begrüßte sie ihn.

Tine und Thomas saßen am Frühstückstisch und trugen der Haushälterin auf, ein drittes Gedeck für Georg zu bringen. Im letzten Jahr hatte sein Vater seinen siebzigsten Geburtstag gefeiert. Längst hatte er sich ins Privatleben zurückgezogen, unfreiwillig, denn seine Entnazifizierung war nicht so glimpflich verlaufen wie die von Schwager Karl.

Obwohl sich Thomas als ehemaliger Kurdirektor keinerlei Verbrechen hatte zuschulden kommen lassen, hatten ihm die Amerikaner keine Unbedenklichkeitsbescheinigung ausgestellt. Zwar war er lediglich als Mitläufer eingestuft worden und hatte auch seinen Sühnebetrag von tausend Reichsmark entrichtet, doch ein öffentliches Amt kam für ihn freilich nicht mehr infrage. Seitdem war viel Wasser die Saalach hinuntergeflossen. Georg kannte einige Männer, die nach dem Krieg hätten eingesperrt werden sollen, sich aber mit gekauften Leumundszeugen eine reine Weste verschafft hatten und mittlerweile in Politik und Wirtschaft wieder aktiv waren. Er respektierte seinen Vater dafür, dass er die Konsequenzen seiner Entscheidungen trug und sich aus allem heraushielt. Dennoch verfügte er noch immer über einen gewieften Geschäftssinn, wichtige Verbindungen und weitreichende Bekanntschaften – und war sofort Feuer und Flamme, als Georg ihm die Idee mit der Spielbank vortrug.

Die Fischers waren eine Familie, die nicht lange zauderte, wenn sich eine gute Möglichkeit bot. Sie machten schnell Nägel mit Köpfen.

»Was tust du?«, fragte Georg Will, als er ihn später in seinem Zimmer fand.

»Meinen Koffer packen. Ich muss zurück in die Staaten.«

»Hast du kurz Zeit?« Georg schloss die Tür und nahm ihm das Hemd aus der Hand, das er eben falten wollte. »Warte noch einen Augenblick. Ich möchte gern über etwas mit dir reden. Wir beide hatten nicht gerade einen guten Start, stimmt's?«

Unsicher zuckte Will mit den Schultern. Er sah wirklich viel jünger aus, als er war, mit dieser zierlichen Nase und der glatten Haut. Dabei musste er sicher bald dreißig werden. Glücklicherweise verbarg sich hinter dem jungenhaften Gesicht ein schlauer Kopf. Und ein loyaler, warmherziger Mensch, der Emma aufrichtig liebte. Das hatte er in den letzten fünf Jahren geduldig bewiesen. Georg gab sich einen Ruck.

»Was hältst du davon hierzubleiben?«, schlug er vor.

»Emma wird nie nach Amerika gehen, und wenn ihr beide eine gemeinsame Zukunft haben wollt, kann das nur in Bad Reichenhall sein.«

Will setzte sich auf den Rand seines Hotelbettes und starrte Georg aus weit aufgerissenen Augen an. Anscheinend hatte er nicht mit derartigen Worten aus dem Mund seines potenziellen Schwiegervaters gerechnet.

»Natürlich sehe ich ein, dass du eine Arbeit brauchst und sicher keine Lust hast, auch noch hier im Hotel mit einzusteigen. Glaub mir, ich weiß, wovon ich rede.« Er sprach rasch weiter. »Jedenfalls hast du doch Wirtschaft studiert nach dem Krieg, nicht wahr? Und du kennst dich mit Buchhaltung und Bilanzen aus. Das kann ja in Amerika nicht so grundlegend anders sein als hier. Geschäfte sind Geschäfte. Warum hängst du nicht deinen Job in dieser Kanzlei in Chicago an den Nagel und steigst in der neuen Spielbank mit ein? Als Mann hinter den Kulissen? Und Teilhaber?«

Fassungslos schnappte Will nach Luft. Er stand auf, steckte die Hände in die Hosentaschen und begann, im Zimmer auf und ab zu laufen. »Welche neue Spielbank? Redest du von einem Casino in Bad Reichenhall? Worüber wir gestern in einer Bierlaune fantasiert haben? Daran soll ich heute Teilhaber werden? *Jesus*, Georg, wirklich? Wie schnell seid ihr Bayern?«

»Das Ganze ist selbstverständlich noch nicht offiziell, aber wir werden es machen und noch in diesem Jahr eröffnen, das verspreche ich dir.«

Er sah Will dabei zu, wie er hin und her ging. Man musste den Menschen Zeit zum Nachdenken geben, war seine Überzeugung. Und Georg war geduldig.

»Falls ich das mache, könnten Emma und ich heiraten. Auch noch in diesem Jahr.« Er blieb stehen. In Will arbeitete es, er nagte an seiner Lippe. Dann breitete sich ein Lächeln auf seinem Gesicht aus, das ihn aussehen ließ wie ein glücklicher Schuljunge.

»An deiner Stelle würde ich zu Emma gehen und es ihr sagen. Die sitzt nämlich oben in der Wohnung und ist untröstlich, weil sie meint, du reist morgen ab und kommst nicht wieder.«

25

Bad Reichenhall, Dezember 1955

Rote Marmorsäulen, Stuckdecken, Kristalllüster und eine breite Treppe mit verschnörkeltem Geländer aus Schmiedeeisen. Dazu große Säle mit raumhohen Fenstern und geschmackvolle Böden, die eher zum Staunen als zum Darüberlaufen einluden. Das Königliche Kurhaus im Park glich einem kleinen Schloss. Für Bayerns erste Spielbank gab es kein eleganteres Ambiente. Georg Fischer hatte seinen straffen Zeitplan wie angekündigt eingehalten und eine Gruppe von Geldgebern gefunden. Darunter zwei einflussreiche Männer, die anonym im Hintergrund blieben, aber behördliche Hindernisse zeitnah aus dem Weg räumten. Er selbst und Will Harrison waren ebenso Teilhaber wie Sture Lund, der sein gesamtes Erspartes investierte, und, man höre und staune, Professor Emil Ebermeier. Er betonte, dass er seine Theorie über die Anziehungskraft von Brot und Spielen auf die breite Bevölkerung bestätigt sehen wollte.

Sture wiederum erklärte sich dazu bereit, als Geschäftsführer das Gesicht des Casinos zu werden. Karl vermutete, dass er die Rolle des Gesellschaftstänzers im Grandhotel Schwarzenberg gern einem jungen Ungarn überließ. Der selbstverständlich ebenso mit einer nebulösen Vergangenheit aufwarten konnte wie der Schwede seinerzeit. Elegante Abendanzüge waren Stures Faible, gute Manieren, gepflegter Small Talk, all das beherrschte er ausgezeichnet. Wo hätte er sich besser einbringen können als in der neuen Spielbank, noch dazu, ohne mit allen anwesenden Damen tanzen zu müssen? Er war der perfekte Direktor. Genau wie Will als Buchhalter der neu gegründeten Gesellschaft.

Karl fand es nicht nachteilig, dass Georg endgültig aus dem Hotelgeschäft ausstieg und sich fortan um das Casino kümmern wollte. Nicht, dass es Unstimmigkeiten mit ihm gegeben hätte, aber das Kompetenzdreieck aus Eigentümer, Eigentümerin und Ehemann der Eigentümerin gestaltete sich bisweilen kompliziert. Zumal Franziska seit Annas Tod nicht dieselbe war wie vorher. Sie hatte an Elan verloren, erledigte zwar ihre Aufgaben, aber nicht mehr mit demselben Enthusiasmus.

Den Silvesterabend 1955 auf 1956 verbrachten die Besitzer des Grandhotels schräg gegenüber im Königlichen Kurhaus bei der offiziellen Einweihung des Spielcasinos. Es war alles da, was Rang und Namen hatte, Bürgermeister, Lokalpolitiker, Honoratioren und Geschäftsleute. Die geladenen Gäste lauschten Sture Lunds charmanter Rede, die dieser von den Treppenstufen im Foyer aus hielt. Er würde seine Arbeit ausgezeichnet machen.

Mit Wehmut dachte Karl an den Silvesterabend von 1928 zurück. Nichts von dem, was er damals für sicher gehalten hatte, gehörte ihm heute noch. Alles war anders gekommen, die Welt nicht mehr dieselbe. Siebenundzwanzig Jahre später fiel es ihm schwer, sich vorzustellen, dass er einmal ein junger Mann mit Träumen gewesen war. Das Leben schuldete ihm nichts, eine Erkenntnis des fortschreitenden Alters.

»Und zum Schluss, bevor wir alle zusammen nach oben gehen und das Spiel eröffnen, möchte ich unserem geschätzten Kollegen Herrn Will Harrison zu seiner kürzlich erfolgten Eheschließung gratulieren und ihm und seiner bezaubernden Gattin alles Gute für die Zukunft wünschen«, hörte er Sture Lund sagen.

Emma und Will traten vor, und die Gäste applaudierten. Es war lediglich eine Frage der Zeit, bis Franziska sich noch weiter aus dem Hotel zurückziehen und ihrer Tochter mehr überlassen würde. Die junge Generation stand in den Startlöchern.

So wie Frieda, die in den vergangenen Jahren alles Burschikose abgelegt hatte und zu einer hübschen Frau erblüht war. Er wartete nur darauf, dass sie ihm irgendeinen ihrer Verehrer vorstellte.

Der Abend war etwas Besonderes, eine Art Zeitenwende. Sie waren alle da, die alten Macher, die neuen Aspiranten, die Traditionsbewussten, die Kritiker, die Neugierigen, und tummelten sich an den Roulettetischen oder spielten Karten.

»Na, Karl, jetzt haben wir das Grandhotel wieder für uns, was?« Mit einem Glas Champagner in der Hand hakte Franziska sich bei ihm unter, und gemeinsam schritten sie von Tisch zu Tisch und sahen sich alles an. Sie trug ein elegantes schwarzes Abendkleid, das im Gegensatz zu den weit schwingenden Röcken um sie herum eng anlag und sie von der Masse der Damen abhob. »Georg ist Feuer und Flamme für sein neues Projekt. Was meinst du, wie viele unserer Gäste werden sich hier drin um Kopf und Kragen spielen?«

Er zuckte die Schultern. »Ich weiß nicht. Ehrlich gesagt kann ich mir ohnehin nicht vorstellen, wie jemand Spaß daran haben will, hart verdientes Geld auf eine beliebige Zahl zu setzen und es dem Zufall zu überlassen, ob er es verliert. Es kommt mir grotesk vor.«

»Ach, Karl, sei kein Spielverderber. Du wirst dich wundern, wer alles in den Sog des Casinos gezogen werden wird, denk an meine Worte. Sogar dem alten Professor Ebermeier scheint es der Blackjack-Tisch angetan zu haben. Schau nur, er hat schon eine hübsche Glücksfee an seiner Seite.«

»Soll jeder machen, was er will. Hauptsache, es erwartet niemand von mir, dass ich mich für Rot oder Schwarz entscheide.«

»Warum wollte Helene heute nicht kommen?«

»Sie bleibt am Neujahrsabend immer auf dem Hof. Wegen der Tiere.«

»Frieda scheint sich blendend zu amüsieren.«

Er folgte Franziskas Blick und sah seine Tochter, die sich lachend mit einem jungen Mann unterhielt. Will und Emma standen ebenfalls dabei. Es war schön, zu sehen, dass die Jugend wieder Freude am Leben hatte und sich Abende wie diesen leisten konnte. Karl setzte sich an den Bartresen und beobachtete die Gesellschaft. Es wurde viel getrunken. Rauchschwaden hingen über den Köpfen wie Nebelwolken. Die Stimmen der Menschen klangen durcheinander und vermischten sich zu einem Rauschen. Manche von ihnen hatten schon rote Wangen und schoben Jeton um Jeton auf die Spieltische. Es war, wie seine Schwester gesagt hatte, nur eine Frage der Zeit, bis die ersten sich finanziell ruinieren würden. Der Stoff für Kurgetuschel und Skandale entstand vor seinen Augen.

Das Konzept ging auf. Innerhalb weniger Monate wurde die Spielbank Bad Reichenhall zum Magneten für Gäste aus nah und fern. Eine große Anzahl kam aus Österreich und Italien, und natürlich stiegen viele im Grandhotel ab. Das Publikum war wieder willens, Geld auszugeben. Gewinne wurden im Schwarzenberg mit Champagner gefeiert, Verluste in ebendiesem ertränkt. Die meisten Leute, die auf Kur waren, statteten dem Casino mindestens einmal einen Besuch ab. Und diejenigen, die nur zum Spielen in die Stadt kamen, gingen vorher essen, wovon die umliegenden Gaststätten profitierten.

Wenn Karl am Abend auf den Erlenhof zurückkehrte, kam ihm das vor wie der Eintritt in eine andere Welt. Er erlebte beides, das einfache Landleben, Bauern, die hart für ihr Tagwerk arbeiten mussten. Und Reiche und Neureiche, denen nichts zu teuer war. Ein Urteil darüber, was rechtschaffener war, erlaubte er sich nicht.

Im Sommer fuhr er gern mit Franziska hinaus zum Sacherl. Zwar hatten sie es nicht renoviert, der Stall würde bald vollständig in sich zusammenfallen, aber sie hatten die Stube geputzt, und wenn es regnete, saßen sie drinnen am Tisch. Auch den Gemüsegarten setzten sie wieder instand. An einem schönen Julinachmittag ernteten sie Gurken und Salat für die Hotelküche und zupften Bohnen.

»Wir machen Sachen, die unsere Eltern und Großeltern tun würden. Werden wir alt?« Franziska sah sinnierend in die Ferne. Sie saßen auf der Bank neben der Haustür, die Füße auf einer Holzschütte aufgestützt, und tranken mitgebrachtes kaltes Bier.

»Ich schon. Ich werd nächstes Jahr fünfzig, bei dir sieht es noch nicht ganz so schlimm aus.«

»Danke, Karl.«

Er grinste »Wir haben es recht gut erwischt, oder? Im Leben, meine ich.« *Wenn man davon absah, dass ich meine Kindheit allein in der Schweiz verbracht und mich zeitlebens umsonst um den Respekt meines Vaters bemüht habe*, setzte er im Geiste dazu.

Sie nickte. Schweigend prosteten sie sich zu. »Ich bin gern mit dir hier draußen«, sagte sie unvermittelt. »Es ist so friedlich hier. Denkst du, Mama war glücklich? Als sie starb, meine ich.«

Unwillkürlich wanderte sein Blick hinüber zu den Rosen. »Ich glaube, es ging sehr schnell. Sie ist einfach eingeschlafen und nicht mehr aufgewacht, so wie wir uns das alle für uns selbst wünschen würden.«

»Ich hätte ihr nur gern noch einmal gesagt, wie wichtig sie für mich war.«

Er griff nach ihrer Hand und drückte sie. »Das wusste sie doch, Franzi. Es ist sechs Jahre her, du musst dich irgendwann von deinem schlechten Gewissen frei machen.«

»Wovon redest du?«

»Davon, dass du dir ständig für irgendwas die Schuld gibst, wofür du nichts kannst.«

Sie blinzelte. »Das sagt sich so leicht. Ich habe an dem Tag überhaupt nicht mehr an sie gedacht, weil ich derart mit der Arbeit beschäftigt war. Wenn ich sie früher gesucht hätte, hier rausgefahren wäre, hätte ich sie vielleicht retten können.«

»Das stimmt nicht. Mama hatte ein Aneurysma, das gerissen ist, hat der Arzt gesagt. Niemand hätte ihr helfen können.«

»Ich war nicht aufmerksam genug. Für mich stand immer das Hotel an erster Stelle. Dabei hätte ich viel mehr Zeit mit ihr verbringen können. Auch mit Emma und Georg. Aber das merkt man erst, wenn es zu spät ist.«

»Franziska!« Er sprang auf und stellte sich vor sie, sah streng auf sie herunter. »Du redest Schwachsinn. Ich als dein Bruder darf dir das schonungslos sagen. Du bist auch nur ein Mensch. Hör endlich auf, die Dinge zu bereuen. Mach es doch einfach in Zukunft anders.«

Sie erhob sich ebenfalls und schob ihn zu Seite. Dann steckte sie die Hände in die Hosentaschen ihrer Caprihose und ging barfuß über Hof und Wiese hinunter zum Fluss, wo sie nicht stehen blieb, sondern ein Stück weit hineinwatete. Die Strömung war nicht allzu wild, aber das Wasser sicher kalt. Er selbst hatte kein Bedürfnis, das herauszufinden, daher setzte er sich ans Ufer und wartete, bis sie wieder herauskam.

»Und du bist ein Besserwisser, Karl. Was ist überhaupt mit dir? Hast du aus deiner Vergangenheit gelernt?« Anscheinend hatte sich ihr hitziges Gemüt nicht abgekühlt.

»Ich denke schon. Zumindest habe ich für mich beschlossen, dass ich kein schlechter Kerl bin. Wenn du wissen willst, ob ich noch mal so blöd wäre und in die NSDAP eintreten würde, nur um eine Frau zu bekommen, dann lautet meine Antwort ganz klar nein. Ebenso bereue ich es, nicht früher einen eigenen Willen entwickelt zu haben. Ich war zu lange zu folgsam. Aber mittlerweile habe ich Frieden mit mir geschlossen.«

»Wirklich?«

Er winkelte die Knie an und schlang seine Arme darum, nickte. »Ja. Mein Leben ist schön, Franziska. Es ist nicht sensationell und jeden Tag atemberaubend, aber ich bin zufrieden. Helene nimmt mich, wie ich bin. Sie verlangt nicht mehr von mir, als ich ihr geben kann. Und mein größtes Glück ist es, dass Frieda damals bei mir geblieben ist. Ich habe eine Familie. Wir alle sind eine Familie.«

Erneut watete sie ins Wasser, dieses Mal wurde der Saum ihrer Hose nass.

»Mama wusste, dass du sie liebst«, rief er ihr zu. »Für sie kamen immer wir an erster Stelle, auch wenn ich selbst ewig gebraucht habe, um das zu begreifen. Also reiß dich zusammen, Franzi, es gibt nichts, was du dir vorzuwerfen hast.«

Sie kam zurück und setzte sich neben ihn ans Ufer. »Ich werde mich bemühen. Stimmt es, dass Frieda auch im Grandhotel arbeiten will?«

»Ja. Helene und Erika haben die Pension auf dem Erlenhof gut im Griff, und Frieda zieht es in die Stadt. Ich glaube, es wird ihr ein wenig zu langweilig.«

»Wenn wir nicht mehr sind, werden unsere Töchter das Schwarzenberg weiterführen. Das hätte Mama gefallen.«

Nun war er es, der sich erhob. »Jetzt reicht's aber mit den schwermütigen Gedanken.« Er streckte ihr die Hand hin und zog sie hoch. »Komm, wir fahren, sonst wird der Salat welk.«

»Was glaubst du, wird einmal aus dem Grundstück werden?«, fragte sie ihn, während sie über die Wiese zum Wagen zurückgingen. Er drehte sich um, lief ein paar Schritte rückwärts und ließ den Anblick auf sich wirken. Es war ein paradiesisches Fleckchen Erde. Karl hatte nicht vor, irgendetwas daran zu verändern.

»Wir lassen alles, wie es ist, ja, Franzi? Sollen die Kinder später entscheiden, was damit geschieht.«

Zurück im Hotel brachte Karl das Gemüse in die Küche, dabei liefen ihm Emma und Will über den Weg.

»Was für ein riesiger Salat«, bemerkte Will. »Gibt es den auf dem Markt?«

»Nein, für ein solches Prachtexemplar mussten wir selbst Hand anlegen. Wir haben ihn im Gemüsegarten am Sacherl geerntet.«

»Was ist ein Sacherl?«

Karl lächelte. »Manchmal vergesse ich, dass du nicht von hier bist, so gut ist dein Deutsch mittlerweile. Sacherl ist die bayerische Bezeichnung für ein kleines landwirtschaftliches Anwesen. Du weißt schon, Annas Elternhaus, das an der Saalach. Komm, ich zeige dir ein Bild.« Er ging voraus ins Büro und öffnete eine Schublade des Schreibtischs, der er ein altes Fotoalbum entnahm. Vorsichtig blätterte er darin.

»Das sind unsere ältesten Familienaufnahmen. Ich hoffe, ihr haltet sie einmal in Ehren.« Er trat zur Seite, damit Will und Emma sich über die Schwarz-Weiß-Fotografie beugen konnten, auf die er deutete. Sie war mit einer Kartonage hinterlegt, und der Name des Fotografen stand in verblassten Lettern in der unteren rechten Ecke.

»Ein hübsches Häuschen, mit Brunnen und Blumen. Ist das daneben ein Stall?«, fragte Will.

»Ja, der ist mittlerweile ziemlich marode, aber so sah alles früher einmal aus. Das Mädchen in der Mitte ist Anna. Daneben ihr Vater und ihr Bruder Christoph. Vermutlich wurde die Aufnahme zu einem besonderen Anlass angefertigt, weil alle drei Sonntagskleidung tragen. Am linken Bildrand sieht man einen Teil des Gemüsegartens.«

»Wie ein Fenster in eine vergangene Epoche«, murmelte Will.

»Genau diesen Eindruck hat man auch, wenn man draußen am Häuschen ist«, bestätigte Karl.

»Nimmst du mich einmal mit? Wenn du nächstes Mal in den Garten fährst?«

»Gern, ich sage dir Bescheid.«

Mit erstaunt gerunzelten Brauen sah Emma ihren Mann an. »Seit wann interessierst du dich für Salat und alte Häuser?«

Er lachte. »Ich weiß nicht. In dieser Familie gibt es immer wieder faszinierende Sachen zu entdecken, und ich würde gern sehen, wo Anna aufgewachsen ist.«

»Darüber kann ich dir einige Geschichten erzählen. Ich habe meine Großmutter ständig mit Fragen über die Vergangenheit genervt. Sie hat mal zu mir gesagt, dass es bei ihr zu Hause früher im Winter so kalt in der Kammer war, dass manchmal morgens eine dünne Eisschicht im Waschgeschirr stand. Vermutlich hat sie ihr Elternhaus nicht ungern hinter sich gelassen. Sie war nirgendwo zufriedener als mit Großvater und der Familie in ihrem Grandhotel. Ich glaube, hier fühlte sie sich geborgen. Und oftmals, wenn ich durch die Korridore gehe oder mit unseren Mitarbeitern spreche, geht es mir ganz genau wie ihr.«

Will griff nach Emmas Hand und küsste zart ihre Fingerspitzen. »Als ich mich damals als viel zu junger und sehr dummer Bursche freiwillig zur Armee gemeldet habe und hierhergekommen bin, hatte ich eine vollkommen andere Vorstellung von dem, was mich erwartete. Ich habe nicht damit gerechnet, dass deine Familie, diese Landschaft und dieser Ort sich in meine Seele schleichen und nicht mehr loslassen würden. Heute ist das hier ebenso meine Heimat wie die von Michael und Anna.«

Karl schluckte und verließ leise den Raum. Um Emma und Will würde sich niemand Sorgen machen müssen. Die beiden hatten sich gesucht und gefunden. Obwohl, genau genommen hatte Franziska ihren Schwiegersohn gefunden.

Während der Sommersaison arbeitete Frieda im Hotelrestaurant. Ihr Vater hatte sie dort eingeteilt, damit sie den Betrieb gleich einmal in voller Fahrt kennenlernte. Wenn sie den Service im August überstand, würde sie alles hinbekommen, war seine Überzeugung. Er wusste, dass ihre Beine sicher schmerzten, ihr Rücken wahrscheinlich auch und dass ihr der Kopf schwirrte von all den verschiedenen Bestellungen und Gästewünschen.

Um einundzwanzig Uhr war sie fertig. Er wartete auf sie, um sie nach Hause zu fahren, erledigte in der Zwischenzeit noch Büroarbeit am Schreibtisch. Draußen dämmerte es. Die Straßenlaternen gingen an, ihr plötzlicher Lichtschein ließ ihn aufsehen. Gegenüber, am Königlichen Kurhaus, hielt ein Bus, aus dem sich eine volle Wagenladung älterer Touristen ergoss. Der Name des Reiseveranstalters, der in großen gelben Lettern auf dem Bus prangte, sagte Karl, dass es sich um eine Pauschalreise handelte, wahrscheinlich aus Norddeutschland. Mit Übernachtung und Vollpension in einem günstigen Hotel, einer Fahrt auf den Predigtstuhl und einem Gutschein für das Casino, wo alle sofort hineinwollten.

Bis auf zwei Personen, einen Mann und eine Frau. Gerade wollte sich Karl wieder seinen Unterlagen widmen, da fiel ihm auf, dass die beiden nicht mit den anderen gingen, sondern stehen blieben und durch das erleuchtete Fenster in den Barbereich des Hotels spähten. Geschwind löschte er die Schreibtischlampe, damit sie ihn nicht sahen.

Er erkannte Walter Loibl sofort. Statt des lächerlichen Schnauzbartes versteckte er sein Gesicht nun hinter einem weißen Vollbart, doch er war es eindeutig. Hertha neben ihm hatte sich verändert, war dünn geworden, fast mager, vermutlich war sie krank. Sie mussten beide über siebzig sein, sahen älter aus und irgendwie bemitleidenswert.

Unauffällig schlich Karl sich aus dem Raum, um zu sehen, wer an der Bar arbeitete.

Wie befürchtet sah er Frieda, die gerade Gläser einräumte. Würden die beiden es wagen, hereinzukommen, um ihre Enkelin anzusprechen? Er ging zurück ins dunkle Büro, stellte sich ans Fenster und starrte Walter Loibl an. War er den Amerikanern damals also doch entkommen. Das erklärte einiges. Zum Beispiel den überstürzten Umzug von Grethe und Hertha und den Umstand, dass seine Ex-Frau die Tochter bei ihm gelassen hatte. Es sprach für sie, dass sie dem Kind eine Flucht mit einem gesuchten Kriegsverbrecher nicht zumuten wollte. Wo hatte er sich all die Jahre versteckt? Und warum tauchten die beiden plötzlich wieder in Bad Reichenhall auf? Wollte Hertha Frieda wiedersehen, bevor sie starb? Sie sah wirklich schlecht aus.

Karl runzelte die Stirn. Loibl hatte sich aus der Verantwortung gestohlen. Draußen zog Hertha ein Taschentuch aus ihrer Jacke und tupfte sich damit über die Augen. Sie fing an zu husten und musste von ihrem Mann gestützt werden. Langsam machten sich die beiden dann auf den Weg in die Spielbank, sie wirkten aufgewühlt.

»Ich wette, dass ihr das seid«, flüsterte Karl vor sich hin. Was sollte er tun? Er konnte niemanden fragen, musste selbst eine Entscheidung treffen. Im Andenken an Michael bewahrte er eine Flasche Bourbon im Schreibtisch auf. Er goss sich ein Glas ein, blieb im Dunklen sitzen und nippte daran. Noch ein paar Minuten, dann wäre Frieda fertig, und sie würden hinaus auf den Erlenhof fahren. Helene hatte sicher Köstlichkeiten vom Abendessen aufgehoben, Karl liebte ihre Kochkünste. Sie würden sich in den Garten setzen, ein paar Kerzen anzünden und den Duft der milden Sommernacht genießen. Niemand musste erfahren, dass der Kreisleiter ungeschoren davongekommen war. Alles könnte bleiben, wie es war.

Die Verhaftung eines seit über zehn Jahren flüchtigen Nazis würde Wellen schlagen. Besonders weil er der ehemalige Schwiegervater des Hoteliers aus dem Schwarzenberg war. Was Leonhard ihm geraten hätte, darüber musste Karl nicht nachdenken.

Was hätte Anna getan? Er starrte auf ihr Bild an der Wand.

Erneut goss er sich ein und trank vom Bourbon. Die Kirchturmuhr schlug neun. Dann griff er zum Telefonhörer.

»Guten Abend«, sagte er, »ich möchte einen gesuchten SA-Militaristen melden, den vormaligen Kreisleiter aus Bad Reichenhall, Walter Loibl. Er und seine Frau halten sich in diesem Moment in der Spielbank im alten Kurhaus auf …«

Wenige Minuten später fuhr ein Wagen der Polizei vor. Loibl wurde herausgeführt, gefolgt von Hertha. Es war keine aufsehenerregende Verhaftung, die Passanten bekamen nicht mit, was geschah, nur wenige drehten sich um, um zu sehen, wer in den Polizeiwagen einstieg. Als sie abgefahren waren, blieb Hertha stehen, sah dem Fahrzeug nach. Sie wirkte unschlüssig, hilflos beinahe. Was sie in ihrem ganzen Leben nie gewesen war, wie Karl wusste, dafür kannte er sie zu gut.

Hinterher konnte er selbst nicht sagen, was ihn dazu veranlasst hatte, aber er trat an das Fenster seines Büros und klopfte an die Scheibe, bis seine ehemalige Schwiegermutter auf ihn aufmerksam wurde. Sie starrte ihn an. Karl blieb einfach nur stehen und sah zu ihr hinaus, wartete auf den Moment, da sie verstehen würde, wem sie Walters Verhaftung zu verdanken hatten. Die Maske der schwachen alten Dame, die sie zweifelsohne seit Jahren kultiviert hatte, fiel. Mit hassverzerrtem Gesicht spuckte Hertha Loibl auf den Boden. Karl lächelte. »Na also«, flüsterte er vor sich hin, dann ging er ins Foyer, wo ihm seine Tochter bereits entgegenkam.

»Was war da draußen los? Ich glaube, ich hab ein Polizeiauto am Kurhaus gesehen. Hat jemand das Casino überfallen?«

»Geh, Frieda, du siehst zu viele von diesen amerikanischen Gangsterfilmen. So was passiert doch bei uns nicht. Vermutlich hat sich einfach einer danebenbenommen und muss die Konsequenzen tragen.«

Im Wagen auf der Heimfahrt sagte sie unvermittelt zu ihm: »Du, Papa, ich möcht dir gern jemanden vorstellen, den ich kennengelernt habe. Sein Name ist Laurenz. Es wäre schön, wenn du nett zu ihm wärst.«

Er warf ihr einen kurzen Seitenblick zu. Ihre Wangen waren gerötet. »Bedeutet er dir was?«

Sie nickte.

»Wenn er gut zu dir ist, werde ich gut zu ihm sein. Da mach dir keine Sorgen, mein Schatz. Ich freue mich darauf, deinen Laurenz kennenzulernen.«

Auf dem Erlenhof warteten Helene und Erika im Garten auf sie. Es war dunkel geworden, aber noch immer angenehm warm. Sie saßen bei Kerzenlicht am Gartentisch, und um sie herum schwirrten Glühwürmchen durch die Luft.

»Leni«, meinte Frieda aufgeregt, »ich habe es Papa erzählt, wie du gesagt hast. Und er will ihn kennenlernen.«

Ein warmes Gefühl der Liebe durchströmte Karl. Sie waren keine gewöhnliche Familie, und es hatte eine Weile gedauert, aber er fühlte sich angekommen. Der Platz im Leben, den er gewählt hatte, war der richtige für ihn. »Was habe ich doch für ein Glück mit euch«, sagte er und küsste Helene, bevor er sich zu ihr setzte.

Er dachte an seine Mutter. »Es reicht nicht, wenn du Menschen um dich hast, die gut zu dir sind«, hatte sie einmal gesagt. »Du musst sie ebenfalls wertschätzen, Bub, nur dann funktioniert die Liebe.«

Epilog

Die Verhaftung von Walter Loibl kam in die Zeitung und sorgte für den Saison-Skandal in Bad Reichenhall. Manche behaupteten, es rentiere sich nicht mehr, einen alten Mann vor Gericht zu stellen. Andere wiederum erinnerten sich daran, was er getan hatte, und fanden, späte Sühne wäre besser als gar keine. Hertha Loibl erlebte die Verhandlung ihres Gatten in München nicht mehr, sie starb vorher an den Folgen einer Krebserkrankung. Tochter Grethe glänzte durch Abwesenheit.

Karl saß im Saal, weil er als Zeuge geladen war, und hörte sich an, was dem ehemaligen Schwiegervater vorgeworfen wurde. Eigentlich wollte er sich nie wieder mit der Kriegszeit auseinandersetzen, aber er betrachtete es als eine Art Abbitte vor sich selbst. Damals hatte er gekuscht, sich fremdbestimmen lassen. Nun musste er dem ins Auge sehen, was Männer wie Loibl getan hatten, weil Männer wie er ihnen nicht entgegengetreten waren. Der frühere Kreisleiter wurde zu lebenslanger Haft verurteilt, da ihm mehrere widerrechtliche Deportationen von Personen nachgewiesen werden konnten, die im KZ den Tod gefunden hatten. Er zeigte keine Reue. Es war offensichtlich, dass sich seine Ansichten auch nach dem Zerfall des Dritten Reiches nicht geändert hatten. Er war ein giftiges Gewächs, das sich weder anpassen wollte noch würde.

Auf dem Rückweg nach Bad Reichenhall öffnete Karl sämtliche Autofenster, damit die Luft umherwirbeln und die Schatten der Vergangenheit verblasen konnte. Er fühlte sich erleichtert, befreit von der Last der Passivität. Im Leben war es nie zu spät, sich zu verändern.

Das Grandhotel Schwarzenberg kam ihm bunter vor, seine

Gäste schillernder. An diesem Abend stellte er sich persönlich hinter die Bar und mixte exotische Cocktails. Dazu scherzte er mit den Herren und ließ sich sogar zu einem harmlosen Flirt mit einer Dame hinreißen.

Franziska, die seit dem Tod von Mathias mit der Auffassung durchs Leben gegangen war, stärker sein zu müssen als die Menschen um sie herum, ließ sich von der neugewonnenen Lebensfreude ihres Bruders anstecken. Es war in Ordnung, sich helfen zu lassen. Sie verbrachte weiterhin gern Zeit in Annas kleinem Häuschen an der Saalach, pflegte hingebungsvoll das Familiengrab auf dem Friedhof in St. Zeno und hielt die Erinnerung an ihre verstorbenen Lieben aufrecht. Bis zu Adeles Tod mit weit über achtzig blieb Franziska auch der mütterlichen Freundin eng verbunden.

Die großen Gewinner der Spielbank Bad Reichenhall war die Investorengruppe. Bis zur Verstaatlichung des Casinos 1961 aufgrund der Spielbankenaffäre verdienten die Herren sehr viel Geld. Sture Lund blieb auch danach als Direktor dabei und prägte das gediegene, elegante Flair an den Roulettetischen für Jahre. Die Freundschaft mit Georg, entstanden durch die enge Verbundenheit gemeinsam erlebten Grauens, währte ein Leben lang.

Georg und Will brüteten über neuen Ideen. Schwiegersohn und Schwiegervater waren einander recht ähnlich. Bereits in den 1960er-Jahren fertigten sie ersten Entwürfe für eine große Badelandschaft, die als weiterer Gästemagnet dienen sollte. Die Zeit war noch nicht reif dafür, die Pläne unausgegoren, aber die beiden wussten, dass sie eines Tages umgesetzt werden würden.

Frieda und Emma lernten alles über die Führung des Grandhotels aus erster Hand von Karl und Franziska. Auch in ihnen brannte die Leidenschaft für das Haus, das sie in dritter Generation führen wollten. Selbst als um sie herum andere

Hotels von Ketten aufgekauft wurden, hielten sie am Familienbetrieb und an Exklusivität und Tradition fest. Durch Jahre des wirtschaftlichen Auf- und Abschwungs blieb das Schwarzenberg eine Institution in Bad Reichenhall.

Als es an der Zeit war, den Traum von einer Therme wahr werden zu lassen, schlug die Stunde für die Fischers und Harrisons. Ein Gremium wurde gebildet, um den geeigneten Standort zu finden. Die Wahl fiel auf ein Grundstück an der Saalach, auf dem ein altes Häuschen mit eingestürztem Stadel stand. Zusammen mit zwei Nachbargrundstücken würde es die Heimat einer Badelandschaft werden, die mit Bad Reichenhaller Solewasser gespeist wurde. Die Therme würde dem Salz eine moderne Bestimmung geben, der Stadt eine weitere, außergewöhnliche Attraktion bescheren und ihren Hoteliers neue Gäste.

Ende

Glossar

Bekanntmachung der Kapitulation: Der Wortlaut der Bekanntmachung der Kapitulation im Roman entspricht den Originalplakaten, die damals überall in Bad Reichenhall aushingen.

Dampfdreschen: »Der Dampf kommt!« Dieser Ausruf war ab circa 1930 in Bayern jeden Sommer in aller Munde, wenn die Dreschgarnitur von Hof zu Hof zog. Mähdrescher gab es noch nicht. Es herrschte eine strenge Hierarchie, die Großbauern durften zuerst dreschen, die kleineren mussten eben warten. Trotz des technischen Fortschritts und der Erleichterung durch Dampfmaschine, Dreschkasten und Strohpresse war die Arbeit hart und staubig. So manchen erwischte hinterher das sogenannte »Maschinenfieber« wegen der hohen Staubbelastung. Viele alte Aufnahmen, Gruppenbilder von allen Helfern, die nach getaner Arbeit gemacht wurden, erinnern noch heute an die Zeit des Dampfdreschens, die bis in die Fünfzigerjahre hineinreichte.

Elefanten: Die Elefanten des Circus Krone wurden während des Zweiten Weltkriegs tatsächlich in der Alten Saline in Bad Reichenhall untergebracht. Sie wurden von ihren Pflegern oftmals durch den Ort in den Kurpark spazieren geführt. Es gibt ein Foto, auf dem die Dickhäuter aus dem Brunnen im Kurgarten trinken. Um sie herum stehen viele Menschen, denn die Tiere sorgten natürlich für Aufsehen. Während der Luftangriffe auf München wurde der Circus Krone zerstört. Zu diesem Zeitpunkt waren zahlreiche Zirkustiere anderswo untergebracht. Die Elefanten überstanden die Bombardierung Bad Reichenhalls unbeschadet und blieben bis nach Kriegsende in der Alten Saline.

Frauenfeuerwehr: Da während des Krieges die meisten Männer eingezogen worden waren, mussten Frauen nicht nur als Sanitäter oder Luftschutzhelfer einspringen, sondern sich auch um den Brandschutz kümmern. Sie wurden ausgebildet und machten wöchentliche Übungen, um zum Beispiel die Motorspritzen im Ernstfall bedienen zu können. Auf der Webseite der Freiwilligen Feuerwehr Pieding gibt es ein Mannschaftsfoto der Frauenfeuerwehr Piding von 1943 bis 1945, die bei der Bombardierung von Bad Reichenhall zum Löscheinsatz kam.

Kurhotel Romana: Das Kurhotel Romana war eine jüdische Kurpension in Bad Reichenhall, die von der Arztwitwe Frau J. Dresdner betrieben wurde. Noch im August 1936 erschien eine Werbeannonce dafür in der *Bayerischen Israelitischen Gemeindezeitung.* Spätestens 1938 mussten sämtliche jüdischen Hotels, Pensionen und Restaurant schließen, beziehungsweise wurden »arisiert«.

KZ Dachau: Das KZ Dachau in der Nähe von München war das erste Konzentrationslager des NS-Regimes. Es wurde zwölf Jahre lang durchgehend betrieben und diente unter anderem als Ausbildungsort für das SS-Personal, das später in anderen Konzentrationslagern eingesetzt wurde. Zunächst wurden hauptsächlich politische Gefangene interniert, nach 1938 auch vermehrt Juden. In keinem anderen Lager wurden mehr politische Morde verübt als in Dachau. Heute befindet sich auf dem Gelände die KZ-Gedenkstätte Dachau.

Lantschner, Inge: Inge Lantschner (26.01.1905 – 16.06.1997) entstammte einer erfolgreichen österreichischen Skifamilie und war eine Skirennläuferin. 1933 gewann sie als erste Sportlerin die Goldmedaille in allen drei Disziplinen – Abfahrt, Slalom und Riesenslalom – bei den Weltmeisterschaften in ihrer Heimatstadt Innsbruck. Nach ihrer Hochzeit mit einem Notar trat sie unter dem Doppelnamen Wersin-Lantschner weiterhin bei Rennen an und beendete ihre Karriere nach der Geburt ihres ersten Kindes. Sie war nicht nur eine erstklassige Skifahrerin, sondern auch eine hervorragende Bergsteigerin und Schwimmerin.

Ortenau, Gustav: (1864 – 1950): Doktor Ortenau war Lungenfacharzt in Bad Reichenhall. Im Ersten Weltkrieg diente er als Generaloberarzt. Ortenau war jüdischer Abstammung, sein Vater Vorsitzender der Israelitischen Kultusgemeinde in Fürth, später in München. Um der Verfolgung durch die Nationalsozialisten zu entgehen, emigrierte er 1939 mit seiner Frau Adele, einer Künstlerin, in die Schweiz. Nach Kriegsende zogen sie zu Tochter Irma nach Rom. Der Ortenaupark in Bad Reichenhall ist nach dem Doktor benannt.

Park-Lichtspiele: Park-Lichtspiele heißt das Kino in Bad Reichenhall erst seit Ende des Zweiten Weltkriegs. Gegründet wurde das erste Lichtspielhaus am Ort 1918 als Kur-Kino. Bis heute befindet es sich in den Axelmannstein-Kolonnaden direkt neben dem Grandhotel, und mittlerweile lautet sein Name Park-Kino.

Perchtenmaske: Im Winter, vor allem zwischen Ende November und Januar, sind die Perchten ein wichtiger Bestandteil des alpenländischen Brauchtums. Ihre Wurzeln gehen zurück bis in die heidnische Zeit. Zum Einsatz kommen schöne und hässliche Perchten. Vor allem sind es die kunstvoll geschnitzten und mit Fellen, Hörnern und Haaren dekorierten Holzmasken der gruseligen, hässlichen Perchten, die die Menschen faszinieren. Bei Umzügen werden sie von verkleideten Männern getragen, zusätzlich mit Kuhglocken. Mit lautem Geläut und viel Lärm soll das alte Jahr ausgetrieben werden. Erst seit der Neuzeit kommt es vor, dass manche Perchten bis in den Fasching hinein ihren Auftritt haben, was jedoch nicht ihrem ursprünglichen Sinn entspricht.

Persilschein: Während der Entnazifizierungsphase war der Ausdruck Persilschein ein geflügeltes Wort. Um zum Beispiel einen US-Unbedenklichkeitsschein zu erhalten, mussten fragwürdige Personen mit eventuell nationalsozialistischer Gesinnung Zeugen beibringen, die ihnen ihre moralische Schuldlosigkeit bestätigten.

Predigtstuhlbahn: In meiner Romantrilogie sind es Michael Schwarzenberg vom Grandhotel Schwarzenberg und Kurdirektor Thomas Fischer, die zusammen mit dem Ingenieur Alois Zuegg die Bahn auf den Weg brachten, um Bad Reichenhall nach Krieg und wirtschaftlich schlechten Zeiten wieder konkurrenzfähig zu machen. In Wirklichkeit waren es Alois Seethaler vom Hotel Axelmannstein und Kurdirektor Josef Niedermeier, die den Seilbahnerbauer in den Kurort holten.

Schleglmulde: Nach Ende des Zweiten Weltkriegs verbot die amerikanische Besatzungsmacht der örtlichen Bevölkerung, sich im Bergrestaurant aufzuhalten. Weil der Tourismus zunahm, bestand bald die Notwendigkeit einer Skihütte für die Einheimischen. 1949 wurde deshalb in der Schleglmulde ein Rasthaus gebaut, in dem sich die zahlreichen Skifahrer aufwärmen und auch eine Toilette benutzen konnten. Von der Bergstation der Predigtstuhlbahn bis zur Schleglmulde gelangt man zu Fuß in etwa fünfzehn Minuten. Die urige Almhütte mit ihrer Wärmestube und Sonnenterrasse ist heute noch in Betrieb, obwohl längst wieder jeder ins Bergrestaurant darf.

Silvesterfeier: Die Ankündigung für die Silvesterfeier auf dem Predigtstuhl 1928 lautete genauso wie im Text angegeben. Nachzulesen ist diese Anzeige auf der Webseite der Predigtstuhlbahn. Damals wurden im schicken Berghotel und Bergrestaurant rauschende Feste gefeiert. Wie im Text angegeben, reservierten die Gäste auch vorab schon ihre Plätze in der Gondel, sogar die Telefonnummern sind die korrekten von anno dazumal.

Spielbank: Die Spielbank in Bad Reichenhall ist Bayerns erste und wurde 1955 eröffnet, dicht gefolgt von der in Garmisch-Partenkirchen. Sie bedeutete einen weiteren wirtschaftlichen Aufschwung und eine große Anzahl neuer Gäste für die Stadt. Tatsächlich befand sie sich, wie im Roman erwähnt, die ersten Jahre über in einigen Räumen des Königlichen Kurhauses. 1961 wurde sie verstaatlicht, und 1988 zog sie in das neu errichtete Kurgastzentrum um. Damals wie heute ist das Publikum international.

Spielbankenaffäre: Im Jahr 1955 gestattete der Landtag die Vergabe von Konzessionen an Privatleute zum Betrieb von Spielbanken, was die Eröffnung mehrerer Casinos in Bayern zur Folge hatte. Bald entstanden Gerüchte über Schmiergeldzahlungen bei den Lizenzvergaben. Politiker zweier bayerischer Parteien gelangten in die Schusslinie, wurden zu den Bestechungsvorwürfen vernommen, wegen Meineids verurteilt, was später wiederum teilweise revidiert wurde. Es war chaotisch. Der etwas arrangiert wirkende Skandal schlug hohe Wellen, seine Hintergründe sind bis dato nicht eindeutig geklärt. 1960 beschloss der Ministerrat, dass keine weiteren Spielbanken eröffnet werden durften. Bezüglich der bestehenden wurden unterschiedliche Beschlüsse gefasst, manche davon nie durchgesetzt. 1961 wurden die privaten Betreiber ausbezahlt und in der Folge eine Verstaatlichung der Spielbanken vorgenommen und damit der Affäre ein Ende bereitet.

Therme: Die Therme in Bad Reichenhall, die auf Annas fiktivem Grundstück errichtet wurde, heißt eigentlich Rupertustherme. Sie ist benannt nach dem Schutzpatron des Salzbergbaus und wurde 2005 eröffnet. In Wirklichkeit liegt sie zwar auch in der Nähe der Saalach, aber dazwischen läuft noch die belebte Loferer Straße, und das Gelände ist nicht sehr malerisch. Allerdings hat man von den Becken aus einen sensationellen Rundumblick auf Landschaft und Berge.

UFA: Die Abkürzung steht für Universum Film AG, ein Filmunternehmen mit Sitz in Babelsberg. Die UFA wurde 1917 gegründet, 1933 verstaatlicht und in den Dienst der nationalsozialistischen Propaganda gestellt. 1945 wurde sie reprivatisiert. Sie gehört zu Europas ältesten Filmgesellschaften und ist eng mit der Geschichte des deutschen Films verknüpft.

Volkssturm: Gegen Ende des Zweiten Weltkriegs rief die NSDAP alle Männer zwischen sechzehn und sechzig zu den Waffen, wobei zu diesem Zeitpunkt ohnehin hauptsächlich die ganz Jungen und die Alten zu Hause waren. Die Volkssturmpflichtigen wurden in vier Kategorien eingeteilt, von Aufgebot I (tauglich) bis IV (nicht kriegsdienstverwendungsfähig). Die Einstufung »uk« bedeutete unabkömmlich, zum Beispiel wegen Leistung von kriegswichtiger Arbeit. Aufgabe des Volkssturms war unter anderem, den »Heimatboden« zu verteidigen, weshalb schlechtbewaffnete Jungen noch immer sinnlos Widerstand leisteten, als der Krieg bereits verloren war.

Werbefilm: Tatsächlich gab es Ende der 1920er-Jahre einen einstündigen Werbefilm über Bad Reichenhall. Er hieß *Miss Evelyne – Die Badefee* und erzählte von den Abenteuern einer reichen amerikanischen Erbin in der Kurstadt. Bei dem 1929 produzierten Stummfilm führte Norman Dix Regie, die Hauptrolle spielte Pilar Munza. 2003 wurde der Film wiederentdeckt und hatte Premiere im Park-Kino in Bad Reichenhall. Die Zuschauer machten eine Zeitreise zurück in die *Roaring Twenties* und sahen ihre Stadt in nostalgischen Bildern einer untergegangenen Zeit. Der Film wurde zum zweiten Mal ein großer Erfolg und gleichzeitig auch die wirtschaftliche Rettung für das Park-Kino.

Danksagung

Am Ende der Schwarzenberg-Saga möchte ich mich ganz herzlich bei allen bedanken, die am Entstehen dieses umfassenden Projekts beteiligt waren.

Allen voran Annika Hartmann von be-ebooks und Dr. Ulrike Brandt-Schwarze, für ihren wertvollen Input beim Lektorat und die leidenschaftliche Begleitung durch alle drei Bände hindurch.

Ich bin sehr dankbar für ihre Erfahrung und Tipps, die eine große Bereicherung für die drei Bände waren. Und für die sehr angenehme Zusammenarbeit.

Ich danke der Agentur Ashera für die Vermittlung des Projekts.

Vielen Dank bei Korrektorat und Satz und bei den Kreativköpfen für die wunderschönen Cover.

Ein ganz dickes Dankeschön gebührt wie immer meiner Familie: meinem Mann und den Kindern für ihre Geduld und Rücksichtnahme sowie meinen Eltern für die tatkräftige Unterstützung bei den historischen Hintergrundfragen.

Gerade bei diesem großen, mehrere Bände umfassenden Projekt ist mir aufgefallen, wie viele Menschen dazu beitragen, dass etwas entsteht, auf das ich als Autorin stolz bin.

Es war mir ein Anliegen, eine Geschichte zu erzählen, die in meiner Heimat spielt und diese unverklärt und unterhaltsam widerspiegelt. Mit Personen, die es hätte geben können, an Orten, die bis heute existieren.

Ich bin sehr glücklich darüber, dass be-ebooks mir die Gelegenheit dazu gegeben hat. Vielen Dank an Stephan Trinius.

Eine starke Frau, eine große Liebe und heimtückische Intrigen vor der beeindruckenden Kulisse eines Grandhotels

Sophie Oliver
GRANDHOTEL
SCHWARZENBERG – DER
WEG DES SCHICKSALS

320 Seiten
ISBN 978-3-404-18062-2

Bad Reichenhall, 1905. In dem exklusiven Kurort in den bayerischen Alpen verliebt sich die junge Anna Gmeiner in den Salzsieder Michael. Beide wünschen sich ein besseres Leben. Michael beschließt, sein Glück in der Ferne zu suchen und Anna nachzuholen. Doch dann geschieht ein schreckliches Verbrechen und Anna ist gezwungen, einen anderen Mann zu heiraten. Zwischen Salzbaronen, Hoteliers und reichen Kurgästen aus aller Welt muss sie sich ihren Platz im mondänen Bad Reichenhall erkämpfen.
Der mitreißende Auftakt einer bewegenden Familiensaga.

Lübbe

Ein Aufbruch voller Hoffnung

Anna Jacobs
DIE
AUSTRALIEN-TÖCHTER –
WO DIE HOFFNUNG
DICH FINDET
Aus dem Englischen
von Nina Restemeier
416 Seiten
ISBN 978-3-404-18076-9

England, 19. Jahrhundert. Nach dem Tod der Mutter hat Cassandra Blake ihre drei Schwestern allein großgezogen. Doch als in Amerika der Bürgerkrieg ausbricht, wird die Baumwollversorgung in das englische Lancashire gestoppt, die Fabriken stehen still und es gibt keine Arbeit mehr. Die Schwestern stehen vor einer schweren Entscheidung: Sollen sie in ihrer Heimat bleiben und Armut und Hunger leiden? Oder sollen sie an einem fernen Ort ein neues Leben beginnen?
Große Gefühle und bewegende Schicksale vor der atemberaubenden Kulisse Australiens

Große Gefühle treffen auf abenteuerliche Schmuggeleien

Lisa McAbbey
DIE SCHMUGGLERLADY

304 Seiten
ISBN 978-3-404-18314-2

England 1784. Die junge Lysia »erbt« überraschend den Schmugglerring ihres Vaters Lord Farley und kann so weiter den Lebensunterhalt der Familie sichern. Doch das Geschäft ist hart und gefährlich und stellt Lysias Leben gehörig auf den Kopf. Glücklicherweise steht ihr mit Jack Ryder aber ein tatkräftiger neuer Helfer zur Seite. Jack ist zudem überaus gutaussehend und charmant – und lässt Lysias Herz trotz aller Standesunterschiede höherschlagen. Doch dann reist der Earl of Darrington an. Sein Auftrag: Er soll dem Schmuggel in der Gegend endgültig einen Riegel vorschieben ...

Lübbe